Ich, die Anakonda

Dagmar Galin

Ich, die Anakonda

Kiepenheuer & Witsch

Schutzumschlag Alexander Illing, Köln
Gesamtherstellung Freiburger Graphische Betriebe,
Freiburg i. Br.
ISBN 3 462 01373 4

»Komm mit, sprach der Esel,
etwas Besseres als den Tod
werden wir überall finden.«

(Aus: *Die Bremer Stadtmusikanten*)

I

Gegen sechs Uhr werde ich wach, wie jeden Morgen.

Als ob das irgendeine Bedeutung für irgendeinen Menschen auf der Welt hätte, in der zur selben Zeit so große Dinge passieren: daß ich wach werde gegen sechs Uhr und daß ich jeden Morgen gegen sechs Uhr wach werde. Auch ist es bedeutungsvoll nur für mich, daß mit diesem Zurückkehren in den Wachzustand auch meine ganz persönliche, schäbige Tagesqual erwacht wie die Schmerzen einer Operierten, die aus der Betäubung aufwacht.

Meine Wunde, die wehtut, wird immer noch nach Serge benannt, der an meiner Seite den Atem einzieht und wieder ausstößt. Das hört sich entweder wie Pfuuu oder wie Fiii an, und Serge wäre verletzt, wenn man ihm sagen würde: »Du schnarchst.« »Ich schnarche nie!« würde er aus ästhetischen Gründen leugnen, und ich würde ihm nicht widersprechen.

Obwohl ich dieses Geräusch als Ausdruck seiner Gleichgültigkeit deute, muß ich ihn gewohnheitsgemäß in Schutz nehmen. Er schnarcht nur leise. Auch Schnarchen macht ihn nicht häßlicher, obwohl es den meisten Gesichtern einen dümmlichen Ausdruck verleiht. Er hat das Recht zu schnarchen und es zu leugnen.

Ich liege wartend und hoffe wieder einmal auf ein Wunder. Dieses Wunder, meine Schmerzen in Wohlbefinden zu wandeln, wäre für Serge ein Leichtes. Er brauchte nur die Hand auszustrecken oder sein Bein quer über meinen Bauch zu legen. Dankbar würde ich das Gewicht ertragen und mich nicht rühren. In der Dämmerung hoffe ich sogar auf eine streichelnde Hand, und sei sie auch noch so zerstreut. Ich rufe ihm Zeichen zu, die nicht in seinen Schlaf dringen.

Was nützt es, daß er neben mir liegt, bis zu meinem Tode, wie er behauptet, und wie immer glaubt er, die Wahrheit zu sagen. Vielleicht wird er mich heute abend, morgen oder in einer Woche freundlich und anziehend genug finden oder gut genug gelaunt sein, um mit mir Liebe zu machen. Auf diesen Augenblick habe ich zu warten und zu sagen: Danke.

Vor dem Fenster stimmen die Vögel ihren Chor an. Ouvertüre, Vorhang auf, die Sonne tritt auf. Ein Hahn kräht. Woher kommt hier ein Hahn? Irgendein Rentner muß ihn in einem Hof gefangenhalten. Ich setze mich auf.

Wie wäre es, wenn ich mich neben das Bett legte, lang auf den Boden, die Arme ausgestreckt wie eine Gekreuzigte, um besser leiden zu können, besser den Vogelgesang in mich eindringen zu lassen? Der neue Tag ist nur wieder neue Angst, sind nur wieder neue Fehler, die, wie ich fürchte, ich nicht vermeiden und begehen werde. Etwa das Verlangen, die Hand dieses Jungen, die über den Bettrand hängt, zu küssen.

Aber während ich weder das eine noch das andere tue, mich nicht auf die Erde werfe und nicht sklavisch seine Hand belecke, sondern nur aufrecht sitze, Tränen fließen und die Nase rinnen lasse, entdecke ich zum ersten Male einen Haß auf den, der weiter neben mir Geräusche ausstößt, die ›schnarchen‹ zu nennen taktlos wäre.

Zum ersten Male formt sich das Wort: Befreiung. Ich halte es fest, als es vorbeihuschen will, wie von Scham gepackt, gebe ihm als Schwester ein zweites Wort ›Befreiung‹; werfe ›Befreiung‹ in alle Ecken und an die Decke des Zimmers, baue eine Pyramide aus hundertmal hundert ›Befreiung‹.

Wie? Wie? Vielleicht stricke ich schon an einer Leiter, flechte bereits eine aus meinem Haar, um den Turm zu verlassen? Der Vogelchor ist verstummt, nicht ein Chorist hinkt nach, Taktstockheben: Anschwillt das Orchester der Motoren auf der Straße, ratata und rumrum, die Ameisen: Zur Arbeit! Werktag! Deine Gespenster? Kennen wir nicht!

Bald werden wir dieses graue Haus in der Seildrehergasse verlassen, wie der Operettenkomiker, der Chorist aus Avignon, dessen Frau seit Wochen in den Wehen liegt, der polnische Tänzer und John, der Baß aus Chikago, der nebenan seine Hämorrhoiden pflegt. In der nächsten Spielzeit werden die Kulissen meiner Alpträume abgerissen sein. Schon biegt sich das Haus, das die Stadtverwaltung, weil sie sozial und künstlerisch gesinnt ist, den Bühnenkünstlern zur Verfügung stellt, bedrohlich zur Seite, trotz Stützbalken und Warnschildern. Dann wird der zweite Jahresabschnitt von Serges Nomadenleben beginnen, der der Sommertourneen, während ich in dem alten Haus im Vaucluse sitzen und warten werde. Das Haus ist an den Felsen gebaut, wie alle Häuser des Dorfes. »Ein Adlernest«, sagen die spärlichen Touristen, die den Maultierpfad emporkeuchen, den grünen Reiseführer unter den Arm geklemmt. Über der Dachterrasse werden abends die Turmschwalben kreisen und kreischen und manchmal mit gebrochenem Flügel zu Boden taumeln. Einmal stürzte eine mir vor der Tür zu Füßen. Der Nachbar hob sie auf. Ich hatte nicht gewußt, daß eine Turmschwalbe den Tod ahnen kann. Sie stieß winzige, flehende, herzzerreißende Töne aus. Ihre Augen flakkerten. Der Nachbar preßte den Kopf der Turmschwalbe fest in seine Faust und erstickte sie. Was soll eine Turmschwalbe mit gebrochenem Flügel, die nicht mehr um den Kirchturm kreisen kann, kreisen, kreisen und kreischen?

Auf der Terrasse, so sage ich mir, so sehe ich es vor mir, werde ich allein sein, wieder allein, immer allein. In dem Adlernest hocke ich, in dem ich nichts zu suchen habe, über mir brennt die Sonne, und vor mir auf dem Felsen gegenüber erhebt sich die Ruine des Schlosses des Marquis de Sade, aus dem ihn Gerichtsvollzieher vertrieben. In den Mauerritzen wuchern Trauben gelber Blumen, deren Namen ich nicht kenne. Ich werde allein sein, wenn die Frauen in Schwarz ihren Platz rund um den Dorfbrunnen verlassen und ihre Fensterläden geschlossen haben. Manchmal kommt mein alter Freund aus Paris vorbei, ein Maler mit Cäsarenfrisur. Wir sprechen – wovon? Von Weltabgeklärtheit und ihren Farben, und er benutzt für das Felsennest die Attribute: ›verbrannt, abseits, antik, weinumkränzt‹. Oder Pierre, der Bildhauer, setzt sich einen Tag lang mürrisch und schweigend neben mich, wenn er aus dem Gebirge oben zurückkehrt, dieser Mondlandschaft, zu karg selbst für Ziegen, wo er seine Steine auswählt. Daraus haut er Vögel, Eulen, eine riesige geöffnete Hand, eine knieende Frau, vereinfacht, rund und glatt wie zum Streicheln. Manchmal bestreicht er sich das Gesicht mit der Ockererde, in der der Wein unten am Abhang wächst. Er behauptet, das bringe ihn der Erde näher. Trotz Ockererde, Stein, Fels und Schweigen schluckt er mehr Tabletten als mancher Arbeitnehmer, der an der Gare St-Lazare wohnt, und seine Hände zittern. Der Mistral pfeift, und er sagt: »Der Wind, der verrückt macht.«

Manche andere, die ich leichtfertig ›Freunde‹ nenne, werden unvermutet in der Tür stehen oder nachts unter dem Fenster pfeifen und auf französisch, deutsch oder englisch rufen: »Barbara! Mach auf!« Wir werden viel sprechen, und da ich lange Zeit kein Wort mehr gesprochen habe, wird mich das ermüden. Alle werden sie, guten Willens, Stücke der Wahrheit in meiner Geschichte finden und zu einem Puzzle falsch zusammensetzen; das letzte Stückchen wird immer fehlen. Es wird mir peinlich, wenn sie sich allzu guten Willens über mich beugen, ich denke, es muß ihnen über werden. Manchmal dagegen überzeugen sie mich: Nur Erziehung! Nur Laster! Nur Gewohnheit! Nur Trägheit! Und was auch immer! Es lebe die Freundschaft!

Nachts schlafe ich allein, und kein Zeh streckt sich dem meinen entgegen und spielt mit ihm. Du hast zu resignieren, deinen Körper zum Schweigen zu bringen und dir zu sagen: eines Tages mußt du altern.

Ich kann mich weigern zu altern. Ich kann zum Beispiel auf die Brüstung der Terrasse klettern. Ein paar hundert Meter tief, auf einige Meter kommt es nicht an, stürzt der Felsen unter mir in den Abgrund. Dort kann ich nach dem Vorbild der Turmschwalben meine Arme wie Flügel ausbreiten und, während diese irrsinnigen Vögel mich umkreisen, versuchen, es ihnen gleichzutun und in der Luft einen Reigen zu tanzen. Darauf werde ich in den Abgrund fallen wie ein Bleilot, denn keine Turmschwalbe bin ich, nur ein armer, plumper Mensch, der ihr wenig voraus hat. Abgründe saugen mich so sehr an, daß ich, wenn ich nur den Kopf über eine Brüstung senke, glaube, meine Füße müßten den Boden verlassen und ich müßte, allen Gesetzen der Schwerkraft zum Trotz, mit einem Hechtsprung in die Tiefe fliegen.

Leider sind meine größten Laster die Hoffnung und die Geduld. Ich flechte lieber mein Haar zur Leiter und stricke eine Brücke aus Spinnweben, sage mir: ›Wer weiß! Vielleicht hält sie doch!‹ So werde ich also nicht in den Abgrund springen und mir die Flügel brechen. Niemand wird meinen Kopf dort unten an sich drücken, um mich zu ersticken, und sagen: »Was soll eine Turmschwalbe mit gebrochenem Flügel?« Werde also mit Ménélas, meinem Hund und Schatten, den Felsen hinabsteigen und durch die Weinberge gehen. Oder durch den Pinienwald und Pinienzapfen für den Kamin sammeln. Werde hinter mir das Felsennest lassen, mich in der Mondlandschaft der gelben und roten Steine verlieren, über der der Mistral säuselt und nur der Mistral lebendig ist. Werde Thymian in den Korb pflücken, denn wenn Er da ist, wirft er gern Thymian in die Kaminflamme. Vor mir wird die Sonne untergehen und das Felsennest festlich beleuchten, das mir immer fremd und ein bißchen unheimlich bleiben wird. Gleich darauf werde ich die Mondsichel am Himmel entdecken, die man hierzulande ein Hörnchen nennt, nach dem eßbaren Hörnchen oder umgekehrt, und werde endlich bis zu dem Baum gelangen, den ich mir als Grenzstein meiner einsamen Gefangenschaft gesetzt habe: einem toten schwarzen Baum, gewaltig und zu romantisch, um sich malen zu lassen, vor allem mit der Mondsichel im Geäst; es sei denn, ich bitte

Ménélas, seine Hundeträume daran aufzuhängen. Und wir trotten zurück und gehen schlafen.

Unverhofft wird sein Auto vor der Tür stehen. Er steigt aus. Schon ahne ich die Falte zwischen seinen Brauen, weil ich nicht schnell genug gelaufen bin, um die Tür zu öffnen. Er tritt als Besitzer ein und blickt um sich. Ménélas begrüßt er und dann mich.

Zum ersten Mal an diesem Morgen, während er fortfährt zu schlafen, taucht auch das Wort ›Rache‹ auf, das mir nicht unbekannt ist und sich füllen läßt wie ein Schlund. Warte, auch dich wird es einholen. Auch du wirst altern, du eingebildeter junger Faun. Soll ich dir wünschen, daß deine Locken grau werden und ausfallen? Daß deine Haut rissig wird, ihre elfenbeinerne Farbe verliert, sich durch zu stark pressendes Blut tönt? Daß deine Kindernase nicht mehr in dieses Gesicht paßt? Daß dein Mund, der mit Locken, Augen, Nase und Kinn einen hübschen griechischen Marmorkopf ergibt, in einem alternden Gesicht keine Bewunderung mehr erregt? Daß sich zwei Furchen zwischen Nasenflügeln und Mundwinkeln graben? Was bliebe dann von dir, sag mal?

Doch schon entdecke ich bedauernd, auch zur Rache bin ich nicht begabt. Bleib also, wie du bist, laß dich nicht verfluchen. Aus Koketterie sagst du oft: »Ich sterbe jung.« Vielleicht kannst du nicht einmal altern wie alle Welt, und meine Hoffnung, ich bliebe stehen und du holtest mich ein, ist unerfüllbar.

So bleibt mir nichts anderes übrig, als selbst weiterzugehen und mir ein Ziel zu setzen. Ich könnte mich zum Beispiel einreihen in den Kreis der schwarzgekleideten Alten, die in allen lateinischen Ländern der Erde die Dörfer bevölkern, in Gruppen zusammensitzen, nicht Mann, nicht Weib sind, sondern das, was man einst Hexe nannte. Neben ihnen sitzen ihre Katzen, und vor ihren Fenstern blühen Geranien, die sie begießen. In der Kirche beugen sie trockenen Auges den Schädel mit dem spärlichen Haar und atmen den Weihrauch ein wie den Dampf ihrer Abendsuppe. Sie sind an ihre Katze gewöhnt. Wird sie aber totgefahren, sagen sie: »Sie leistete mir Gesellschaft – fast wie ein Mensch«, um hinzuzufügen: »Bah! Ich werde nicht weinen einer Katze wegen!« Sie leiden nicht mehr, weder um die Katze, noch um einen Menschen, geschweige denn um einen Mann, was eine Nuance ist. Die vagen Nichten, Neffen und Enkelkinder haben diese Schwarzgekleideten nötig, sei es nur, um auf ihren Tod zu warten und ihnen einzuschärfen: »Tantchen, verkauf nichts, wenn der Trödler vorbeikommt!« Auch die Pfarrer haben diese Schwarzgekleideten nötig, denn sie bevölkern die Kirchen wie einst Hexen den Sabbatberg. Aber sie selbst haben niemanden nötig. Sie bleiben trockenen Blicks und trockenen Herzens.

Leider kann ich auch in der Gesellschaft der geschlechtslosen Hexen keine Zuflucht finden. Sie würden mich nicht aufnehmen. Sie würden den Verrat wittern: daß ich nämlich noch lebe und leide.

Tun, was sie nicht tun? Mich an den Lieben Gott persönlich wenden? Ich habe nur ein sehr primitives Verhältnis zu ihm.

Nicht wagend, ihn ganz und gar zu verleugnen, hole ich ihn ab und zu aus der Schublade, wenn alle Mittel versagen, um erpresserisch zu flehen: »Gib mir ein Zeichen! Ein Zeichen!« Und noch fordernder: »Wenn du mir nur noch ein letztes Mal ein Zeichen gibst! Du hast mir doch schon welche gegeben, oder irre ich mich?« Sogar noch unverschämter: »Ein Wunder! Los, ein Wunder!« Soll doch jedes Weizenkorn, jeder trokkene und grüne Halm in das Ewige Buch eingetragen sein, warum dann nicht erst recht Barbara, die sich für einmaliger und bedeutender hält als ein Grashalm? Darum auch bilde ich mir ein, daß der Überirdische, sich persönlich mit mir Beschäftigende mir im Leben schon ein paarmal, wenn auch keine Wunder, so doch kleine Zeichen gesandt hat, die mir bestätigten, daß ich keine Allerweltsperson sei. Besonders gern glaube ich an das, welches mir in einem Abruzzendorf zuteil wurde, einem idealen Rahmen für überirdische Manifestationen. Zum Fest des Heiligen Lorenzo, an Heiligen mangelt es nicht in jenem Dorfe, zogen wir damals unter Böllerschüssen hinauf zum Berge und umkreisten einen Stein, in dessen Höhlung, wer zweifelte daran, Lorenzo bei lebendigem Leibe geröstet worden war. Dabei sangen wir, Annarella, Armida, Helena und meine anderen Freundinnen:

»Heiliger Lorenzo mit der Kapuze!
Schenk mir einen schönen jungen Mann!«

Sieben Jahre später, fast auf den Tag genau, damit ich das Zeichen auch recht begriffe, kam der schöne junge Mann. Zu schön und zu jung für mich, wie ich mir gleich sagte, aber wer hätte ihn abgelehnt? Serge mit dem hellen Gesicht, dunkelblauem Blick und der Traube geringelter Locken, die in die Stirn fiel. Weil er die Treppe emporkam, sah ich als erstes dieses Gesicht. Kind des Windes und der Landstraße, hatte er schon immer auf den Bühnenbrettern gestanden, singend und tanzend. Was er an mir fand, verstand ich damals nicht recht, begriff es erst später: Er hatte einfach noch nie eine Barbarin kennengelernt. Am ersten Abend streckte er mir auf dem Bett seinen Fuß hin, den das höchste Merkmal klassischer Schönheit zierte: einen Mittelzeh, der über die anderen Zehen hinausragte, so daß er mit den anderen die Spitze eines Dreiecks bildete. Ich, Barbara, die Barbarin, bewunderte dies.

Aber das ist fünfzehn Jahre her. Ich kann nicht länger auf Zeichen und Wunder warten. Auch eine weise alte Hexe wird so schnell nicht aus mir.

Vielleicht sollte ich überaus beschäftigt werden? Eine von jenen derbsohligen Frauen mittleren Alters werden, die die »Kameraden des Mannes im Kampf um ...« sind? Kämpfen für die Erhaltung der Naturschönheiten? Für die Rettung der Seehundbabys? Abgeordnete werden? In eine Partei eintreten und linientreu sein? An hungernde Kinder in der Dritten Welt Milchpulver austeilen? Die Menschheit lieben; sich berufen fühlen, politische Gefangene zu befreien, für die Frauen kämpfen, für die Kinder, die Männer, die Schwarzen, die Gelben, die Roten, die Algerier, die Papuas, die Amazonas-Indianer, solange noch vorhanden, den Volksaufstand in Nicaragua unterstützen, die Revolte in Celebes, die ausgesetzten Hunde, die angefahrenen Katzen; gegen die Vivisektion der Kleintiere, den Bau eines Atomkraftwerkes im Luberon, die Unzulänglichkeit des Schulbusses, die Fahrpreiserhöhungen, die Mehrwertsteuer demonstrieren. Man hat die Wahl, man braucht nur zuzugreifen.

Betrug! Betrug! Ich traue ihnen nicht, jenen ernsthaften, verhalten lächelnden Damen, die nichts auf die Schippe nehmen, sechsunddreißig Mal am Tag das Wort »Problem« aushusten, für dieses, jenes und solches auf die Barrikaden steigen, dies nur ihre Pflicht nennen und es nicht lassen wollen, ihre Energie, ihre Freizeit, ihre körperlichen Kräfte, ihre Nerven, ihr Familienleben, ihr Leben, ihr Dasein, ihr Hiersein, ihr Sein schlechthin »für die Sache« zu opfern. Diese Damen, so spreche ich in meinem üblichen übertriebenen Zynismus vor mich hin, schlafen nur noch selten mit ihren Kerlen. Ersatz das alles. Sie sind tot, mausetot.

Mir graut vor der Einsamkeit, die auf mich zukommt, schneller, als ich zurückweichen oder mich in die Büsche schlagen kann. Aber gibt es nicht unzählige Beispiele von Witwen, die ihre Einsamkeit prächtig einhertragen und die sich nachts im Einzelbett behaglich querlegen? Kenne ich doch aus nächster Nähe einen Fall, wo die eintägige Witwe, noch ehe sie die Zeremonien der Beerdigung mit dem Bestattungsinstitut diskutierte, sich das Doppelbett von einem Entrümpeler ein für allemal aus Augen und Sinn schaffen ließ und sich statt dessen eine Liege mit weißer jungfräulicher Felldecke bestellte. Fort mit dem Mann! Erde über den Nörgeler, den Grantigen, den Herrn des Hauses und der Frau. Für den man nach und nach einen Stapel Teller abgewaschen hatte, der, aufeinandergestellt, die Höhe des Mount Everest erreichen würde, den man hatte um das Wirtschaftsgeld betrügen müssen, der bei Tisch gemäkelt hatte, dessen schmutzige Socken man hatte aufsammeln, dessen Gerüche man hatte ertragen müssen. Welche Frau sagte es doch: »Das wahre Leben der Frau beginnt mit dem Witwentum«?

Aber ich bin keine Witwe. Mein gleichgültiger Besitzer liegt lebendig neben mir und entscheidet selbst, ob er bleibt, mich verläßt und was aus mir wird. Wie viel komfortabler ist der Zustand einer Witwe, die weiß, während sie ihres ehemaligen Gebieters Grab begießt: Er ist mein für immer!

So sehr ich mir also den Kopf zerbreche, nichts für mich Passendes fällt mir ein, während ich ihn betrachte und ihm ein Sonnenstreifen durch den Fensterspalt ins Gesicht fällt.

Der Sonnenstrahl wandert weiter, fällt am Bettrand hinunter und ist mit Stäubchen gefüllt, die wirbeln. Sonne. Vorfrühling. Heute wünschte ich, der Regen, der wochenlang über der Stadt gefallen war, hätte nicht aufgehört. Was soll ich wohl mit dieser Frühlingssonne und all diesem Licht anfangen? Hatte ich doch in den letzten Tagen, wenn die bedrohlichen Wasserstandsmeldungen ertönten, gewünscht: ›Daß es nur Tag und Nacht in Strömen weiterregnete! Daß doch alle Flüsse der Welt über die Ufer träten! Daß die Sintflut käme! Laßt uns alle so schnell wie möglich untergehen und ersaufen!‹

Dieser seit Wochen rauschende Regen, diese Pfützen-, Matsch-, Regenschirm-Landschaft, dieses schmutzige und schwache Tageslicht unter Regenschleiern, hatten mich nicht, wie offenbar alle Welt ringsum, besonders bedrückt. Im Gegenteil: Je finsterer die Landschaft um mich war, desto besser verschmolz ich mit ihr.

Dieses harmlose Sonnenlicht aber, dieses Sperlingsgezwitscher, diese dottergelben Osterglocken in den Beeten – Kleingärtnerfrühling, er widert mich an.

In der Nacht noch war der Regen niedergerauscht. Das Wetter hatte sich, wie in einem düsteren Drama, der Intrige angepaßt. Blitz und Donner wären zu viel gewesen; wohl aber ergab die totenstille Regennacht in der Vorstadt, hinter den Bahngleisen, eine nicht anfechtbare Kulisse. Kein Menschenschritt mehr auf den Straßen, schon um zehn Uhr, als ich von dem Haus in der Seildrehergasse hinunterlief, quer über den Lagerplatz der Zigeuner, auf dem alle Holzfeuer vom Regen ausgelöscht, alle Wagenfenster eingeschlafen waren, bis zu dem Haus unter der Eisenbahnböschung.

Schon erscheint ihr Gesicht vor mir.

Manchmal passiert es mir, daß ich ihr Gesicht zehn Minuten, eine Stunde, ja, mehrere Stunden lang nicht mehr vor mir sehe. Dann fühle ich wohl eine Leere und lasse, abrakadabra, ihren Kopf wieder aus der Schachtel springen. Um ihn wieder und wieder zu betrachten, ohne es lassen zu können, wie ein Kind das Krokodil, die Hexe, die böse Fee Carabosse des Puppentheaters. Wie ich als Fünfjährige in einem Buch das Bild einer Riesenkrake anschaute: Rasch ein Blick, schnell das Buch zugeklappt, ich weiß, auch im zugeklappten Buch sitzt sie wieder, die Riesenkrake, streckt ihre Fangarme nach mir aus und glotzt mit ihrem Einauge. Immer wieder verführte sie mich, das Buch aufzuschlagen, nur, um zu schaudern. Ebenso geht es mir mit ihr, und umsonst sage ich mir, du tust ihr zuviel Ehre an, sie ist das alles nicht, was du glaubst.

Ist sie einmal vor mir aufgetaucht, vertiefe ich mich in ihre Züge und erkenne in ihr die Krake wieder, die böse Fee Carabosse. Ich schlage die Hände vors Gesicht und luge durch die Finger, will sie häßlich, gräßlich, fürchte sie schön, wünsche sie ungefährlich. Ich sehe nur eine Maske. Die gelbe Haut eines Mädchens vom Mittelmeer. Die großen schwarzen Augen, ewig zu stark ummalt, der kleine, zu rot angestrichene

Mund, der Strich anstelle der ausgezupften Brauen. Sie trägt ihre Theatermaquillage auch schon am Vormittag durch die Straßen der Provinzstadt. Die nach Art von Tänzerinnen straff nach hinten gezogenen Haare sind mit Henna getönt. Sie hat keine Hemmungen, ihre Stirn über den Brauenstrichen dem Publikum darzubieten. Diese Stirn, breit und gewölbt, erinnert ein wenig an die eines mongoloiden Kindes; ich sage mir, sie sei so nackt und obszön wie ein nackter Bauch, den jemand wagen würde, in der Pariser Metro den Blicken preiszugeben. Das Lächeln töricht.

Einige kenne ich, die außermenschlichen Mächten in ihrem Leben begegnet sind und davon erzählen wie von einer Begegnung mit einem Wesen aus Fleisch und Blut. John, der Baß aus Chikago, ist in einer Winternacht in Pennsylvanien keinem geringeren als dem Teufel begegnet. Er saß am Tisch, aß und trank wie alle Welt und schimpfte auf das schlechte Wetter. Erst als er zur Tür hinausging, gewahrte man seinen Pferdefuß und den Bocksgestank. Zahlreich sind in lateinischen Gefilden die Mädchen, denen beim Löwenzahn- oder Holzsammeln oder beim Ziegenhüten die Heilige Jungfrau erscheint, wie meiner Freundin Helena in den Abruzzen. Ein italienischer Regisseur, dessen Namen jeder kennt, traf auf dem Heimweg den Tod. Er hatte die Gestalt einer schönen, in schwarze Spitzen gehüllten Frau. Vergessen wir nicht, daß in dem Lande, in dem ich lebe, der Tod weiblich ist: La Mort. La Mort trägt schwarze Spitzen. Sie tanzt Flamenco. Sie rasselt nicht mit Rippen, sondern mit Castagnetten. Es gibt Augenblicke, in denen ich mich frage, ob La Mort, sich meinem bescheidenen Niveau anpassend, nicht die Züge dieser Provinzchoristin mit Künstlernamen

Raissa angenommen hat. Selten verläßt sie mich, auch wenn sie sich zuzeiten in den Schatten stellt, mich sprechen, schreiben, Salat waschen oder den Tisch decken läßt, als wäre nichts. Sie ist da. Sie macht mich besessen.

Wie manche Völker besonders blutdürstigen Göttern besonders liebreiche und freundliche Namen verleihen, sei es, um ihnen zu schmeicheln, sei es, um sich selbst zu täuschen und die Drohung zu ertragen, schüttele ich mich und sage zu Serge: »Das Mädchen? Es hat das Gesicht einer jungen algerischen Putzfrau.«

Und er, der nichts merkt, nichts spürt, an der Oberfläche ist, antwortet, indem er wohl ein Kompliment erwartet: »Das Mädchen? Gib zu, daß es nicht übel ist.«

Und er sieht dabei aus wie der gallische Hahn, Wappentier seines Landes.

Man könnte ihn so sehen: Er ist einer jener lateinischen Männer, die der Tourist so entspannt in den Cafés herumsitzen sieht: gut angezogen, gut gepflegt, gut genährt und selbstbewußt, so daß der nordische Feriengast, der elf Monate im Jahr sein Brot in irgendeinem Büro hockend verdient, sich fragt, wovon sie leben. Und warum sie das besitzen, was ihm noch kostbarer ist als Geld: Zeit. Er ist nichts weiter als ein Mann. Ein Macho. Don Juan. Der Latin Lover.

Er ist auch Ludwig der Vierzehnte. Wie jener hält er es für feiner, sich zu parfümieren, denn sich zu waschen. Sein inneres Gleichgewicht hängt von der Zusammensetzung des Menüs ab. Er ist eigentlich nur entspannt, wenn er sich an den Eßtisch setzen kann. Etwas zerspringt in ihm, wenn was auf dem Tisch fehlt. Zweimal in vielen, vielen Jahren geschah es mir, daß abends der Wein ausging und alle Geschäfte schon geschlossen waren. Er hatte Lust, die Feuerwehr oder den Arzt anzurufen. Ein anderes Mal kam er unangemeldet von der Tournee zurück, nein, kein Liebhaber sprang zu spät in den Wandschrank, viel schlimmer, mir fehlte der Rum für seinen Kaffee. Er war so verwirrt, daß er ohne Abschied verschwand und erst einige Tage später wiederkehrte. Er war zu seinem Bruder hundertzwanzig Kilometer weiter gefahren, der ihm seinen Kaffee mit Rum servierte und damit seine Welt wieder in Ordnung gebracht hatte.

Er liebt den Tisch, er liebt das Bett. Seine Lieblingswörter und die ersten, die ich in seiner Sprache lernte: »müde« und »morgen«. Was du morgen kannst besorgen, das verschiebe nicht auf heute. Uhrenlos. Viel Zeit, immer Zeit. Wie ein Wunder ist es für mich jedesmal, wenn er pünktlich auf der Bühne erscheint, sobald sein Stichwort erklingt. Unbekannt ist ihm mein puritanisches schlechtes Gewissen, das mich bei jedem Müßiggang überfällt.

Nichts, was ich hier schreibe, könnte er verstehen, geschweige denn verzeihen. Er würde sagen: »Du haßt mich. Du respektierst mich nicht.«

Serge und ich: einst nur ein ganz gewöhnliches sadomasochistisches Paar. Serge schlägt zu. Mit seiner breiten, innen so einfachen, linienarmen Hand. Ins Gesicht. Auf den Kopf. Irgendwohin. Wirft mich übers Bett, schlägt auf den Körper, auf den Rücken, aufs Hinterteil, umklammert, so er Auflehnung fühlt, meine Arme. Blaue Flecke werden es beweisen. Schlägt mich dazu mit Worten. Nur ein ganz gewöhnliches sado-masochistisches Paar. Ich, Barbara, die Barbarin aus dem Barbarenland, schleiche ihm, dem French lover, einen Meter hinterher, wenn wir auf der Straße gehen, kaum wage ich zu sagen: miteinander; die Schultern vorgeneigt, wie in Erwartung eines Schlages, den Kopf gesenkt, den Schritt unsicher, den Blick auf die Hacken meines Mannes gerichtet.

Dieser ist sicher, daß ich folge, und dreht sich nicht um. Er ist auch sicher, daß ich warte. Nie habe ich weniger als eine halbe Stunde auf ihn gewartet. Wie kam es, daß es meist an irgendeiner besonders windigen Ecke oder in einer besonders finsteren Gasse war, wo ich unter den mich streifenden Männerblicken nicht recht wußte, wie meine Beine kreuzen, mein Handtäschchen halten, mich immer wie ein Strichmädchen fühlend, das in ein fremdes Revier eingedrungen war? Immer kam er, Serge. Ich muß betonen: in fünfzehn Jahren hat er mich nicht ein einziges Mal versetzt. Er kam zwar mit Verspätung, manchmal eine halbe Stunde, gewöhnlich eine Dreiviertelstunde, oder er fuhr knapp anderthalb Stunden später vorbei und riß die Autotür auf: »Steig schon ein!« Vorwurfsvoll, denn niemals konnte er dafür. Immer quetschte ich mich schuldbewußt auf den Sitz neben ihm, denn er würde mir beweisen, wenn überhaupt davon die Rede war, daß zum Beispiel nicht er zu spät, sondern ich zu früh gekommen sei. Aber er kam immer, denn er ist, wie er sagt, zuverlässig.

Ein ganz gewöhnliches Paar. Das Verhältnis wie das eines Arztes oder eines Medizinmannes zu seiner Kranken, der sich über ihr Bett beugt und ihr Leben einhaucht. Nichts ist alltäglicher als solch ein Paar-Verhältnis. Ein Gleichgewicht der Zerfleischung und des Zerfleischtwerdens. Verschlinger und Verschlungene. Ich töte, was ich liebe. Wer tötet, liebt mehr als der, der getötet wird.

Nichts wäre also an unserem Paar-Verhältnis nennenswert, wenn dieser harmonische Zustand von Dauer geblieben wäre. Je weniger er mich aber mit der Hand und um so häufiger mit Worten schlug, desto öder wurde uns zumute. Die Liebe, die Liebe, wo war sie geblieben? Keiner sprach mehr von ihr, und auch ringsum, wo einst alles geknistert hatte, schien man sie vergessen zu haben. Vielleicht existierte sie nicht mehr.

Und doch war sie einmal unser A und O gewesen, Himmel und Hölle. Zenith und Nadir. Oder, wie Yves sagen wird: »Die schönste Sache der Welt«, und: »Ich möchte dabei sterben.« Wohin hatte sie sich verflüchtigt, die Liebe, die eine Zeitlang überall zu riechen war?

Ich versuche, mich zu erinnern, wie es gekommen ist, daß wir langsam vergessen haben, miteinander zu schlafen. Wie man sagt: Wie es geschah, daß der Himmel uns langsam vergaß. Es geschah so heimtükkisch, daß wir nicht genug darauf achteten. Zuerst zählt man nicht, viermal, dreimal in der Nacht, dreimal ist eine magische Zahl, ein bißchen auch am Tage, wo es einen überfällt. ›Miteinander schlafen‹ ich bedaure, daß die deutsche Sprache kein treffenderes Wort für diese schönste und wichtigste Sache der Welt besitzt. Serge wüßte, warum: »Weil ihr Deutschen nicht zu lieben versteht. Wir Franzosen können das: faire l'amour.« Was für eine Einbildung. Immerhin, Sprache ist verräterisch. Wie es keine zutreffende französische Übersetzung für »gemütlich, wandern, Feierabend« gibt, so kennen wir keine deutsche für »élégant, intime und faire l'amour.« ›Liebe machen?‹ Da wird gewöhnlich, was im Französischen ernst und schön und die Einfachheit selbst ist. ›Miteinander schlafen?‹ Das klingt mir recht langweilig und ist obendrein eine Heuchelei, weil jeder versteht, daß die, die miteinander schlafen, eben anderes tun als miteinander schlafen. Der Franzose unterscheidet fein zwischen »dormir« und »coucher«. Natürlich gibt es im Deutschen Vulgärverben für das, was ich provisorisch den Geschlechtsakt nenne und Yves das größte Vergnügen der Welt nennt. Wenn ich sie nicht benutze, niemals benutze, dann nicht so sehr aus Prüderie und feiner Erziehung, sondern weil ich mich nicht betroffen fühle. Zwar spuken sie mir manchmal durch den Sinn, aber ich lehne sie für meine eigenen Vergnügen ab. Sie umschreiben einzig und allein die körperliche Bewegung in einer Art, die vermuten läßt, daß sie ziemlich rüde und lieblos ausgeführt wird. Ich ziehe allen anderen Bezeichnungen das sanfte und erotische »faire l'amour« vor, in dem von der Liebe die Rede ist, die zur Tat übergeht, das zärtlich und aktiv zugleich ist und von dem Yves meinen wird, nur dazu seien wir auf der Welt.

Wie lange Zeit hatten unsere Körper nicht mehr zueinander sehnsüchtig gesprochen: »Komm! Faire l'amour!« Hinterhältig war die Zeit vergangen, Nacht für Nacht. Ein langer Schlaf. Eine Hecke wuchs auf, so hoch und dicht wie die um das Dornröschenschloß. Nur war sie keine Rosenhecke, obwohl ich dahinter wahrscheinlich immer noch schlafend lag und auf den Prinzen wartete. Sie war winterlich und blumenlos, und allmählich wuchsen ihr Dornen an.

Ich machte es mir mehr oder weniger behaglich hinter dieser Hecke. Lag in diesem Bett, das nicht mehr ein Ehe-, höchstens noch ein Doppelbett und schon gar nicht mehr ein Liebesbett war, schlang Zentner von Schokolade in mich hinein, schmökerte, fühlte mich gemütlich. Ein gemütliches Neutrum. Das Bett wechselte oft. Es ist niemals unser eigenes; ich füge hinzu: gottlob. Das Bett nomadisch lebender Künstler ist nicht immer weich. Manchmal aus Platzgründen zusammenklappbar. Manchmal hat die Matratze eine Kuhle, in die wir im Schlaf hineinrollen und uns gegenseitig mit Knie- und Ellbogenstößen zu vertreiben suchen. Vielleicht würden manchmal die Sprungfedern, unter liebenden Körpern bewegt, knarren.

Auch dieses Bett, in dem er mir jetzt den Rücken zudreht, ist nicht unser eigenes. Möbliertes Dasein. Aber nicht darüber beklage ich mich. Ich bin erleichtert, mich nicht um Gegenstände sorgen zu müssen, da ich keine besitze. Nicht die Häßlichkeit eines Raumes störend zu finden, da sie mich nichts angeht. Ich bin ja nur flüchtiger Gast. Das schmuddelige Bett in einer Gasse des Quartier Latin, deren Namen »Hier ruht das Herz« ist, war mein Paradies – vor vielen, vielen Jahren.

Zehn Jahre habe ich gebraucht, um zu merken, daß ich allein im Bett lag. Daß Serge sich davonstahl. Durch die Hecke brach.

Warum wollte ich seine Warnungen nicht hören? Denn er war loyal genug, mich zu warnen. Nachts, wenn er von den Proben heimkehrt, sitzt er auf dem Bettrand, läßt seine Zigarette im Dunkel glimmen und sagt: »Ich fühle mich noch nicht alt.« Oder: »Ich fühle mich noch lebendig.«

Einmal erzähle ich ihm – als Antwort gewissermaßen – die Geschichte von einem ehemaligen Kameraden, dem seine Frau weggelaufen war und der seitdem, in seine Sanskrit-Wissenschaft vergraben, nie mehr mit einer Frau geschlafen und mir gesagt hatte: »Wenn die Leute behaupten, man brauche das, so erwidere ich: die reden sich das ein. Alles Gewöhnungssache. Fauler Zauber. Ich brauche das nicht mehr und fühle mich sehr wohl dabei.«

Wen will ich überzeugen? Ihn? Mich? Vielleicht fühle ich mich gar nicht so gemütlich? Warum bin ich, wie Serge sagt, eine Jammerliese? Warum fresse ich so viel Schokolade, daß ich bald Speckschwarten an den Hüften und einen Bauch bekommen werde?

Ein wenig später, wieder im Dunkel, auf dem Bettrand: »Es ist schön, mit Frauen zu schlafen.« Seufzt, wie auch Ménélas aufzuseufzen pflegt, wenn er sich entspannt, legt sich neben mich und ist schon eingeschlafen. Selbstverständlich ist es ihm und mir, daß ich nicht zu den Frauen gehöre, mit denen es schön ist zu schlafen.

Und eines Nachts darauf zieht er sich aus, seufzt wieder nach Ménélas-Art: »Aah! Es geht besser mit der Liebe!«

Ich spotte noch: »Bravo! Amüsiere dich nur!«

Futtere weiter Schokolade, und nichts tut mir weh, und nichts tut mir gut.

In der Weihnachtsnacht erkenne ich zum ersten Mal die Umrisse eines Gespenstes neben mir, das mich schon lange begleitet haben muß und das die Eigenschaft hat, wie ein Schatten zu sein, der der Sonne nicht bedarf. Einmal angeheftet an meine Sohlen folgt es so getreulich wie ein ungeliebter Hund. Noch glaube ich den Namen des Gespenstes nicht zu kennen.

In der Weihnachtsnacht steht Serge auf der Bühne. Jede Weihnacht habe ich, ob in Paris, Marseille, Barcelona, Brüssel oder auf obskurer Tournee, eine Rose gekauft, die ich beim Concierge des Theaters für ihn hinterließ. Das gehörte zu unserer Feier, wie das Essen nach der Vorstellung, allein zu zweit, in dem Raum, der gerade vorübergehend unser Daheim war. Manchmal auch bringt er einen anderen reisenden, familien- und heimatlosen Bühnenkünstler mit; wie den Baß John, den wir vor zwei Jahren schon einmal auf unserer Wanderschaft kreuzten und der uns bei Kamingeknister bis zum Morgengrauen Geistergeschichten erzählt hatte.

An diesem Weihnachtsabend habe ich zum ersten Male die Rose vergessen, was eine Lüge ist, ich habe sie für überflüssig gehalten, und er kommt nicht um halb eins in die Seildrehergasse zurück, sondern um drei Uhr morgens.

Ich esse allein meine Austern, an denen ich, die Barbarin, niemals etwas finden werde außer ihrem Perlmuttschimmer und der albernen Hoffnung, darin eine Perle zu entdecken; ich lutsche vor mich hin die Beinchen meiner Langustinen, lasse die Pute im Ofen fasrig und trocken werden und frage mich: Warum in dieser Nacht, die eine Nacht wie jede andere ist, Austern, Langustinen und eine Pute? Und ich ahne zum ersten Mal den Namen des Schattens neben mir, der zusieht, wie ich Austern und Langustinen esse und nicht weiß, wozu das gut sein soll: Einsamkeit.

Auch in der Silvesternacht – Austern, Krabben, Entenbraten – sitze ich vor mich hin und lasse das Entenbrutzeln im Bratofen ersterben. Näher rückt, mit dem Ticken der Uhr, mein Gespenst, meine neue ungebetene Begleiterin an mich heran. Drückt stärker ihre Finger auf meine Magengrube und vielleicht auch auf mein Herz. Die Uhr geht langsam und schnell zugleich, unheimliches Phänomen. Halb drei. Mein Gespenst will mir den Arm um die Schulter legen. Ich begreife auf einmal. Ich muß fliehen.

Ich schlage die Tür zu, laufe die Treppe hinab und aus dem Haus.

Es regnet. In dieser Nacht beginnt es zu regnen, um nicht mehr aufzuhören, wochenlang, bis zu diesem Kleingärtner-Frühlingssonnentag.

Durch ein paar Straßen laufe ich. Dort bin ich allein mit den vorbeieilenden Laternenlichtern und den Regentropfen. Lichter und Tropfen sind sanft mit mir und empfehlen mir: Geh nur weiter. Wir sind auf deiner Seite. Wir leisten dir Gesellschaft, so lange du willst. Die ganze Nacht kannst du mit uns spazierengehen.

Doch meine Erziehung zur Sklavin ist noch intakt. Wenn er inzwischen heimgekehrt ist, wird er ärgerlich sein und mich rügen. Er könnte mir zur Strafe die Tür vor der Nase zuschlagen. Das wäre sein Recht.

Wirklich ist er da, als ich eintrete. Ist aber sanft (warum?) und spricht (väterlich): »Weshalb läufst du so allein in der Nacht herum? Tu das nicht, die Gegend ist unsicher.« Obwohl ich keine Frage stelle, zu der ich kein Recht habe, fügt er hinzu: »Ich habe noch ein Glas mit den Kameraden getrunken. Die Vorstellung war sehr spät aus.« Das hätte er nicht sagen sollen. Er, der sich nie entschuldigt, sondern immer wie Eins und Eins ist Zwei erklären kann, alles sei meine Schuld.

Ich weigere mich, die Zeichen zu erkennen. Wecken wir das Tier lieber nicht auf. Es schläft so gut.

Dennoch ist er zu gütig mit mir in jener Nacht oder dem, was davon noch übrigbleibt. Er berührt mich ein wenig, fast, als wollte er sich vergewissern, daß da eine Frau neben ihm liege. Als wollte er mich wiedererkennen. Ist das etwa noch Barbara, deren Namen ich einst an die Decke träumte? Er scheint es sich zu fragen. Er ist schüchtern oder nur vorsichtig.

Ich selbst würde niemals wagen, ihn als erste anzurühren. Er könnte mich zurückstoßen, das ist schon passiert, vor Jahren, das letzte Mal. Er nannte mich sogar schamlos. Ich habe also zu warten auf das, was mein Herr mit mir vorhat oder nicht.

Da gleitet auf einmal wieder seine Hand über das Laken. Seine Fingerspitzen berühren die meinen, Finger leiten Wärme über. Da ist er wieder! Serge! Seine Hand, seine Haut, sein Blut, sein Leben. Eifrig sage ich mir: ›Ich liebe diese Hand. Ich liebe diese Lippen, das gelockte schwarze Haar.‹ Ich mache mich willenlos, als er mich an sich zieht. Er macht mir die Freude, meinen Kopf an seine Brust voll krauser starrer Haare zu ziehen, und ich wage mich nicht zu regen, obwohl ich fast ersticke. Dabei denke ich schuldbewußt: ›Meine Haut ist ungepflegt.‹

Als er am nächsten Tage aus der Tür geht, drückt er spontan seine Lippen auf die meinen. Kein Ehemanns-Alltagskuß, zwei trockene Blätter auf zwei andere trockene Blätter gepreßt. Sein Mund ist warm, feucht und weich. Ich bin bereit, ihm vor Dankbarkeit die Hand zu küssen, und gleichzeitig denke ich: ›Und ich habe Knoblauch zum Essen gegessen, er auch, aber das ist was anderes. Das war so lange egal, Knoblauch oder Zwiebeln zum Essen oder ungekämmtes Haar, er hat es sowieso nicht gemerkt, da habe ich mich gehenlassen. Er muß mich häßlich finden.‹

Zaghaft sind die Zeichen und verdächtig. An Mißtrauen und Mißverständnissen fehlt es nicht. Als er mich wieder küßt, reagiert Barbara plump. Sie läßt ihre Zungenspitze zwischen den Lippen hervorgleiten und versucht, sie zwischen die seinen zu bohren. Aber das Türchen öffnet sich nicht, meine Zunge schlängelt vergeblich daran herum, seine Hände schieben mich zurück, und er bemerkt: »Das mag ich nicht.«

Drauf weine ich ein bißchen, denn ich bin, wie gesagt, eine Jammerliese geworden, und obwohl ich gewarnt bin: Tränen machen nichts gut. Sie klagen ihn an, sind drum erpresserisch, drum falsch und negativ und machen ihn mit Recht wütend.

Von nun an kommt er jede Nacht um zwei Uhr nach Hause. Noch nie haben Proben so lange gedauert. Friedlich setzt er sich auf den Bettrand und läßt seine Zigarette glimmen. Das sind die Minuten, in denen er sich öffnet. Der Wortarme bekommt Lust zum Sprechen. Er weiß, daß ich wach bin, wenn er kommt, und daß ich zu jeder Nachtzeit eine geflissentliche Zuhörerin bin. Ich selbst habe nicht das gleiche Glück, bin aber daran gewöhnt, ohne Zuhörer zu sein. Sobald ich den Mund öffne und »Ich ...« sage, wendet er den Blick ab. Oder dreht mir den Rücken, steht auf, wendet sich einer Beschäftigung zu. Niemals absichtlich, bitte. Das ist nur ein Reflex von ihm. Er schließt mir die Tür vor der Nase zu wie einer zu aufdringlichen Vertreterin, die unbedingt ihre Ware loswerden will, die er nicht gebrauchen kann. Plump und taktlos wie ich bin, Barbara, die Barbarin, will ich ihm seit Jahren immer wieder und weiter meine Kindheit, meine Vergangenheit und meine Ängste aufdrängen. Als ob es ihn berühren könnte wie mich, daß meine Tante Mathilde ein Holzbein besessen und mein erster

Ehemann nicht das Geräusch vertragen konnte, wenn ich in einen Apfel biß. Ich bin mit diesen Geschichten auch nie sehr weit gekommen. Doch habe ich ein wenig ihm gegenüber das Verhalten wie zu einem Schwerhörigen angenommen, indem ich mir bedeutsam erscheinende Geschichten über mich selbst mehrmals deutlich und in einfachen Formeln wiederhole.

Dann greift er zu brutaleren Mitteln, mich zurechtzuweisen: Er schneidet mir das Wort im Satz ab und redet von etwas anderem. Nicht absichtlich und nur aus Gewohnheit.

Ebenso selbstverständlich ist es, daß ich ihm zuhöre und den Schilderungen seiner Kleinkinder-Perversitäten mit immer gleichbleibender Rührung lausche. Ich tue es und bin aufrichtig dabei. Es sind besondere Geschichten, weil Serge darin die Hauptrolle spielt.

Der Zug an seiner Zigarette läßt in dieser Nacht sein Profil aufleuchten, während er seiner Zuhörerin gesteht: »Ich könnte niemals mehr mit einem Mädchen schlafen, ohne ein wenig Sympathie für sie zu empfinden.«

»Aber die Prostituierten?« frage ich.

»Das ist vorbei. Ich kann nicht mehr mit Prostituierten. Im übrigen irrst du dich; ich habe immer Sympathie für sie gehabt, und sie waren mir dankbar dafür.«

Jetzt müßte er eigentlich die Geschichte hinzufügen, die ich so gut kenne, als hätte ich daneben gestanden und die Laterne gehalten: Wie eine Pariser Luxusdame von der Madeleine ihm, dem Vierzehnjährigen, angeboten habe, ihr Beschützer zu werden. Aber er erspart sie uns diesmal, drückt die Zigarette auf dem Boden neben dem Bett aus und kriecht neben mich. Unter der

Decke ergreift er meine Hand und legt sie sich zwischen die Schenkel. Ich fühle, was ich fast vergessen habe, wie etwas Unbekanntes, ein fremdes, lebendiges, warmes Tier, das sich regt, zuckt und unter meinen Fingern anwächst. Das ist seltsam, das ist sensationell. Ich wage, mein Gesicht darüber zu beugen und die samtweiche Haut mit meinen Lippen zu berühren. Wie lange habe ich nicht mehr gespielt auf dieser Wiese, mit diesem Instrument. Spielten wir doch einmal im Duett und wiederholten gern dasselbe Stück.

Diesmals ist es kurz. Er beendet das Vorspiel rasch, legt sich über mich in dieser Position, die er selbst spöttisch den »Missionar« nennt. Die hielten jede Phantasie für sündig und zeugten statt dessen viele, viele Kinder. Augenblick der Panik: Das ist nur Fleißarbeit bei ihm. Ich reize ihn nicht genug, was ich verstehe, und darum wird er mich nicht einmal zu Ende lieben können und unzufrieden von mir lassen. Wie vor meiner Zungenspitze wird er wieder zurückschrecken und sagen: »Ach, im Grund ... macht mir das keinen Spaß mit dir.«

Barbara gibt sich also Mühe, wölbt sich ihm entgegen, macht den Rücken hohl, umfaßt seine Schultern fest mit ihren Händen. Sein Glück ist wichtig, nicht meins. Wenn er sich freut, werde ich mich auch freuen.

Ich denke zwar nicht: ›Was koche ich morgen zum Mittag?‹ Aber ich fliege auch nicht aufwärts und davon. Das ist wohl vorbei. Man soll nicht zu viel verlangen. Ein Mann hat es leichter. Dem kommt es.

Es kommt ihm, und ich werde unerwartet mit einer Sekunde Glück belohnt, das mich durchläuft.

Wie oft haben wir in der letzten Zeit miteinander geschlafen? Zweimal im Jahr? Ich möchte das, was sich da lustlos abspielte, nicht einmal »Liebe machen« nennen. Es gab Betten unseres Nomadenlebens, die wir verließen und die keusch geblieben waren, Hotel- und Möblierte-Zimmer-Betten, die unter uns ein Rentnerdasein führten. Es war wessen Schuld, und wer beschwerte sich darüber? Dieser plötzliche Funke Glück läßt mich aufwachen und stutzen: Was will dieser Körper auf einmal wieder von meinem? Was sucht er da bei mir? Was rührt er da an?

Ich wache ganz auf und sage: »Du hast eine andere Frau.«

Er lacht zufrieden: »Unsinn.«

Ich meine: Mit der Nase wollte er mich darauf stoßen. Nicht die geringste Mühe gab er sich zu lügen. Er trug immer dicker auf: »Heute habe ich um ein Uhr Probe.« Welch ein Mensch in Frankreich, in dem die Essenszeiten heiliger sind als die Zeiten der Heiligen Messe, arbeitet um ein Uhr?

Aber ich bleibe taub und will nichts wissen. Wenn er von solchen Proben statt um fünf um sieben Uhr zurückkehrt (im Lande des cinq à sept-Rendezvous!), spotte ich, die ich mich im Zimmer nicht aus meinen Pantoffeln gerührt habe: »Bist du nicht heiser?« Oder sogar: »Dein cinq à sept wird zur Gewohnheit! Ist das nicht monoton?«

»Absolut nicht«, antwortet er aufrichtig.

Ich weiß in Wahrheit nicht, ob die Sitte des cinq à sept, die wahrscheinlich aus der Zeit Napoleons des Dritten stammt, der Industrialisierung standgehalten hat. Damals besuchte Monsieur in der Dämmerstunde seine Maitresse, ehe er zur Legitimen heimkehrte.

Serges Dämmerstunde wird immer öffentlicher. Einmal (wenn er das erführe, wie würde er mich verachten!) läute ich um halb fünf im Theater an. Die Proben sind seit einer Stunde zu Ende. Na und? Warum sollte er wohl spornstreichs zu mir laufen? Er kommt um sieben Uhr zurück; wobei ich das Wort »heimkommen« vermeide, denn wir besitzen ja kein Heim, Gott sei Dank. Er verlangt sofort das Essen, denn er hat es eilig, erneut zu seinen Proben zu gelangen. Verdacht? Serge ist kein Postbeamter und auch kein Bankangestellter. Er ist ein freier Künstler. Und er hat mich fünfzehn Jahre lang gelehrt, daß er frei und mein Los das Warten sei. Käme er doch immer wieder, auch wenn wir keine Eheringe trügen.

Trotzdem: Er stößt mich zu sehr mit der Nase drauf. Als sagte er: »Warum fragst du mich nicht, was los ist? Was soll ich denn noch alles anstellen, damit du es merkst?«

Verdacht, noch tue ich, als sähe ich die Schlange im Gebüsch nicht. Wohl aber kann ich sie nicht mehr leugnen, meine neue, ungebetene Begleiterin: Einsamkeit.

Nie habe ich wie jetzt nachts die näherkommenden Autos gezählt. Wenn mein nächtliches Autozählen zu lang wird, beginne ich, mir einen Unfall auszumalen. Mein Gehirn arbeitet, meine Phantasie zeichnet Bilder. Ich schäme mich, wenn sich das richtige Motorengeräusch nähert. Denn immer denke ich schon, über den – tödlichen – Unfall hinaus, an das Danach. Kurz, ich organisiere bereits mein Witwendasein. Ich muß mir eingestehen, daß ich in solchen Augenblicken Serge umgebracht habe, nur weil er mich zu lange warten läßt. Sollte ich mich doch nicht daran gewöhnt haben?

Kommt er dann, noch später als gewöhnlich, wird er sanft empfangen. Keine Witzblatt-Gattin lauert mit der Nudelrolle hinter der Tür, keine Jammerliese verlangt unter Tränen Aufklärung. Zu schlecht ist mein Gewissen. Nebenbei bemerkt hat ihn meine Sanftheit nie getäuscht. Er ahnt meine Mordgedanken: »Du bist ein Monstrum.«

Sein eigenes Gewissen ist immer leicht, und er weiß, daß er kein Monstrum ist, nur ein Mann, der sein Leben lebt; schlecht und von Zwängen eingeengt.

Neu ist es, daß er Erklärungen abgibt, die ich nicht fordere und die so sehr nach Entschuldigungen klingen, daß ich es peinlich finde: »Ist ein bißchen spät geworden. Ich habe noch etwas getrunken.«

Er summt vor sich hin, geht zum Kühlschrank, raschelt mit Käsepapier, Wein gluckert in sein Glas. Er kaut, räuspert sich, blättert das Zeitungsblatt um. Alles wie immer, nur daß der Hahn bald krähen wird. Als er sich neben mich legt, hakt er sofort vertraulich und gutgelaunt seinen Zeh in die meinen. Ich flüstere: »Du riechst nach einem abscheulichen Parfum. Monoprix: Maiglöckchen.«

Er antwortet ohne Zögern: »Das ist das Toilettenwasser von Jerome. Ich teile jetzt meine Garderobe mit ihm.«

»Dem hätte ich eine feinere Nase zugetraut.«

»Ach, diese Homos ...«

Verdacht, Verdacht. Warum drängt er ihn mir geradezu auf? Und was bedeutet ›Verdacht?‹ Was hat man ver – dacht, wobei ›ver‹, so vermute ich, hier die Bedeutung von ›falsch, fehl‹ besitzt, wie bei: sich verschreiben, verrechnen, verlaufen, ein Kind verziehen. Mit Ungewißheit angefüllt, hieße es also: ›in falscher, irrtümlicher Richtung denken, ahnen.‹ ›Ver‹ ist aber auch ein böser kleiner Beender, und so mag er hier andeuten, daß diesem irrtümlichen und falschen Denken ein Ende gesetzt sein wird, das vermutlich negativ ist; wie man ver-hungert, ver-durstet und verdirbt.

Wie das Gerücht, in dem von Gerieche die Rede ist, windet sich der Verdacht, einem Geruchsfähnchen gleich, eines Tages, eines Nachmittags, eines Nachts, ins Gedenke; und verdichtet sich, bis man feststellt: »Es stinkt. Da ist etwas. Wonach stinkt's? Wo befindet sich das, was stinkt?« Um sich zu verflüchtigen, einem fliegenden Drachen ähnlich, daß man nur noch seine Schwanzspitze entschwinden sieht und sich die Antwort gibt: »Es stinkt? I wo! Es riecht nicht einmal, weder gut noch schlecht. Es ist deine eigene Nase, die stinkt.«

Doch wie das Gerücht wird der Verdacht erneut auftauchen, sobald man ihn verleugnet; an einem anderen Fenster, in einer anderen Ecke, unter dem Bett, aus einer Scheuerleiste, dem Ausguß des Abwaschbeckens, dem Kästchen, in dem man seinen Schmuck aufbewahrt, aus den Augen des Nachbarn, aus dem Mundwinkel des Postboten, irgendwo. Wird den Raum ausfüllen und siebenköpfig und siebenschwänzig sein, so daß man nicht weiß, worauf man zuerst achtgeben soll. Bis eines Tages dieses formlose Wechseltier, das vielleicht gerade geschrumpft, punktgroß und bedeutungslos geworden ist, zerplatzt, zerspringt, zerschellt mit Donnergetöse.

Da steht sie vor dir, die Wahrheit, und furchtbar ist es, wie sie blendet. Du hebst den Arm vor die Augen, um nicht anblicken zu müssen, was in der Hülle steckt, unter all dem Gegaukel, dem Schwanken und Wanken: die Wahrheit über dich selbst.

Der Verdacht naht so bescheiden, daß ich kaum wage, ihm den Namen Verdacht zu geben. Ich verlache ihn. Ich pfeife vor mich hin, wie ein Kind, das allein durch einen dunklen Gang geht und Angst hat. Ich fahre fort zu warten. Warten auf ihn ist mein Leben seit fünfzehn Jahren. Warten ist meine Besessenheit, mein süßes Laster. Warten-Lassen ist sein Gleichgewicht. Kann ich behaupten, daß er ein einziges Mal, auch nur ein einziges Mal *nicht* gekommen sei? Warum also auf einmal, nach so viel beruhigender Erfahrung, dieses Bangen, diese Ungeduld, Tag für Tag, besser: Nacht für Nacht? Warte ich etwa nach Tausenden von Nächten, die einander gleichen, auf die eine, in der er endlich *nicht* mehr kommt? Wie das alte Mädchen, das dreißig Jahre lang vor dem Schlafengehen unter ihr Bett leuchtete, und als im einunddreißigsten ein Einbrecher darunter lag, ausrief: »Endlich!« Ein süßes oder bitteres Laster ist mein Warten. Jedenfalls kann ich davon nicht lassen. Ich muß es ein Laster nennen, weil es gegen meine Natur und drum lasterhaft ist. Weil ich ungeduldig bin von Temperament, wie ein Kind nicht warten möchte, manches im Leben kurz und klein geschlagen habe, weil ich die Stunde nicht abwarten wollte. Wo lobte ich doch meine Geduld? Sie ist nur äußerlich, wie meine berühmte Sanftheit. Ich hasse Warten. Auch in der Stunde der miesesten Not mag ich nicht den Kopf zur Wand drehen oder ihn unter die Decke verstecken, kommt Zeit, kommt Rat, laß die Dinge an dich herantreten, liebes Kind. Ich muß die Bedrängnis angreifen, bin ein Stier, der aus dem Dunkel des Verschlags in die Arena stürzt, die Hörner gesenkt, blindlings. Oder durch die Nacht laufen, mit den Laternen um die Wette.

Warten auf Serge ist meine Droge, fast vom ersten Tage an. Ich stand hinter dem Fenster im Dunkel. Im Schein der Laterne pendelte ein Zweig der Birke auf dem Hof hin und her. Still und unbeweglich alles, nur der Zweig wehte, das Licht schwankte, ich allein auf der Welt, versteckt im Dunkel zwischen dunklen Fenstern. Dann der Schritt: Tack – tack – tack, dazu mein Herz, das ich schlagen hörte: Tack – tack - tack. Es kommt näher, wird wirklich. Es ist Serge. Noch einmal! Wieder einmal! Immer wieder!

Hat sich seitdem etwas geändert? Nur, daß ich nicht mehr auf das Geräusch eines Schrittes horche, sondern auf das eines Autos. Technischer Fortschritt hat auch die oft als poetisch betrachtete Situation des Wartens modifiziert. Da mehr Autos nachts vorbeikommen als Schritte – denn wer geht heute schon noch zu später Stunde durch die Straßen –, ist mein Warten nervöser geworden. Viele kurze Hoffnungen flammen auf und erlöschen wieder. Das Auto fährt vorbei. Das folgende ebenfalls. Ich wußte es sowieso, denn das Motorgeräusch war nicht das richtige. Und wenn, dann war es nicht seine Art zu fahren. Doch immer kommt er, gerade wenn ich die Hoffnung aufgebe und protestiere: ›Schluß! Jetzt warte ich nicht mehr! Was geht mich das an!‹ Wenn ich versuche, Nacht für Nacht, mich in das Schicksal der Witwe, der Verlassenen, der Einsamen hineinzudenken, bereits das Morgen organisierend, das Überleben ohne den Mann. Dann nämlich, wenn ich über meinen Wiederauferstehungs-Plänen vergesse, auf Motorgeräusch zu lauschen, bremst er vor der Tür. Er wählt den Moment seines Wiederauftritts auf der Bühne, in dem die Partnerin sich bereits auf den nächsten Akt vorbereitet.

In diesem Augenblick vergesse ich alles: Todeswünsche, Rache. Er ist da. Friede, so leicht. Abhängigkeit, so einfach.

Summend tritt er ein, macht Licht an, ohne Hemmung, mich zu wecken oder zu blenden, sieht nicht einmal nach mir, Barbara, der Beute, deren er sicher ist. Erster Gang zum Kühlschrank, denn die große Mahlzeit beginnt für ihn, wie für alle Bühnenleute, nach Mitternacht. Entspannung. Zeitungsrascheln. Die letzte Zigarette, und manchmal bin ich schon wieder eingeschlafen, wenn er sich neben mich legt. Friede.

Er kehrt also heim wie immer, und ich wiederhole mir das. Vielleicht ein bißchen später als sonst, so gegen zwei Uhr. Aber er kennt ja keine festen Zeiten, außer der Sekunde seines Auftritts auf die Bühne, Zeit verachtet er, verspielt sie, verraucht sie, verträumt sie, wie die drei Zigeuner in der Steppe, und nie im Leben hat er eine Uhr besessen.

Aber dieses formlose Tier, das den Namen Verdacht annimmt, flüstert mir ins Ohr, während ich auf die Straße hinaushorche. Läßt mich nach und nach Pläne schmieden, die die Witwen-Pläne ersetzen und meine Phantasie erfüllen. Sie sind kindisch und primitiv und würden in eine Boulevard-Komödie passen. Aber ich schäme mich dieses Mangels an Niveau nicht, entschuldige meine Pläne als lebensnotwendig.

Ich will zum Beispiel nachts vor dem Bühneneingang auf Serge warten und mich im Dunkel eines Geschäftseinganges gegenüber verstecken. Ich will ihm folgen. Zuerst schrecke ich noch vor dem nächtlichen Fußweg bis zum Theater zurück. Aber was könnte mir geschehen? Jemand könnte mir mein Handtäschchen entreißen? Ach, da ist nichts drin! Mich vergewaltigen? Da sage ich noch einmal: ›Ach!‹ Im übrigen würde niemand mir was tun. Das Raubtier der Nacht, von dem ich mit Hochachtung spreche, würde erkennen, daß es einer Komplizin der Nacht gegenüberstände, einer, die sich auf der gleichen Linie schlägt.

Meine Pläne werden raffinierter, ich feile die Einzelheiten aus. Im Kofferraum des Autos will ich mich verstecken, mit ihnen (wem?) mitfahren, als blinder Passagier in Embryostellung, der Horcher an der Wand, der seine eig'ne Schand hört. Denn ich sehe jetzt auf meinem Platz im Auto, der selten meiner ist, jemand anderes sitzen. Ein unbekanntes Wesen, das mir seit kurzem so lebhafte Zeichen zufunkt, daß mir die Ohren klingen.

So stark ist dieser Kontakt, daß ich keine Indizien brauche, um der körperlichen Existenz des Schemens sicher zu sein; etwa ein Haar, einen Zigarettenstummel im Auto ... Ich klebe einen Zettel vor das Handschuhfach: (erster Brief an das unbekannte Wesen zwischen uns, erste materielle Kontaktaufnahme) »Dies ist der Platz von Barbara.«

Serge lacht, schüttelt den Kopf – und läßt den Zettel, wo er ist. Wahrscheinlich, wie immer, aus Nachlässigkeit.

Ich habe stets behauptet, nicht in seinen Taschen zu schnüffeln, wie andere Frauen. Das ist glatt gelogen. Zwar tue ich es nicht regelmäßig. Aber manchmal ist es mir passiert, seine Taschen umzudrehen, in der masochistischen Hoffnung, »irgend etwas« zu finden. Immer wie das alte Mädchen, das mit der Laterne vergeblich unters Bett leuchtete. Was ich suchte? Ich konnte es nicht sagen. Und seine Taschen blieben –

und bleiben – unschuldig, keusch, aber liederlich, voll vergessenem Kram, wie die Taschen eines schmutzigen kleinen Jungen: auseinandergepellte Zigarettenstummel und zerknüllte Zigarettenschachteln, Kleingeld, Lakritzen, ein Knopf, Streichhölzer. Das Ärgerlichste, was ich in all dieser Zeit herausangelte, waren Wettscheine, an denen ich mir ausrechnen konnte, wieviel und wann er im Pferderennen verloren hatte. Zeitweise fand ich eine Handvoll solcher Scheine, die von wahren Wettkrisen erzählten wie von den Krisen eines Süchtigen.

Jetzt wird die Taschenfischerei zur Gier. Mehr und mehr hoffe ich, meine Finger faßten den *Beweis.* Zwar höre ich jedesmal, wenn ich in die Hosentaschen des Schlafenden tauche, seine Stimme: »Fehlt nur noch, daß du in meinen Taschen kramst! Ganz wie meine Mutter!« Ganz wie seine Mutter darf ich nicht sein, auch nicht ein wenig, stückweise, auch nicht im entferntesten. Welch Alptraum für ihn, ich könnte irgendein Verhalten an den Tag legen, das dem seiner Mutter ähnelt!

Trotz der Gefahr, in seinen Augen noch niedriger dazustehen als zuvor, wühle ich weiter. Einmal glaube ich, Erfolg zu haben. Ein Zettelchen.

»Warum machst du dich so selten? Ich erwarte dich heute abend um acht im ›Calypso‹. Lisette.«

Deutlicher geht es wohl gar nicht. Aber meine Hoffnung, wenn man es so nennen will, trügt. Im ersten Rausch habe ich übersehen, daß dieser Boulevard-Komödientext von Serges Hand gekritzelt und wirklich einer ist. Nur ein Stückchen eines ihn betreffenden Textes aus einer albernen Operette, den er zu faul gewesen ist zu lernen und sich wie ein mogelnder Schuljunge auf ein Zettelchen notiert hat.

Verdacht, weiterhin. Einsamkeit, die getreue Zeitvertreiberin. Qual, die sich dazugesellt. Nun sind sie drei schon, die sich an mich hängen. Qual wächst. Qual liebt das Dunkel. Das Warten. Malt Bilder: Die Unbekannte. Berührungen, Gesten, Bewegungen, Lachen, Flüstern. Die mein Besitz zu sein schienen und die mir vertraut sind.

Handgreiflicher werden die Bilder und erotischer. Fast genieße ich sie. Ich gucke durchs Schlüsselloch und kann mich nicht mehr losreißen.

Er aber zieht sich weiter friedlich auf dem Bettrand aus, läßt die Zigarette glimmen und die Stiefeletten auf den Fußboden plumpsen. Dabei hat er, wie eh und je, Lust zum Sprechen, denn er will den Tagesklatsch vom Theater loswerden:

»John, diese alte Tante. Er hat dem kleinen Tenor eine Szene gemacht, weil der nicht zu ihm ziehen will.«

»Welcher kleine Tenor?« (Es gibt so viele, und sie wechseln jede Spielzeit)

»Na, der aus Rennes! Schläfst du etwa? Er ist mit ihm am Sonntag auf den Hügeln spazierengegangen, und in der Dämmerung hat er ihm angeboten, sein Glied von oben bis unten abzuküssen. Er sei Kenner auf diesem Gebiet und nehme dazu auch sein Gebiß heraus.« (Auch diese Geschichten gleichen sich in allen Spielzeiten, wie die kleinen Tenöre.)

Neue Bilder, neue Szenen, bei denen ich den Voyeur spiele. Zärtliche Worte begleiten das Liebesspiel zwischen Serge und der Unbekannten. Er, der kein Mann der Worte ist, nennt sie albern Liebling, mein Herz, Liebe meines Lebens, mein Schatz, was weiß ich. Mich nennt er nicht einmal beim Namen, Barbara, die Barbarin. Wenn ich es noch ertrage, daß Serge seinen

Körper mit dem der Fremden unterhalb des Nabels vereint, so protestiere ich als Besitzerin doch dagegen, daß er seinen Mund auf ihren Mund preßt. Mit vielen barbarischen Stämmen habe ich den Glauben gemein, daß Austausch des Atems Austausch der Seelen sei. Wann hat er mich zum letzten Mal geküßt, um sein Ich mit meinem auszutauschen?

Wut. Haß. Ratlosigkeit. Qual. Hinundherwandern. Die Einsamkeit, die sich auch Öde, Leere, Stille, Langweile nennt. Gefangenschaft.

Dann mein emsiges Hirn, mein ameisenfleißiges Hirn, das Pläne der Befreiung schmiedet.

Ein Gefangener braucht eine Feile, um die Gitterstäbe seiner Zelle in langer, langer Nachtarbeit durchzusägen. In Modell-Gefängnissen nützt sie ihm nichts, denn die Zellenfenster haben keine Stäbe mehr. Dann braucht er ein Seil, einige Meter lang. Er muß eine Mauer erklettern. Abspringen. Vorsicht, man legt auf dich an. Spring rasch, lauf rasch.

Ausbruch ist das Recht jedes Gefangenen.

Immer nachsichtiger ist mein Wächter mit mir. Bemerkt er mich doch auf einmal wieder und scheint sich zu fragen: »Schau an, ist das etwa eine Frau?«

Eine Frau? Habe ich mich selbst in den letzten Jahren meines Winterschlafes so genannt? Wer bin ich, was bin ich, war ich es jemals, bin ich es noch? Niemand gibt mir Antwort, kein Mann und keine Feministin. Einer Frau von über vierzig Jahren geht es schlechter als einer Achtzigjährigen, bei der liegt der Fall klipp und klar, die tanzt nicht mehr Can-Can. Die Mittelalterliche ist nicht Fisch, nicht Fleisch, halb Feige und halb Weintraube, wie man hierzulande sagt. Man verfrachtet sie so langsam aufs andere Ufer, ob sie will oder nicht. Will sie nicht, läßt man sie ersaufen. Sie hat die Auswahl, in Schwermut zu verfallen oder sich in diesem Zwitteralter einzurichten wie in einem Sessel und ihr Hinterteil breitzusitzen. Die Liebe, das Begehren, die aufmunternden Blicke auf der Straße? Das Recht, selbst aufmunternde Blicke zu werfen? Vorbei, vorbei, auch die Feministinnen haben zum Thema nicht viel zu sagen. Vorwärts ins Dritte Alter, ins Vierte Alter, Schluß mit Liebesleid und -freud, ins Reich der Enkelkinder, der kulturellen Erbauungen und stillen Entsagungen.

Ich stehe ohne Partisanen da, ganz allein schwinge ich auf der Barrikade meinen Pflasterstein, mit dem ich niemanden töten will, und ich weigere mich zu sagen: ›Es ist Schluß. Entscheide dich: Ringe die Hände, so viel du willst, klage, weine, heule – oder wähle Niederlage und Frieden.‹

Habe ich nicht etwa zehn Jahre verloren, verschlafen, verwartet? Die zehn Jahre, in denen ich keine Frau war, zähle ich ab. Sie verjüngen mich. Ich bin jung. Ich bin Ich. Ich will leben, und wenn die gesamte Menschheit in ein einziges Hohngelächter ausbrechen würde.

Ich habe nachzuholen. Niemand hat mich gelehrt, hübsch zu sein. Meine Eltern, die glaubten, es gut zu meinen, wiederholten der kleinen Barbara täglich, daß sie klein, mager, kränklich und blaß sei, das Kind hustet schon wieder, es hat sein Frühstücksbrot nicht gegessen. Statt den Kopf aufrecht zu tragen, hielt ich ihn schief, wie ich den Rücken krumm machte. Statt den Mund zum Lachen aufzureißen und meine Zähne zu zeigen, die groß und gleichmäßig waren, verkrampfte ich ihn zu einem Lächeln, mit dem ich beweisen wollte, daß ich freundlich sei. Als ich dreizehn war, wuchs mein Busen nicht so schnell wie der mancher Mitschülerinnen. Ich wußte meine schüchternen kleinen Hügel nicht zu achten und traute mich nicht, sie nackt zu zeigen. Alle Welt, glaubte ich, würde darüber lachen. Klein, mager, kränklich, blaß, das Kind geht nicht genug an die Luft, eine Stubenhockerin. Ich schlich dahin, schuldbewußt. Ich liebte meinen Körper nicht, berührte ihn selten, war nicht neugierig, ihn kennenzulernen. Ich verachtete mein Gesicht, wenn es mir im Spiegel entgegensah; selbst meine runden grünen Augen mit dem gelben Strahlenkranz um die Pupille, langbewimpert, sagten mir nichts. Ich hätte gern schwarze Kirschenaugen gehabt wie eine Spanierin, eine Nase wie eine Griechin und einen Busen wie eine Amme. So aber fühlte ich mich nicht anerkannt, hielt den Kopf immer schiefer und wechselte sogar den Gehsteig, wenn jemand mir entgegenkam.

Später bekam ich Aufwallungen des Trotzes und der Revolte, vielleicht des Selbstvertrauens. Dann verfiel ich in Extreme. Ich war die häßliche kleine Ente, die Prinzessin in der Eselshaut, die plötzlich ihr Federkleid wechselte oder ihre Eselshaut abwarf. Die den Kopf vor dem Spiegel hin und her wandte und sich wunderte: »Du bist ja hübsch! Das bist du?« Und auf die Straße hinausging, den Hals gestreckt, den Kopf in den Wind, nicht mehr den Gehsteig wechselnd. Die Leute, die vorher durch mich hindurchgesehen hatten, als wäre ich Luft (wofür ich ihnen dankbar gewesen war), blickten mir jetzt in die Augen, und ich blickte zurück. Sie schnauzten mich nicht mehr an, und ich bat sie deshalb nicht um Verzeihung.

Ich hatte solche Zeiten, wo ich dachte: ›ICH‹! Groß

geschrieben. Dann vergaß ich fast, mich schuldig zu fühlen. Ich kaufte mir Kleider, die sinnlos waren, denn ich konnte damit nicht auf die Straße gehen, aber ich fühlte mich in ihnen wohl in meiner Haut, wenn ich auf dem Teppich saß; ein rotes besticktes chinesisches Seidenkleid mit Seitenschlitzen etwa, einen Hausanzug aus Rohseide mit weiten Ärmeln, außen schwarz, innen flieder. Ein weißes Brokatkleid mit grünen Blumen. Ich trug einen rosa Sari und einen schwarzen mit silbernen Lotusblüten, fühlte gern Samt oder Seide an mir und hätte mich gern in Milch und Honig oder in Eselsmilch gebadet. Ich ließ mir Löcher in die Ohrläppchen bohren und trug Ohrreifen bis zu den Schultern. Ich flocht mir falsche schwarze Zöpfe. Ich wurde rothaarig. Dann schwarzhaarig, ein für allemal. Als Serge zum ersten Male die Treppe emporkam, befand ich mich in solch einer herausfordernden und exzentrischen Epoche, obwohl ich nicht glaube, daß das Bild ihn erstaunte. Er war zwischen den Theaterkulissen von Paris bis Tokio anderes gewöhnt.

Vielleicht war ich dazu geschaffen, schön zu sein und eine große Kurtisane zu werden. Zumal ich mit fünfzehn Jahren feststellte, daß ich die Liebe liebte. Leider machte meine Umwelt mir sogleich brutal klar, daß die Art Liebe, die ich schätzte, ohne mir Böses dabei zu denken, in Wahrheit gefährlich und unnütz und drum unmoralisch sei. Die Liebe wurde verboten. Ich wich zurück und wurde wieder unscheinbar.

Liebe war das Laster der unscheinbaren Barbara, das sie sich erzwang und heimlich unter tausend Nöten ausübte. Es war, wie jedes Laster, mit Demütigungen und Sklaverei verbunden. Wenn die Liebe mir manchmal Freude brachte, Freiheit brachte sie mir nie ...

Freiheit! Wieder so ein großes Wort! Wenn ich ehrlich sein will, sage ich mir, daß ich Freiheit bisher nie gesucht und mich nicht gefragt habe, was sie ist und wo sie zu finden sei. Ich habe nur mit meinen Ketten gerasselt wie Hinz und Kunz. Habe sie hinter mir hergeschleift, immer neue Sklaverei vorgefunden, und habe mir ab und zu trotzig beweisen wollen, daß ich frei und eine Frau sei.

Zu leicht wäre es, für mein Dilemma jenen würdigen Mann verantwortlich zu machen, der mich zeugte und der sich weigerte, mich zu begutachten, als er erfuhr, daß ich nur ein Mädchen sei. Das klingt nach einem Musterfall aus einem populärwissenschaftlichen Buch über Psychoanalyse. Ich glaube nicht an diese Geschichte und ihre Auswirkung. Wir sind alle ehemalige Kinder, alte Kinder, aber wir können nicht da stehenbleiben, unsere verpfuschte Kindheit zu bejammern – jeder hat die seine.

Worüber beklage ich mich übrigens? Ich erreichte, daß einige mir zuflüsterten: »Ich liebe dich!« Und: »Du bist einmalig im Bett!« Meine eigene Liebe war zeitlich begrenzt. Wer verließ stets wen? Ich war es. Der geringste Vorwand genügte mir. Ich fühlte Genugtuung, Schluß machen zu können. Aus heiterem Himmel. Zu beobachten, wie X oder Y aus den Wolken seiner Herrlichkeit fiel. All das ist leicht zu erklären, auch ohne Hilfe eines Fachmannes. Dann begann von neuem das Spiegelein, Spiegelein an der Wand, die Schönste im Lande bist du nicht, ich kann mein Gesicht nicht leiden, die hohe flache Stirn, die kindische Nase, die Augen, die immer aussehen, als hätten sie zuviel geweint. Will ich mir schmeicheln, nenne ich es ein melancholisches Gesicht.

Der erste, der mir klarmachte, daß mein Körper einen anderen wert sei und ich ihm unrecht täte, ihn zu verachten, war Serge. Er schlug mir heftig auf meinen unsichtbaren Buckel, um mir zu beweisen, er sei nicht da. Aber auch eine Bucklige hätte er, der in der Welt der Schminke, der Perücken und der unsichtbaren Absätze lebte, mit ein paar Kunstgriffen in die Lustige Witwe verwandelt. »Warum ziehst du den Augenstrich so nach unten? Das macht deine Augen noch trauriger. Alles in deinem Gesicht ziehst du nach unten, Augenwinkel, Nasenflügel, Mundwinkel, selbst deine Hände knickst du nach unten. Warum legst du den Kopf immer schief? Warum ziehst du den Kopf in die Schultern?« Er umfaßte meinen Hals und streckte ihn, daß ich es knacken hörte. »Du hast einen schönen Hals.« Soso. »Wie gehst du? Du gehst gar nicht, du schleichst. Manche Tänzerin würde dich um deinen hohen Spann beneiden. Du brauchst ihn nicht, aber wenigstens kannst zu ihn zeigen. Setze die Füße auswärts. Du hast hübsche kleine Füße.« Soso. Er nahm mein Gesicht in beide Hände, nicht liebevoll, sondern ein Bildhauer, der sein unfertiges Werk betrachtet. Er entdeckte ein sympathisches Ohrläppchen, einen eleganten Haaransatz, glatte Haut, einen amüsanten Leberfleck, der ausbeutbar war; griff in sein Arsenal von Stiften, Dosen, Tuben, Pan-Cake und bearbeitete mein Gesicht. Der schöne Junge, dem ich in der Nacht zu seinem einundzwanzigsten Geburtstag eine Rose aufs Gesicht gelegt hatte, mein Rosenkavalier, er war auch mein Schöpfer. Wie sollte ich ihm nicht ergeben sein! Doch dieser Pygmalion ließ sein Werk im Stich, wie er, eine nachlässige und vergeßliche Natur, alles halbfertig läßt, aufgibt.

Seit wann hat er mich, Barbara, seine Schöpfung, vergessen? Wir sind uns nicht einig. Einmal sagt er: »Seit dem Kind.« Aber ich glaube vielmehr, daß es ein langsames Vergessen war und daß wir alle beide vergeßlich waren.

Warum also plötzlich diese Erinnerung? Warum auf einmal wieder: »Nanu, da ist ja eine Frau!«? Er streicht mir übers Haar, ich neige ergeben den Kopf unter seiner Hand, wie früher. Sanfte Gespräche haben wir am Tage. Vornehmlich über das Wetter und die Zusammenstellung des Menüs; aber sanft.

In der nächsten Nacht horche ich weiter auf die Autos. Warte, wie immer. Die Straße führt mitten durch die Stadt, aber sie gehört ab acht Uhr den Laternen, die einander leuchten, weil sie niemanden zu beleuchten haben. Die Mittelstadt, in der wir diese Spielzeit unser Winterlager aufgeschlagen haben, gilt als eine der untergründigsten Frankreichs. Man glaubt es kaum, so gut heuchelt sie. Ihre Mädchen stehen nicht an den Ecken, sondern warten neben dem Telephonhörer. Ihre Nachtbars sind Privatclubs. Die beste Unterwelt Frankreichs zieht sich hier zurück und parlamentiert ungestört über ihren Generalstabskarten. Die Stadt ist scheinheilig. Sie zeigt dem Harmlosen ihre Kathedrale, ihre Museen, ihre Internate für junge Mädchen, ihre Feinschmeckerlokale mit weißen Tischtüchern, eine Handvoll Cafés, die um zehn Uhr dichtmachen, ihre Fußgängerstraße, ihre renovierten Fachwerkhäuser, die Sonntagspromenade am Fluß; kurz, zeigt, was sie zeigen will, nämlich ihre Banalität. Zeigt vor allem in entmutigender Weise ihre Schlafmützigkeit ab acht Uhr abends. Das Haus ist leer. Auch Jerome, der Operettenkomiker, und John, der edle

Baß, sind noch nicht da. Auf sie kann ich mich auch nicht mehr verlassen. Jerome hat einen neuen Freund, einen Koch mit Schnurrbart und schwarzen Augen. Er selbst ist blond, blauäugig und rosig, gleicht einem Teeröschen. Sie sind ein schönes Paar und haben noch keine Probleme. Nichts trübt die frische Liebe auf Spitzenkissen, es sei denn, das Leid eines verlassenen Feuerwehrmannes.

John ist Nicht-Schläfer, doch es wäre falsch zu sagen, er leide unter Schlaflosigkeit. Er lebt sie. Er behauptet, seit Jahren nicht mehr geschlafen zu haben. Seine Nachtwachen schleppt er durch Cafés und Bars bis zur einzigen Bar der Stadt, hinter dem Bahnhof gelegen, die die Nacht über nicht schließt und Zuflucht der Nachtvögel und familienlosen Algerier ist. Auch dort, heißt es, erschöpft er den letzten Nicht-Schläfer. Bier über Bier in den Bauch schüttend erzählt er mit seinem grauenhaften Yankee-Akzent Geistergeschichten aus Pennsylvanien und wird böse, wenn seine Zuhörer einschlafen. Den Rest der Nacht streicht er furchtlos durch die Gassen, ein schwammiger Tapir, auf der Suche nach einem Jüngling, dem zuliebe er (all das sind Theatergeschichten) sein Gebiß herausnehmen könnte.

Über unserem Kopf wohnt der Solotänzer aus Polen, viel zu gut für diese Stadt. Flüchtling, liest er, vielleicht aus Heimweh, dennoch »L'Humanité«. Er läßt schon seit zwei Wochen kaum noch die Dielen über uns unter seinen Tänzerfüßen knarren. Lebt er doch gerade – auch er – einen Honigmond. Mit der Solotänzerin des Stadttheaters, einer Mulattin, die ihrerseits mit einem argentinischen Geschäftsmann verheiratet ist, der wiederum den Polen mit einem Messer bedroht hat. Theatergeschichten.

So bin ich allein, die ich nicht an diesen Theatergeschichten und noch weniger an den Honigmonden teilhabe. So höre ich das Gebälk um mich knacken, als wäre ich die einzige Überlebende in einem Geisterhaus in Pennsylvanien. Soll ich weiterhin warten und bereits meine Auferstehung als Witwe organisieren?

Ich schlage die Decke zurück und strecke erst einen, dann den anderen Fuß aus dem Bett. Lasse sie in die Monoprix-Filzpantoffeln schlüpfen, Symbole meines Abstiegs. Ich öffne die Tür und gehe im Nachthemd die Treppe hinunter. Im Treppenhaus riecht es nach dem Gemeinschaftsklo, einem Loch mit zwei Riesen-Fußtritten zum Hinhocken; niemand macht sich je die Mühe, die Tür zu schließen. La Vie de Bohème.

Ich drehe den Schlüssel im Schloß. Zu, zu, zu ist die Tür. Mögen sie alle draußen bleiben, der Komiker, der Baß, der polnische Tänzer, die Mulattin, der argentinische Geschäftsmann, der Tenor aus Rennes, der Koch, der Feuerwehrmann, und wer auch immer. Vor allem Serge. Zu, zu, zu ist die Tür. Ich habe es gewagt.

Im Chor können sie draußen singen, öffne die Pforte, holde Barbarin, zaudere nicht, o hehres Weib. Einen pas de deux und einen pas de quatre können sie auf Spitzen tanzen. Ihr Heldentenöre, ihr Sylphiden, ihr Fledermäuse, ihr Griechenjünglinge, ich habe euch satt. Bleibe draußen, wer noch draußen ist. Wer jetzt kein Bette hat, der findet keines mehr.

Ich gebe mir die Erlaubnis, nie mehr im Leben nachts Autos zu zählen.

Da liegt sie unter der Bettdecke, Barbara, allein, die Hände über dem Bauch gefaltet und fühlt sich herrlich frei.

Serges Auto. Das Knacken der Handbremse vor der

Tür. Schon sitze ich auf dem Bettrand, diesmal sind beide Füße zugleich aus dem Bett gehüpft. Haben keine Zeit, nach Pantoffeln zu fischen. Barfuß eile ich zur Treppe. Serges Hand drückt draußen die Klinke hinab. Pause, die Erstaunen ausdrückt. Dann Klopfen. Fast falle ich die Treppe hinunter, benötigte Flügel, um schneller unten anzulangen. Er wird nicht warten. Das hat er nicht gelernt. Er wird umkehren.

Na, ich denke, das willst du? Auf der letzten Stufe bremse ich meinen Flug. Still, halte den Atem an. Auch hinter der Tür ist es still. Aber er steht dort. Er wartet.

Welche Entschuldigung kann mir so schnell einfallen? Wie sie auch geartet sei, er denkt sich bereits meine Bestrafung aus.

Ich habe unter meinen Begleiterinnen die beständigste und mächtigste unterschlagen: die Angst.

Ich habe Angst vor ihm. Meine Angst kann wieder einmal nicht rivalisieren mit jenen Frauenängsten, die Schlagzeilen machen. Ich habe nicht Angst davor, daß er mir Säure in den Uterus gießt und mich von einem Kumpel vergewaltigen läßt und mir die Arme dabei hält. Ich fürchte auch nur mäßig Serges schlagende Hand, den umgeworfenen Tisch und das Geschirr, das er mit Sicherheit an meinem Kopf vorbei an die Wand schleudert. Das, habe ich mir eingeprägt, gehört zu den unangenehmen Momenten im Leben, die vorübergehen. Barbara nimmt einen Besen und fegt die Scherben zusammen. Die Flecken sind erst blau, dann werden sie lila, dann grün, endlich gelb und verlieren sich.

Aber ich habe Angst, wenn seine Stimme tief wird. Wenn eine Falte zwischen seinen Brauen sich zeigt. Wenn er gar nichts mehr sagt. Das sind Drohungen, die versprechen, ich weiß nicht was, ich weiß nicht, wann und wo und wie. Sie nähren meine Angst mächtiger als eine blutende Nase.

Wie konnte ich mir zweiunddreißig oder auch nur fünf Minuten lang einbilden, ich könnte mir einer Schlüsselumdrehung eine Angst verjagen, die Jahre alt ist?

Vor meiner Angst strecke ich die Waffen. Ich habe es zu leicht geglaubt. Die Gespenster stehen nicht draußen und bummern gegen die Tür. Sie haben sich mit mir eingeschlossen, hocken um mich, die ich ihnen ein Schnippchen schlagen wollte, und lachen sich ins Fäustchen. Reingefallen! Wieder einmal!

Der Mann auf der anderen Seite der Tür kann sicher sein, daß Barbara öffnet. Er weiß, auch morgens um fünf wird sie die Treppe hinunterfallen, um ihm geflissentlich zu öffnen. Sie wird seinen Platz im Bett angewärmt und auf dem Tisch Teller, Glas und Besteck für seine nächste Mahlzeit bereitgestellt haben; sie wird den Mülleimer für den Theaterklatsch des Tages spielen. Er klopft nicht einmal mehr, wozu die Mühe. Er räuspert sich nur. Das genügt, daß ich den Schlüssel umdrehe und die Tür öffne. Ich habe ihn unterschätzt. Nicht einmal die Falte zwischen den Brauen bietet er mir an. Er schüttelt sogar nachsichtig den Kopf. Was soll die Kinderei? Er gähnt sein Nilpferdgähnen mit weit aufgerissenem Rachen, sein muskelentspannendes Sänger-Gähnen.

»Aaaah! Ich bin müde!« Abgekürzte Mahlzeit, Zeitungsrascheln, Zigarettenglimmen, schon ist er im Bett. Sein Zeh sucht harmlos meine Zehen. Er küßt mich brüderlich; ich danke dir, mein Gebieter. »Gute Nacht.«

Schon schläft der Glückliche.

Warum sitze ich aufrecht neben ihm und lasse wieder einmal die Tränen fließen? Er würde sagen: Weil du gerne weinst, Barbara, die Tränenweide. Die den Regen draußen liebt, weil sie das Salzwasser aus ihren Augen mit den Tropfen mischen könnte, die der Himmel hinabschickt. Tränen sind warm, sie rinnen sanft über die Wangen, man kann sie mit der Zunge auffangen und abschlecken. Niemand außer mir selbst kann mein Weinen leiden, ich aber genieße den sanften, warmen Fluß, die Tropfen, die als Trost auf den Handrücken fallen, die Quelle, die aus mir selbst fließt. Doch auch diese egozentrische Befriedigung wird mir mehr und mehr vergällt, denn was einer Zwanzigjährigen zusteht, steht einer Vierzigjährigen nicht mehr zu Gesicht. Weinen ist ihr verboten, aus Gründen der Ästhetik. Weinen vor Publikum ganz besonders wird Appell an das Mitleid und Erpressung genannt, ist es vielleicht in der Tat und drum abstoßend und erbärmlich. Hören wir also auf zu schniefen, zu ersticken, die Augen zu röten, die Nase hochzuziehen. Er ist doch da, von dem ich nun mal abhänge. Besser er als niemand. Alles ist so harmlos. So unwichtig. Gibt es jetzt nicht sogar Augenblicke, in denen er mich erneut bemerkt, sein unfertiges und im Stich gelassenes Werk, über das der Regen der Zeit gefallen ist?

»Dein Haar ist dichter geworden in letzter Zeit ...« »Warum trägst du so dunkle Strümpfe? Helle stehen dir besser. Du hast schlanke Fesseln« (er umfaßt sie sogar), »Nur wer dicke Beine hat, muß dunkle Strümpfe tragen.« Mit wem vergleicht er mich?

Er selbst wird von Tag zu Tag schöner. Auch er,

habe ich mir trotzig vor dem Spiegel Mut zugesprochen, ist nicht mehr der Faun mit der geringelten Haartraube in der Stirn. Er ist ein bißchen aufgequollen. Einen kleinen Sängerbauch hat er bekommen, oh, nur ein ganzes bißchen. Er ist manchmal gelb im Gesicht. Kleine Zeichen des Verfalls und der Vergänglichkeit, ich wünschte, es wären mehr. Doch statt mich aufzuholen, verjüngt er sich neuerdings. Sein Gesicht bekommt wieder die Kühle und Glätte des Marmors. Das Haar ringelt sich schwarz darüber. Dunkelblau und durchsichtig das Auge. Das etwas zu kurze Kinn, einziger Schönheitsfehler und angeblich Zeichen von Willensschwäche, hat nicht mehr die Doppelfalte der Erschöpfung.

Noch länger als gewöhnlich, scheint es mir, steht er vor dem Spiegel und begutachtet sein Aushängeschild. Zweimal am Tage läßt er Wäsche und Hemd mir zu Füßen fallen. Der Raum duftet nach seinem Lavendelwasser. Er ist, muß ich zugeben, strahlend schön. Ich zöge ihn alt und häßlich vor.

Genug. Ich mag nicht mehr. Ich kann nicht mehr. Ich agonisiere, während ich im Bett sitze, Tränen und Nase laufen lasse und höre, wie er neben mir das gleichmäßige Geräusch ausstößt, das ›Schnarchen‹ zu nennen ich noch respektlos finde. In diesem Haus der ausgeflogenen Nachtvögel in der Seildrehergasse, in irgendeiner Mittelstadt mit untergründigem Leben, das ich nicht erschürfen werde. Vor mir die Tapete, die hier und dort abgerollt ist, die Längsstreifen hat, dunkelblau auf Crème, wie Käfigstäbe, hinter denen Licht ist, in Abständen eine Margerite hineingetupft. Ich habe schon viel auf Tapeten gestarrt und ihre Muster belebt. Ich habe schon auf das Tropfen von vielen

Wasserhähnen gelauscht, an denen, wie hier, die Gummischeibe erneuert werden müßte. Wasserhähne und Tapeten haben eine gewisse Bedeutung für mich.

Genug. Ich bin nicht mehr jung genug, um meine Zeit mit Tapeten und Wasserhähnen zu verplempern, ich kann noch so viel darüber meditieren. Man hat recht, mir meine Meditationen, meine Ängste und meine Agonie nicht abzunehmen und achselzuckend zu sagen: ›Deine Schuld! Tu was! Hau den Knoten durch, statt weiter daran zu knippern.‹

II

Am nächsten Tag wird das Mittagessen kurz nach dem Aufstehen serviert. Serge hat wieder um ein Uhr Probe. Nebenan höre ich John sein Bett verlassen, das ist, als stiege ein Flußpferd aus dem Nilschlamm. Jetzt wird er sich auf dem Campingkocher seinen Kaffee kochen und sechs Stück Zucker hineinwerfen. Auch unten bei Jerome vernehme ich die bekannten Geräusche des Erhebens; viel Wasserrauschen dort, denn Jerome pflegt sich und blitzt immer wie ein blankgeputzter Apfel. Kein Bluff mit Lavendelwasser, doch ein Tupfer Herrenparfum zu guter Letzt. Sein Eisenbett hat er mit Kissen garniert und die Wände mit Plakaten und Photos geschmückt. Von allen Seiten strahlt ihm sein eigenes Bild entgegen, sobald er zur Tür hereintritt, appetitlich, adrett, Künstlerphotos mit Strohhütchen auf dem Kopf, mit Frackfliege oder hautenger rosa Hose, kein bißchen Po und Hüften, die Zähnchen blitzen.

Ich könnte fragen, warum Serge um ein Uhr Probe hat, denn er ist der einzige, der das Haus verläßt. Er würde mir wieder antworten, daß seine Proben nichts mit denen der Chorbässe oder des Operettenkomikers zu tun hätten. Doch wozu fragen? Die Wahrheit erfahre ich nicht aus dem Munde eines Serge, der es sich in den Kopf gesetzt hat, aus ihm bedeutend erscheinenden Gründen an Unwahrscheinlichkeiten festzuhalten.

Es regnet. Seit Wochen regnet es, ich sagte es schon. In der Weihnachtsnacht. In der Silvesternacht. Es hat rundum in Frankreich geregnet, als ich für zwei Tage die Seildrehergasse verlassen habe, um auf Einladung meines Verlegers nach Paris zu fahren, wo ich fürs Fernsehen interviewt wurde. Wahrscheinlich des Regens wegen beachtet diesen Abstecher niemand. Es regnet vor dem Hotelfenster, es regnet in der Seildrehergasse, es regnet weiter, als ich an diesem Tag aus dem Hause laufe, kaum daß Serges Auto um die Ecke verschwunden ist. Ich streiche um das Theater herum, zwei Stunden lang im Regen, dann kommt endlich sein grünes Auto herbei und hält einige Meter vor mir, da hat er eine Parklücke gefunden. Keine Möglichkeit mehr, davonzulaufen, rasch sammle ich Entschuldigungen, was wird er sagen, das ist die Höhe, du spionierst mir nach, wie meine Mutter meinem Vater, das ist das letzte. Gib das nur schnell wieder auf, das mißfällt mir außer – ordentlich.

Die rechte Wagentür öffnet sich, ein Fuß an einem Spangenschuh streckt sich, ein grüner Regenmantel drängt sich aus der Öffnung. Guten Tag, Mademoiselle Wahrheit. Ich gehe nicht zurück, sondern vorwärts, auf sie zu. Denke sogleich: ›Ja, sie paßt zu ihm.‹ Dann aber stoße ich die Wahrheit ab: ›Das ist nichts. Ich werde mich lächerlich machen und büßen.‹

Doch dabei gehe ich weiter vorwärts, bis ich vor ihr stehe. Wenn ich selbst es immer noch nicht allzu gern wissen will, sie selbst macht sich keine Illusionen. Sie weicht zurück. Ein Fluchtreflex. Irrtum: Sie ist kein Fluchttier, sondern ein Tier, das angreift. Oder zumindest seine Beute nicht im Stich läßt, sondern sie und sich selbst verteidigt. Eine Falte hat sie zwischen ihren

Brauen, und sie blickt mir in die Augen. Im Orient würde man sie poetisch nennen: die Kuhäugige. Sie ist jung. Sie ist nicht häßlich, nicht unmöglich, wie könnte Serge auch. Sie sieht höchstens, so stelle ich mit kalter Objektivität fest, ein bißchen töricht aus. Kein Zweifel, ich habe die Wahrheit vor mir, die ich so begehrt hatte.

Noch einmal kann man mir vorwerfen: Was haben diese äußeren Fakten mit Wahrheit zu tun? Wo ist die Wahrheit darin, daß ein Spangenschuh aus Serges grünem Auto steigt? Was für eine oberflächliche Vorstellung hast du von der Wahrheit? Die hockt irgendwo dahinter und zeigt sich noch lange nicht.

Vielleicht. Dennoch ist dies ein großer Augenblick. Man soll ihn nicht unterschätzen! Diese Szene, so klassisch sie ist, stellt einen ersten Höhepunkt in dem Schauspiel dar, das vielleicht noch mehrere Akte hat. Fast verpaßt Serge sein Stichwort, oder gehört das zur Regieanweisung? Er kriecht aus der anderen Autotür und lächelt, der niemals lächelt: »Neinnein – (warum neinnein?) das ist eine Kollegin. Sie ist sehr nett. Ich habe sie mitgenommen, weil sie denselben Weg hat.« Das ist viel zuviel für einen Serge, der mir niemals Erklärungen und Entschuldigungen abgibt. Er bemerkt es selbst und bricht ab, ärgerlich über sich selbst.

»Guten Tag«, sage ich und gehe weiter, an beiden vorbei. Mehr fällt mir selbst nicht ein. Ich überquere die Straße. Natürlich wird er mir nicht nachlaufen. Er wird mich dagegen später dafür bestrafen, daß er meinetwegen sein Gesicht vor einer kleinen Kollegin verloren hat, die ihn bewundert.

An der Ecke drehe ich mich doch um. Ich sehe sie

dem Künstlereingang des Theaters zustreben. Er öffnet die Tür und läßt sie zuerst eintreten. Diese Geste beruhigt mich. Wäre sie seine Geliebte, würde sie nicht vielmehr wie Barbara hinter ihm herschleichen und gerade noch durch den Türspalt schlüpfen, den er vergeßlich hinter sich aufläßt? Eine, der er so höflich die Tür öffnet und der er den Vortritt läßt, liebt er nicht.

So sage ich mir. So verweigere ich die Wahrheit, die Körper angenommen hat, Fuß in Spangenschuh, grüner Regenmantel, schönes Kuhauge unter Brauenstrich, Verteidigungsfalte inmitten der Stirn.

Doch er selbst verrät alles; später muß ich mir sagen: Serge, kluges Kind, hat alles getan, damit ich die Wahrheit auf taktvolle Art erfahre. Denn als er abends in das Zimmer in der Seildrehergasse tritt, benimmt er sich, statt mich zu beschuldigen, wie ein Schuldiger. Er kommt auf mich zu, zieht meinen Kopf an sich und bettet ihn an seinen Pullover. Ich weine ein bißchen. Das macht ihn nicht wütend; zweiter Irrtum, wenn es einer ist. Und er spricht: »Ich schwöre dir ...« Dritter Irrtum, denn wer freiwillig schwört, schwört meistens falsch.

Ich bin weiterhin selbstmörderisch entschlossen, die Wahrheit, meine kleine, persönliche, oberflächliche Wahrheit, an mich zu reißen. Habe immer noch nicht begriffen, daß, so sinn – reich Worte wie Verdacht, Einsamkeit sind, so sinn – los Worte wie Freiheit, Wahrheit. Habe auch nicht den Un – Sinn begriffen, daß ich, Barbara, die Gefangene, auf einmal schreie: »Er gehört mir!« Mein Wächter etwa? Wer ist da Gefangener und wer hält wen gefangen? Wo ist da zum Beispiel die Wahrheit? Für mich heißt sie: Er gehört mir. Mir, der Gefangenen, gehört mein Wächter, der Beute mein Jäger.

Was spielt man an diesem Abend im Stadttheater der Mittelstadt? Ist's nicht »Das Land des Lächelns«? Ich erinnere mich nicht genau. Spielte die Operette in China, auf Hawaii, in der ungarischen Steppe oder der mexikanischen Wüste? Zigeunerinnen tanzten jedenfalls darin hitzig, Chinesinnenchöre trippelten herbei und auch ein Barbar mit Tirolerhut und Lederhosen trat auf und erregte, wie immer, Schadenfreude. Doch genau gesagt, wußte ich nicht, was sich da auf der Bühne abspielte und ob ich das nicht mit anderen in der Mittelstadt so allseits beliebten Operettenabenden durcheinanderbrachte.

Dann aber sehe ich mich selbst sehr deutlich vor dem Künstlereingang auf und ab gehen, vor jenem rigiden Betonkasten des Stadttheaters, den eine ehrgeizige sozialistische Stadtverwaltung vor fünfzehn Jahren hat bauen lassen, anstelle des Rokokotheaterchens, dessen Akustik angeblich nicht mehr den Anforderungen entsprach, wie es so schön heißt. Der erste chauvinistische Stolz ist verrauscht, und der neue Bürgermeister, der die größte Apotheke der Stadt besitzt, würde gern ein Pülverchen brauen, um das Theater verschwinden zu lassen. Da er dies nicht kann, rückt er kein Heilmittel heraus, sondern läßt es dahinvegetieren. Wird schon von alleine sterben.

Nach und nach kommen die letzten Partisanen dieses verlorenen Musenpostens aus dem Eingang. Zuerst die Musiker, die sich nicht abzuschminken brauchen, ihre mehr oder minder großen Instrumentenkästen unter dem Arm. Dann erscheint die Diva im Pelzmantel, die zwei Koffer mit Kostümen und ein Hündchen mit sich schleift und die niemand mit der Bitte um ein Autogramm überfällt. Eine brave berufstätige Hausfrau von fünfzig Jahren, die schon dem nächsten Engagement entgegenhetzt, um den Monat abzurunden. Als nächster stößt Albert die Tür auf, der Tenor aus Bordeaux. Er hat es nicht nötig, in der Seildrehergasse zu wohnen, denn er ist von Haus aus reich. Ihn interessieren nur zwei Themen auf der Welt: Pornographie und die Schlösser an der Loire. Manchmal macht er eine Reise nach Bangkok, der Bordells wegen. Warum er im Chor des Stadttheaters singt, kann ich auch nicht erklären. Einige meinen, er habe eine hübsche kleine Stimme. Aber so recht singen hat ihn niemand gehört.

Er ist einer der wenigen, die mich aus alten Zeiten kennen. Ich gebe ihm die Hand, die er schlaff ergreift und wieder fallen läßt, und sage: »Ich warte auf Serges Freundin.«

»Boff!« antwortet er. Das ist eines seiner Lieblingswörter. Soll heißen: ›Alles auf dieser Erde hat so wenig Bedeutung. Mich regt nichts mehr auf, und du solltest es ebenso halten.‹ Doch da im selben Augenblick Jerome vor die Tür tritt, fragt er diesen mit verschlafener Stimme und offenbar aus Höflichkeit mir gegenüber, ob Raissa schon fort sei. Jerome ist noch nicht abgeschminkt. Er verfehlt die Gelegenheit nicht, sich im Smoking und mit angeklebten eisgrauen Bartkoteletten als Baron der Wiener Gesellschaft von den Vorübergehenden bestaunen zu lassen. Einmal lief er sogar im Kostüm eines orientalischen Eunuchen quer über den Platz zum Zentralcafé, angeblich, um Zigaretten zu holen.

Er antwortet, daß Raissa sich noch im Flur befinde.

Und niemand wundert sich. Niemand zuckt mit der Wimper. Alle haben es gewußt. Während ich daheim die Margeriten auf der Tapete gezählt habe. Nicht einmal ein Geheimnis ist es.

Ich drücke den Summer des Künstlereingangs, die Tür klackt auf. Auf der Treppe treffe ich sie im Gespräch mit einer Kollegin. Sie trägt wieder den grünen Regenmantel. Auch sie wundert sich nicht. Ich sage: »Ich möchte Sie sprechen.«

»Gut«, nickt sie. »Einen Augenblick.« Sie beendet ruhig ihr Gespräch mit der Kollegin, die ebenfalls nicht mit einem Wimperchen zuckt, sagt: »Bis morgen!« und folgt mir willig ins Zentralcafé. Während ich mich setze, holt sie mit langen dunkelblau gelackten Nägeln Geld hervor, kauft an der Bar Zigaretten, setzt sich mir gegenüber und bestellt ein Bier.

Raissa! Ich wette, sie heißt Nicole und stammt aus einem Vorort von Perpignan oder Avignon. Ich greife sie an: »Also, Sie schlafen mit Serge?« und sie fängt den Streich auf: »Ich nehme Ihnen nichts weg.«

Was spreche ich noch? Was antwortet sie noch? Nur widerwillig krame ich das noch einmal hervor. Will mich dessen entledigen, wie einer harten Arbeit, für die man nicht geschaffen ist. Wie ich schon das Bierglas erhebe, denn auch mir hat sie ein Bier bestellt, das ich sie bezahlen lasse, obwohl eigentlich ich sie, wenn man so will, eingeladen habe. Wie ich mich schon ihr das Bier über das Gesicht leeren sehe, in der letzten Sekunde das Glas wieder auf den Tisch stelle, nein, das ist zu wenig des Guten, ein wenig Bier in den Ausschnitt, mit einer kleinen öffentlichen Wirkung begnüge ich mich nicht; und sie hat nicht einmal etwas gemerkt, besieht ihre Ringe und mich und spricht sanft: »Er sagt, er habe mich gern.« Wie ich sie auffordere, Serge zu befragen, sie willig aufsteht, mir folgt bis zum Auto an der Straßenecke, in dem Serge feige sitzt und wartet. Er ist im Bilde. Das arabische Telephon hat rasch funktioniert im Theater. Wie hat man es ihm wohl so in aller Schnelle zugetragen: »Achtung, deine Alte!«? Nein, so vulgär sprechen Theatermenschen nicht von einer legitimen Ehefrau. Sie haben einen ganz bürgerlichen Respekt vor legitimen Fesseln, so selbstverständlich es für sie ist, auf jeder Tournee mit einer anderen Ballettratte oder Choristin ins Hotelbett zu hüpfen. Die Ehefrau hat zwar in jeder Operette eine beklagenswerte Rolle; aber übersehen wir nicht, daß der Held immer wieder zu ihr zurückkehrt.

Sitzt er also im Auto und wartet der Dinge, die kommen. Sagt nichts, wie auch sie nicht, die sich, aus Gewohnheit, wie ich ausrufe, auf den Vordersitz neben Serge setzt. Barbara, die Beifahrerin, sitzt hinten. Sieht, wie man vor ihr einen Blick und ein Lächeln wechselt, das ich ›höhnisch‹ nennen werde. Befiehlt, immer munterer werdend, je mehr man vor ihr still ist, loszufahren. »Wohin?« Ich kreische: »Zu uns! Wir werden jetzt zu dritt leben! Ich werde euch das Frühstück ans Bett bringen!«

Raissa kann nicht anders, dieses Bild entlockt ihr ein Kichern. Ich sollte toleranter mit ihr sein, denn schon im Café habe ich entdeckt, daß sie simplen Geistes ist und zu jenen Leuten gehört, die alles verquer verstehen und gleichzeitig wörtlich nehmen. Sie kichert also, weil sie mich wörtlich quer versteht, kindisch ist und es wahrscheinlich lustig findet, daß ich ihr und Serge das Frühstück ans Bett bringen will. Sie möchte sogar etwas sagen, vielleicht, das ist aber nett von Ihnen, oder ich esse zwei Hörnchen und trinke Tee zum Frühstück; aber ein Seitenblick von Serge, einer jener Blicke, die ich allzugut kenne, übt auch auf sie schon Wirkung aus, und sie schließt den Mund.

Sie hat die Haare zum Chignon zusammengewunden und um den Hals einen Strickschal, dessen Enden über den Rücken hängen.

Dieses Ende packe ich, noch ihr Kichern im Ohr, noch verletzt von dem Blick, der den Fortschritt ihrer Beziehungen verrät, und ziehe zu. Ich rufe dabei, damit auch jeder recht verstehe: »Umbringen werde ich dich. Hier kommst du nicht mehr raus.« Haben Sie schon einmal einen Menschen umgebracht? Ich wenigstens habe jetzt das Privileg zu wissen, wie das ist, kann es verstehen und jedermann nachfühlen, der es getan hat. Seltsamerweise behaupten die meisten, die ich befrage: »Ich habe noch nie, auch nicht im Traum und in Gedanken, einen Menschen umgebracht.« Ich frage mich, warum sie alle so lügen und warum ihnen ihre ganz natürlichen Mordgedanken so peinlich sind. Falls Mord ihnen jedoch wirklich unbekannt ist, so kann ich ihnen versichern, daß der Augenblick der Tat eine unendliche Erlösung und Befreiung bedeutet. Ich sage nicht: Freude oder Glück, obwohl man es auch so nennen könnte, doch da müßte man schon wieder darüber diskutieren, was eigentlich ›Glück‹ ist. Erlösung, Befreiung, das ist es. Verlangt man danach Reue, so indigniert man sich, wenn diese nicht gefühlt wird. Reue worüber? Man tötet nicht aus Rache oder um zu zerstören. Man tötet, um sich zu befreien.

Ich zog also zu, sie kicherte nicht mehr, sagte nicht einmal quiek, wie sie unter Serges Blick nicht mehr quiek gesagt hatte. Wir waren das perfekte Mörder-Opfer-Paar. Sie hätte sich ohne Widerstand erwürgen lassen, hätte Serge nicht die Hände vom Steuer genommen und mir mit der Faust ins Gesicht geschlagen. Ah, ich kenne die Faust meines Herrn wieder! Ich fühle es warm in meiner Nase rinnen und aus dem Nasenloch quellen. Blut tropft über die Lippen hinab. Mir wird übel, ich kann kein Blut vertragen, weder eigenes noch fremdes. Serge öffnet die Wagentür auf Raissas Seite, sie macht einen Katzensprung nach draußen. Gerettet.

Ihren Schal läßt sie im Auto zurück. Ich werde ihn am nächsten Morgen in den Mülleimer werfen und Abfall darüber schütten – nicht ohne daran geschnüffelt zu haben, um den Geruch derjenigen in mich aufzunehmen, die mir von nun an und in nächster Zeit näher als alle anderen Menschen auf Erden sein wird.

Die Gewohnheit ist ein Dämon. Er läßt uns, als wir in der Seildrehergasse die Tür hinter uns schließen, so handeln, als kämen wir von einem gewöhnlichen Ausgang heim. Serge geht einen Meter voran die Treppe empor. Barbara schleicht hinterher, den Blick auf seinen Hacken. Oben angekommen aber dreht er sich um und sagt ruhig mit seiner schönen tiefen Stimme: »Barbara, nun ist alles aus zwischen uns.«

Demütig nehme ich das zur Kenntnis. Er hat recht, wie immer. Ich habe es an Würde und Delikatesse fehlen lassen, ich, die Barbarin.

Ruhig legt er sich zu mir ins Eisenbett, ins sogenannte Ehebett, und schläft ein.

Der Regen hört in der Nacht auf.

Ich liege wach, werde wacher und wacher.

Mein Erstaunen über das, was mir da passiert, die ich in Dornröschenschlaf gelegen habe, kann nur oberflächlich sein. Ich sage mir, daß ich all das gewußt habe, was kommen würde. Ich bin aufgewacht und weiß noch nicht, wozu. Spüre erst einmal, daß eine lange Betäubung nachläßt, und horche in mich hinein, um zu erraten, was da erwacht. Die Operation ist vorbei, nun erwarte die Folgen. Was zieht da hoch in mir? Leid? Schmerz? Unglück?

Unglücklich? Irrtümlich glaubt man, das sei ein Zustand. Es ist viel mehr, denn ich mache mir die Mühe, dieses Neue zu beobachten, ein Fließen. Es reißt dich fort. Du hebst die Arme, strampelst, es nützt nichts. Wie das vollendete Glück Stillstand, Nirwana, Nicht-Leben ist, so ist Unglück Bewegung und Leben. Jahrelang war ich nicht unglücklich, oh, auch nicht glücklich, gewiß. Weder Fisch noch Fleisch, schwamm ich in einer trüben Soße. Auf einmal bin ich wieder in die Welt geworfen, die mir weh tut, mir aber auf diese Weise klarmacht, daß ich lebe. Worüber beklage ich mich? Guten Tag, Welt, guten Tag, Leben, Menschheit, ich bin wieder da! Um mit dir zu weinen, zu schreien, zu heulen, in den Mond zu heulen mit den Wölfen, auf der Erde zu liegen, gekreuzigt unter den Gekreuzigten. Ich war nichts als eine Pflanze in der Wüste, verdorrt. Jetzt zeigt es sich, daß sie nicht ganz verdorrt war, ein Trieb schlägt aus, die Wurzeln haben sich durch den Sand gebohrt, Wasser gezapft, der Kampf ums Leben beginnt von neuem.

Es schmerzt wieder. Ich sehe wieder. Ich fühle mich wieder gehen. Ich sehe die Frau im Kaufhaus vor mir, die ihre Einkäufe auf den Kassentisch häuft; sie wirft mir einen Blick zu, und eine Sekunde lang besteht ein Kontakt zwischen uns. Ich sehe einen alten Mann mit einem Schäferhund spazierengehen; der Schäferhund blickt zurück zu mir, mir in die Augen. Vom Fenster des Cafés – denn auf einmal muß ich hinaus aus dem Haus in der Seildrehergasse, fort von den gestreiften Tapeten und dem Eisenbett, unter Menschen, wenn auch nur als Zuschauer – sehe ich zwei Pärchen auf Mopeds ankommen, sechzehn vielleicht, achtzehn, das ist heute so schwer zu schätzen. Alle vier sind in schwarzem Leder, hier und da rote Borten und goldene Knöpfe. Sie nehmen ihre Sturzhelme ab und sind nun schon etwas weniger Marsmenschen oder bandes dessinées. Eines der Mädchen trägt eine Tolle in der Stirn, hat riesige Ohrreifen und ausgezupfte Brauen.

Ihr Kavalier hat die Ziffer Dreizehn auf den Handrücken tätowiert. Sie schütteln sich und schlenkern die Beine aus. Wie lebendig sie sind. Gern möchte ich mit ihnen sprechen, eine Zigarette mit ihnen rauchen, ihre Sprache kennenlernen und von ihnen anerkannt werden. Sie gehören einer Generation an, die vielleicht weniger mordgierig ist als die meine. Was mache ich mir nur vor, wenn ich durch die Straßen gehe und den Leuten ins Gesicht schaue? Daß sie mich ansprechen, mich einladen, mich anerkennen, ein Schlüsselchen hochheben und sprechen: »Komm, ich schließ dich auf! Ich hab nur drauf gewartet!«?

Wenn ich jetzt lebe, dann nur, um mein Unglück auszuleben, meinen Haß, meine Verzweiflung, meine Wut, meine Mordgedanken. Und keinen Augenblick mehr lasse ich sie los, die mir fast wie der Sinn meines Daseins erscheint: Raissa.

Ihr gegenüber wird Serge blaß, ich beachte ihn kaum. Alle meine Waffen sind gegen sie gerichtet. Sie erfüllt mich, ich gehe schwanger mit ihr wie mit einem Wechselbalg. Sie füllt meine Adern mit Blut, sie klopft in meinem Puls, fast gehört sie mir schon ganz, habe ich sie doch beinahe getötet.

Am nächsten Tag sitze ich in der Post gegenüber dem Theater und schreibe, denn, ich erwähnte es schon, ich beginne, die Seildrehergasse zu verlassen.

Da steht sie vor mir im grünen Regenmantel, das Haar zurückgekämmt, den Blick dunkel. Ich habe sie herbeigewünscht, sie mußte kommen, ob sie wollte oder nicht.

Wieder zeigt sie zu meiner Erbitterung keine Furcht vor mir. Obwohl mein Blick auf ihren Hals fällt, den ich ihr so gern zugedrückt hätte. So sehr habe ich mich mit ihr beschäftigt, jede Einzelheit unserer Begegnung mir eingeprägt, daß mir bereits einige ihrer Gesten vertraut sind. So zum Beispiel, wie sie jetzt den Kopf zurückwirft. Sie sagt: (Mezzosopran) »Ich wollte Ihnen schreiben. Aber da ich Sie treffe ...« Und sie legt den Brief vor mich auf den Tisch.

Dann bleibt sie vor mir stehen und wartet ab. Sie steht da, als stände sie auf der Bühne und sänge den Chor von »Aida«: aufrecht, die Büste herausgestreckt, die Arme hängend.

Ich merke, daß sie mein Stichwort abwartet. Es heißt »Serge«. Aber sie überläßt mir die Hauptrolle. Begnügt sich mit der der Statistin, kleine ägyptische Sklavin, die die große Diva im Mittelpunkt der Bühne agieren sieht.

Meine Rolle ist lang. Ein Monolog. Von Serge singe ich also mit meinem barbarischen Akzent, umgeben von den Kulissen der Hauptpost der Provinzstadt. Unser gemeinsames Leben preise ich. Wie lieblich war's doch. Durch welche Stürme schifften wir gemeinsam, nimmermüd, Hand in Hand. Strauchelte er, so half ich ihm auf. War er müde, strich ich ihm über die Stirn. Dürstete ihn, brachte ich ihm erquikkenden Trank. Hand in Hand wanderten wir, auf der Suche nach dem Gral.

Bei jedem »wir« hebt sie leicht die Brauen.

Genügt es immer noch nicht? Warte! Er ist mein Fliegender Holländer, ich bin seine Senta: »Ich sei's, die dich durch Treu' erlöse! Durch mich sollst du das Heil erreichen!«

Die Große Oper unserer Großen Liebe läßt sie stumm. Nur die Brauen zucken. Vielleicht sollte ich auf das Niveau der Operette hinabsteigen? Die Rolle der heroischen Geliebten aufgeben, die mir vielleicht schlecht zu Gesicht steht und eine Fehlbesetzung in ihren Augen ist?

Aber fast hätte ich übersehen, daß ihre gelbliche Haut immer gelber geworden ist, so daß der rotgeschminkte Mund röter und röter leuchtet.

Sie hat gemerkt, daß ich den Dolch im Gewande trage. Der vielleicht nicht nur ein Theaterdolch ist. Sie wird zusammenbrechen, Vorhang zu.

Doch nein, so schnell verläßt sie die Bühne nicht. In Statistinnenpose bleibt sie weiter vor mir stehen und fängt tapfer jeden Dolchstich auf, mit Brauenzucken. Sie trägt wieder den häßlichen blaßgrünen Regenmantel, der offenbar ihr einziger ist. Die Choristinnen dieser Provinzstadt, dessen Bürgermeister weder Oper noch Operette liebt, sind die schlechtestbezahlten von Frankreich. Unter dem Mantel hat sie einen grauen Rock und einen rostfarbenen Pullover an. Mit Genugtuung stelle ich fest, daß sie aussieht wie jemand, der anderer Leute alte Sachen aufträgt.

Aber auch, leider, daß ihr das nichts ausmacht. Sie

streckt ihre stramme kleine Brust heraus, reckt den Hals lang und sagt mir: ›Guck dir das nur an! Ich bin jung!‹

Jugend kann ich nicht ins Gefecht werfen. Nur fünfzehn Jahre gemeinsames Leben mit Serge.

Und ich rede weiter, erzähle unser Leben, schwärme, flechte manchmal ein: »Das hat er Ihnen doch wohl erzählt? Nein? Natürlich nicht. Er erzählt Fremden nichts aus unserem Leben.«

Sie lauscht, schluckt, rührt sich nicht. Von Minute zu Minute begreife ich mehr, daß Serge gelogen hat, als er hingeworfen hat: »Du machst viel Lärm um nichts. Wie lange lebst du schon in der Welt des Theaters? Das ist eine Kameradin, die ein bißchen leichtfertig ist. Das kommt und geht ...«

Nein. Sie liebt Serge. Was man Liebe nennt: bereit, für ihn erwürgt, erstochen, vergiftet zu werden.

Ich weiß, sie findet mich böse. Sicher ist sie von mir enttäuscht. Einfältig wie sie ist, hat sie wohl angenommen, alles, was Serge gehöre, müsse schön und edel sein. Nun zeige ich mich niedrig. Ich genieße es, sie wie eine Bittstellerin vor mir stehen zu sehen, während ich als Herrin der Situation dasitze. Sie schämt sich nicht einmal zu betteln. Ihr Blick, unverwandt auf mich gerichtet, sagt: ›Erzähl nur weiter. Alles, was Serge betrifft, geht auch mich an, laß mich daran teilhaben, ganz egal.‹ Ihre Augen (zu schwarz ummalt, Theatermaquillage, wie kann Serge das zulassen), große orientalische Augen, sind rührend. Haben jenen feuchten, dunkelbraunen Glanzblick, der nichts ausdrückt, nur reflektiert und den indische Liebeslyrik besang. Die Kuhäugige.

Weiter, erzähl nur weiter. Noch nach Stunden wird

sie so stehen, um sich jede Einzelheit unseres Lebens anzuhören, die ich auftische. Gutes, Böses, Intimes, Geschmackloses über Serge, ganz gleich: Ich spreche vom Lieben Gott. Wird sie gefälligst endlich in Tränen ausbrechen? Kann ich endlich hoffen, daß sie auf mich eifersüchtig und ihm Szenen machen wird? Einzige Möglichkeit vielleicht, ihn fliehen zu lassen? Denn sie macht ihm leider keine Szenen, das habe ich schon erraten; sie schmilzt einfach dahin.

Ich sage: »Ich bin im Bilde über alles, was ihr beide im Bett macht. Er erzählt mir alles. Er hat mir immer alles erzählt, früher oder später.« Ist das etwa nicht wahr? Serge lügt kaum. Dazu ist er nicht rücksichtsvoll genug und zu bequem.

Zucken der Brauen, Zurückweichen der Schultern, gepeinigtes Lächeln, aber Lächeln trotzdem. »Er lügt mir nichts vor. Ich lebe eure Geschichten – die ich, verzeihen Sie, keine Liebesgeschichte nennen kann – vom ersten Tage an mit. Ich liege sozusagen immer mit euch im Bett.«

Schönes Bild. Sie zieht die Brauen höher, diesmal leicht angeekelt. Ich bin wieder einmal geschmacklos, ich, Barbara, die Barbarin; aber ich habe ein gewisses Anrecht auf Takt- und Geschmacklosigkeiten.

Auch ich würde mich an ihrer Stelle ekeln. Ich hätte aber ihre Beherrschung und ihre sanfte Tapferkeit nicht, ihre Langmut der Rivalin gegenüber. Ich hätte sie spätestens bei dieser Bemerkung, Hauptpost oder nicht, auf den unverschämten Mund gehauen, sie zur Erde gestoßen, den Fuß auf sie gesetzt und zum Abschluß dieser Safari auf die Erlegte gespuckt.

Ob ich will oder nicht, sie gefällt mir. Unter anderen Umständen wäre sie eine fabelhafte Freundin geworden.

Mit dir, Raissa, könnte ich auf einem weichen Teppich sitzen, in einer Ecke im Halbdunkel, und von ihm, dir und mir reden. Ein Leben lang könnten wir so dasitzen und es träge verplaudern. Wir würden kleine Zigarren rauchen und wären nicht mehr allein. Noch sage ich nicht: Wir würden uns ein bißchen über Serge lustig machen, über ihn kichern, ihn nicht sehr ernst nehmen. Leisen Spott in der Stimme, würden wir seine Schwächen erwähnen, zu unserem Erstaunen eine Menge finden und ihn ab und zu sogar lächerlich finden, nicht mehr bedrohend und bedrückend. Zwei verbündete Freundinnen könnten wir sein. So habe ich mir immer die Atmosphäre in einem Harem vorgestellt.

Noch bedrückt er uns, Serge, ihr lieber Gott, mein Herrscher. Wir kennen ihn beide, nicht wahr? Das verbindet auf alle Fälle. Die gleichen intimen Vorgänge spielen sich zwischen dir und ihm (mehr) und mir und ihm (weniger) ab. Wir könnten vergleichen, wie er es macht und wie es ist.

Aus ist's mit dem Funken Sympathie, den ich für sie hatte. Was verbirgt die mir alles? Wie amüsieren die beiden sich im Bett, während ich in der Seildrehergasse liege und warte? Ich sehe Orgien vor mir. Was bildet diese Gans sich ein? Das Geringste, was sie mir schuldig ist: mir alles haarklein zu erzählen. Los! Wie zieht er dich aus? Oder zieht ihr euch gegenseitig aus? Küßt er dich viel auf den Mund? Oder vermeidet er das, wie ich ihn kenne? Und die Arbeit seiner Hände? Und dann? Und wie? Und wie oft? Und was sagt er dabei? Oder sagt er nichts? Und hinterher?

Aber sie geht auf meine Anspielungen nicht ein. Verrät nichts. Verpaßt freiwillig diese Gelegenheit, meine Erhabenheit zu erschüttern. Erbe und Erziehung haben ihr mehr Takt verliehen. Mehr Heimtücke, sage ich auch. Mehr Falschheit. Welche Falschheit, da haben wir es.

Warte, endlich habe ich dich ertappt. Du bist nichts als eine Gaunerin, Raissa. Du ergibst dich nicht, weil du gerissener bist als ich. Seit einer Stunde schon nimmst du aus meinem Mund Geständnisse auf, ohne selbst die Lippen zu öffnen. Nichts von deiner Seite! Der Schweigende profitiert immer, nicht der Schwätzer. Du empfängst, du Betrügerin, ohne zu geben. Fast wäre ich hereingefallen. Also paß mal auf: »Gestern abend hat er mir gesagt: Das Mädchen – er nennt Sie nie bei Namen – ist sehr bequem für mich. Ich habe in diesem Winter kein Geld für eine Prostituierte. Sie wissen doch sicher, daß er gewöhnlich zu Prostituierten geht?«

Ganz so hat Serge es nicht gesagt. Ich interpretiere nur bösartig seine Worte: »Ich mag Frauen nicht mehr für Geld lieben, das ist vorbei, das habe ich dir schon neulich mal gesagt. Meinst du nicht, daß das ein Fortschritt ist? Das Mädchen selbst ist ein Zufall.«

Zucken im gelblichen Gesicht. Weiter, weiter, wir sind so schön in Fahrt. »Er sagt, Sie seien schwerfällig im Bett und wahrscheinlich frigide. Aber sonst bequem. Sie bezahlen sogar für ihn im Café und borgen ihm Geld. Sagt er.« Hat er das gesagt? Aber wie hat er das gesagt? Und in welchem Tonfall? Hat er es nicht gesagt, um sie zu loben? Nämlich: »Die ist nicht wie du, die gleich zur Decke springt, wenn man sie nur mit dem kleinen Finger berührt. Manche Männer ziehen letzteres sicher vor. Mir beweist es nur, daß du das mit jedem machen könntest. Das Mädchen –« tatsächlich nennt er sie mir gegenüber so – »mag das im Grunde gar nicht. Sie tut das nur, weil ich –« hier ein Lächeln auf seinen Zügen – »ihr besonders gefalle. Mir zuliebe.«

Und: »Das arme Mädchen macht nicht solch ein Theater um das Geld wie du. Ich weiß nicht, wieviel Geld sie schon für mich im Café ausgegeben hat. Denn natürlich muß sie bezahlen, weil ich ja nie einen Centime in der Tasche habe.«

Ach ja, fast vergaß ich es zu erwähnen: Barbara, die Gefangene, hält die Brieftasche und das Portemonnaie fest in der Hand. Hält er mich gefangen, halte ich ihn gefangen. Zwar sage ich: »Ich hasse dieses Verhältnis!« Doch ich frage mich: Gibt es ein anderes Verhältnis zwischen uns als das des Geldes? Was ist erotischer als unsere Beziehung zum Geld? Die unsere ist pervers. Ich sage: »Ich interessiere mich nicht für Geld. Serge liebt Geld. Das ist überhaupt das einzige, was er liebt.« Aber wer weiß, ob das die Wahrheit ist. Ich habe Angst vor Geld. Darum rühre ich so wenig daran. Serge hat keine Angst vor Geld. Er fürchtet es nicht. Es beeindruckt ihn nicht. Sicher behandelt er es natürlicher als ich. Würde er Geld lieben, hätte er welches. Er aber wirft Geld in alle Winde, das ihm selten gehört, und wundert sich, unschuldig und aufrichtig, über das Aufheben, das man vom Geld macht, von seiner sogenannten Verschwendungssucht und seinem Laster des Schuldenmachens.

Es fing so harmlos an, in Hamburg, Berlin und London vor fünfzehn Jahren. Er ließ Geld in seinen Taschen klimpern, sprang von einem Taxi ins andere und kaufte Hummern und Austern in Gegenden, in denen diese Meerestiere ein Luxus sind. Bis er mich eines Tages bat, das Taxi zu bezahlen. Beim dritten Mal war ich alarmiert und weigerte mich: War ich doch gerade von einem Schuldenmacher geschieden! ›Niemals mehr einem Mann Geld geben, niemals mehr für einen Mann arbeiten,‹ hieß meine Devise. Das verweigerte Taxigeld hält er mir heute noch vor. »Nicht mal die drei Centimes für das Taxi hast du mir bezahlen wollen. Das hätte mich warnen sollen.«

Es blieb nicht beim Taxigeld. Serge gelang es, uns immer in Situtationen zu versetzen, die absolut aussichtslos waren, es sei denn, ich oder jemand anders (Großmutter, Tanten, Geschwister, Freunde) rückten sie materiell wieder gerade. Wieder einmal gerettet! Seit fünfzehn Jahren streben wir einer Wieder-einmal-gerettet-Situation nach der anderen zu, wobei Serge überzeugt ist, es sei das letzte Mal und diesmal sei er ein für allemal gerettet. In Wahrheit haben wir uns allmählich in ein Gewirr solcher Situationen verstrickt, die einander kreuzen und überlagern; es gibt gar keinen Ausweg mehr. Auch ich habe das eingesehen, obwohl ich, »einer Rasse von Kämpfernaturen angehörend«, wie man hier halb bewundernd, halb nachsichtig bemerkt, auf verlorenem Posten weiterkämpfe. In Paris verschwanden alle Gegenstände, die handlich genug waren, daß Serge sie zum Pfandhaus tragen konnte: Leica und Fernrohr aus Japan, Brillantring der Großtante, goldene Zwiebeluhr meines Vaters, Radio, Silberbestecke. Eine Art Rage packte ihn, solange noch irgendein Gegenstand übrig war, der sich zu Geld machen ließ, solange er noch in einer Tasche einen Geldschein, auf einem Postscheckkonto fünfzig Francs witterte – weg damit! Serge überzeugte mich, daß er jetzt in diesem Augenblick, gerade jetzt, unmöglich aufgeben könnte zu wetten. Er fühlte es ... Spielte er weiter, verlor er und sagte: »Weil du nicht daran geglaubt hast.« Spielte er nicht, lief das Pferd wie vom Teufel gepeitscht durchs Ziel, und er sagte wiederum: »Du hast mich daran gehindert. Wenn ich gespielt hätte ...« Und er ließ sich von mir bitten, weiterzuspielen. Rennwetten sind sein kleines Laster, das er sich selbst verzeiht.

Serge ist auch ein Genießer. Er liebt Restaurants und das nächtliche Herumsitzen in Bars. Das entspannt ihn wie sonst nichts auf der Welt. Das Beste, nicht das Zweitbeste, bestellt er, und recht hat er. Es ist immer ein Fest, mit ihm auszugehen, so er mich mitnimmt. Und die Bedienung behandelt einen mit Hochachtung.

Das Geld, das er auf den Bühnenbrettern verdient? Sein Taschengeld. Es hält ein paar Tage an und ist theoretisch schon ausgegeben, bevor er es in der Hand hält. Rechnungen zerknüllt er, sie sind eine Beleidigung, er verachtet ihre Absender. Bankauszüge sieht er sich nicht an, Strafzettel wegen falschen Parkens zerreißt er und wirft sie in den Rinnstein. Das Nummernschild unseres grünen Autos stammt aus einem Departement, das wir vor sechs Jahren flüchtig bewohnten. Auf solche Weise zum Beispiel hofft er, seinen Verfolgern zu entgehen. Ungefähr fünfzig Prozent von ihnen geben tatsächlich auf, weil die Verfolgung zu umständlich ist, wir leben zum Glück in einem nachlässigen Land. Solche kleinen Siege machen ihn guter Laune, und er sieht dann die Zukunft groß und reich.

Einmal erbten wir alte Möbel der Großmutter aus der Correze. Sie verschwanden allmählich wieder, eine Ecke nach der anderen lichtete sich, und zum Schluß mußte auch der große Tisch dran glauben, der sowieso nichts mehr nützte, da ihn keine Stühle mehr umgaben. Ich gab es bald auf, Möbel zu kaufen, und ließ mich davon überzeugen, daß der Besitz von Möbeln spießbürgerlich sei. Nur ein paar Klappbetten blieben übrig. Wir sind und bleiben besser möbellos, das ist eine Versuchung weniger für Serge. Ich kenne den versonnenen Blick, den er einer Kommode zuwerfen kann, und errate seine Gelüste. Sein Verhalten beweist nur, daß er sich aus materiellen Gütern nicht mehr macht als ein Zigeuner. Letztlich bewundere ich ihn dafür, nur fehlt mir der Mut. Ich klammere mich an das letzte verrostete Klappbett, als wäre es das Bett der Madame Pompadour, und eine Rechnung macht mir Angst vorm Gefängnis. Ich sehe seit Jahren eine Lawine auf uns zurollen, die mich eines Tages erdrükken wird, während Serge im letzten Augenblick, wie üblich, zur Seite springt.

Wovon leben wir, da Serge nie Geld hat? Ich frage es mich. Mein Staunen darüber läßt nie nach. Vielleicht leben wir hauptsächlich von dem, was ich mit meiner Schreiberei verdiene. Schlecht und unregelmäßig. Aber das will er nicht wissen, ich auch möglichst nicht, und so ist von meiner Schreiberei nie die Rede. Sie ist so etwas wie mein verborgenes kleines Laster, besser, man schließt darüber die Augen.

Wann aber ist es geschehen, daß ich langsam alles an mich nahm, seine Gagen, die Rechnungen, das Bankkonto, alles? Seltsam: etwa zu der Zeit, als wir aufhörten, miteinander zu schlafen.

Seitdem ist Serge von mir, die ich hinter ihm herschleiche, abhängig. Man sieht also: Der Schein trügt. Er sagt: »Gib mir fünf Francs für Zigaretten.« Oder: »Hast du zwei Francs? Ich will die Zeitung kaufen.«

Mit einem leichten Seufzer hole ich dann fünf oder zwei Francs aus dem Portemonnaie, keinen Centime mehr. Ich sage Serge, daß er glücklich zu schätzen sei: er habe keine Geldsorgen mehr, ich hätte sie ihm abgenommen. Verwundert antwortet er: »Aber ich habe doch nie Geldsorgen gehabt!«

Das ist wahr. Es ist auch wahr, daß ich manchmal mit sanfter Stimme sage: »Du wärest ein guter Zuhälter geworden.«

Er nimmt das keineswegs übel. Die Zuhälterei ist für ihn ein Beruf wie jeder andere, und nicht der leichteste, wie er betont. Ob Fleischer, Krankenpfleger, Waffenhändler oder Zuhälter, er sieht alle Personen auf einer unsichtbaren Bühne agieren, beurteilt sie nach ihrer Bühnenwirksamkeit und nicht nach ihren moralischen oder sozialen Werten. Gern erzählt er mir die Geschichte, wie eine Luxusdame in Paris ihn, den vierzehnjährigen Nachtvogel, einst bevorzugt, es umsonst zu ihrem eigenen Vergnügen gemacht und ihm schließlich angeboten hätte, ihr Beschützer zu werden. »Sie war ein nettes Mädchen.«

Gut gestanden hätte ihm das. Er sitzt auf der Terrasse des Cafés, trinkt einen Pernod und liest seine Wettzeitung, und ab und zu kommt sie vorbei und schüttet ihm Geld in die Hände. Dabei wären beide Teile sicher glücklich und zufrieden. Serge liebt Geld nur, wenn es aus den Händen einer Frau fällt. Für niemanden ist Geld erotischer als für Serge. Er behandelt es, wie er eine Frau behandelt: freudig, nachlässig, spielerisch, vergeßlich.

Ich habe ihn kastriert. Ich gab ihm nicht, habe ihm nie viel gegeben, bei dem verweigerten Taxigeld fing es an. Meine mageren Autorenrechte, die kaum mich selbst ernährten, waren beleidigend für ihn. Ich brachte ihm Unglück im Spiel. Er selbst hatte es im Spielkasino von Biarritz entdeckt: Sobald ich mich hinter einen Spieler stellte, begann er zu verlieren. »Daß du mich überhaupt nicht ansprichst, sobald wir eintreten!« drohte er. Und wenn er verlor: »Du bist hinter meinem Rücken vorbeigegangen. Du hast mir einen Blick zugeworfen. Setz dich dort hinten in die Ecke und rühr dich nicht. Was hast du überhaupt hier zu suchen? Du hast einen kleinen Geist, bist keine Spielernatur ... Ich nehme dich gar nicht mehr mit.«

Zehn Jahre schon dauert dieses Spiel zwischen Katz und Maus und Maus und Katz. Ich verstecke das Geld. Serge sucht es, wie Kinder Ostereier suchen und ebenso vernascht. Zu manchen Zeiten, in denen das Noch-einmal-gerettet-Werden hoffnungslos kompromittiert zu sein scheint, ich aber, der kleine Geist, aus Gewohnheit auf verlorenem Posten weiterkämpfe, verstecke ich das Bargeld mehrmals am Tag woanders. Natürlich nicht unter der Matratze oder zwischen der Wäsche, das wäre dilettantisch. Serge würde sich unterschätzt fühlen. Welches Versteck ich mir auch ausdenke, er findet es, und ich muß ihn dafür bewundern: in einer Tüte unter den Kaffeefiltern; in der Spitze meines Hausschuhs, der wiederum tief unter die Kommode geschoben war, vielleicht zu auffällig tief; mit einer Klammer hinter den Lampenschirm geklemmt.

Manchmal suchen wir beide zusammen, weil ich das letzte Versteck vergessen habe und ihn um Hilfe bitten muß. Summend geht er durch den Raum, schon hat er das richtige Buch, die richtige Schublade aufgeklappt. Sein Verhältnis zu Geld ist, wie schon gesagt, erotischer als das meine, er riecht es von weitem wie ein Männchen das brünstige Weibchen.

»Warum bist du so dumm?« fragen Leute, weil ich verzweifle, wenn Serge wieder einmal ein Versteck aufgestöbert und das Geld davongetragen hat. »Warum gibst du nicht alles auf die Bank?«

Ach! Die Bankleute sind unsere Feinde. Nur nicht blicken lassen! So manches Bankkonto in mancher Stadt haben wir hinter uns gelassen, verwüstet, uns totstellend, keine Adresse hinterlassend. Unser Nomadenleben begünstigt diese Flucht vor den Bankdirektoren, jenen hassenswerten dynamischen jungen Führungskräften, die wohlfrisiert hinter Stahlschreibtischen Erpressungsbriefe diktieren: »Wir bitten Sie höflich(!), das Defizit von ... auf Ihrem Konto bis zum ... zu bereinigen, sonst sehen wir uns zu unserem Bedauern (!) genötigt ...«

Inzwischen versteht Serge immer wieder, mich zu überlisten. Oft sieht er zu, wie ich vergeblich suche, mit einer Miene, die sagt: ›Reingefallen!‹ Für ihn ist das alles nicht mehr als ein Spiel. Es nimmt zeitweise perverse Formen an, indem ich das Geld da verstecke, wo er aus Respekt vor seiner und meiner Intelligenz vermeidet, nachzusehen, nämlich unter der Matratze und zwischen der Wäsche. Auch hinter diesen doppelten Drehtrick kommt er.

Auch überlistet er mich gerade dann, wenn ich mich in Sicherheit wiege und ihn unschädlich glaube. Es gelingt ihm zum Beispiel, Geld zu pumpen und auszugeben und, mit dem Geld als Investierung, neue Schulden zu machen. Trotz mürrischer Miene, wenn es herauskommt, ahne ich seinen Triumph; er hat seine Virilität wieder genährt, er hat eigenmächtig gehandelt und mir ein Schnippchen geschlagen. Und ich, ich ärgere mich. Niemand würde mir, der zuverlässigen Barbarin, auch nur fünf Francs pumpen. Ihm aber, der nie zurückzahlt, gibt man leicht. Vielleicht ahnen die Gläubiger, daß Serge theoretisch, hätte er Geld, es ihnen auch sofort pumpen würde. Das passierte sogar ein paarmal. Serge ist ein generöser Freund. Nur vergißt er dabei mich, die ich über den Stromrechnungen und Autoversicherungen sitzen bleibe, und ist gegen mich eingenommen, wenn es tagelang nur Suppe gibt, nichts als Suppe und den Rum in den Kaffee abgezählt.

Einmal, in Marseille, kam ein Dirigent die Treppe empor, mit dem Serge ein paar Apéritifs und die Leidenschaft für die Callas geteilt hatte, und schrieb auf unserem Küchentisch, zwischen Krümeln und Rotweinlachen, einen Scheck über zwanzigtausend Francs aus, die damals noch viel wert waren.

Serge versprach, eifrig und aufrichtig wie immer, das Geld zurückzuzahlen, mit zwölf Prozent Zins, und kaufte sich ein Rennpferd. Es kostete uns die Haare auf dem Kopf an Futter, Pension und Training, lief einmal in Auch, einem reizenden südfranzösischen Städtchen, als drittes von sechs Pferden durchs Ziel, wurde dann als Reitpferd verkauft und kastriert. Ein Tier, häßlich wie ein Esel.

Der Dirigent ließ nie wieder von sich hören, abgesehen von einer freundschaftlichen Postkarte aus Belgien, und nie wieder war von den zwanzigtausend Francs die Rede.

Mir schenkt und pumpt niemand Geld. Ich besitze nicht die Gabe, es zu erbitten oder anzunehmen.

Ich, Barbara, halte also das Portemonnaie zu und die Beine vergeblich offen. Mit nichts als falscher Demut und bezahlten Rechnungen glaube ich, ihn halten zu können.

Raissa, die Kuhäugige, öffnet weit ihr Portemonnaie und die Beine nur, um ihrem Gebieter Freude zu machen.

»Wenn du es genau wissen willst: Sie mag das gar nicht. Sie ist Lesbierin. Sie hat sich wegen einer rumänischen Sopranistin, mit der sie zwei Jahre zusammengelebt hat, die Pulsadern aufgeschnitten.«

Als Raissa geht oder besser: nachdem ich sie verabschiedet habe, bleibt ihr Brief auf dem Tischchen zurück. Mit grüner Tinte geschrieben, bescheiden, aber entschieden:

»Niemand ist das Eigentum von jemandem. Ich bin nur da, um auf ihn zu warten und ihn zu lieben.«

Wie entspannt sie beide sind, Serge und Raissa. Sie verlangen von mir auch nur, daß ich mich entspanne. Und alles könnte gut sein.

Aber ich kann nicht. Ich bin die einzige von uns dreien, die böse und unedel ist. Ich spiele die schlechte Rolle in dem Stück, weil ich es so will.

Zwar sage ich mir: Beherrsche dich! Aber da spricht nur Schlauheit, nicht Überzeugung. Zum Teufel auch, ich mag mich nicht beherrschen! Ich nenne das meine Ehrlichkeit, statt Mangel an Würde oder anders. So sehr gern würde ich aussprechen, was ich von Serge verlange, der mir ruhig beim Abendessen gegenübersitzt:

»Los, geh hin und hacke sie in vier Teile. Vergiß nicht, auf ihren Leichnam zu spucken und sie Hure zu nennen. Bring mir ihren Kopf. Ich will ihn über unserem Bett annageln und mit Genugtuung beobachten, wie er anfängt zu verfaulen.«

Und: »Heute nacht wirst du gefälligst mit mir Liebe machen. Mit mir, mir, mir und nie mehr mit irgend jemand anderem auf der Welt.«

Ich habe Lust auf Verwüstungen, Verheerungen, Feuersbrünste und ganze Städte von Ruinen. Statt dessen gebe ich mich, während Serge mir mein Glas vollgießt und guten Willens ist, milde und verständnisvoll. Die ein wenig getretene, doch schon wieder aufgerichtete Barbara.

Doch wie kann ich einen Serge betrügen? Er wittert alles. Meine geheuchelte Sanftheit kann ihn nicht über Zeichen hinwegtäuschen. Etwa jenes, daß ich mich in der Bedienung gehen lasse. Nicht wie immer sind die Flaschen schnell weggeräumt, die Teller flugs gewechselt. Der Eßtisch, auf dem Brotstücke dahintrocknen, sieht französischer aus. Auch rings um diesen Nabel unseres täglichen Lebens sind Veränderungen sichtbar. Ich lasse unseren Bohèmehaushalt im Stich. Je mehr ich vor Serge das Portemonnaie verstecke, desto ordentlicher bin ich geworden. (Nicht sauberer deshalb. In meinem Heimatland gälte ich fast als ein Schwein oder als Zigeunerin, was dasselbe bezeichnen würde). Ehe ich mich selbst darauf aufmerksam machen konnte, hatte ich einen Ordnungszwang entwickelt. Nichts darf herumliegen, die Gegenstände sind akkurat in gleicher Linie gelegt, Pantoffeln stehen Wache wie vorm Buckingham Palace, rechter Winkel, Parallele.

Jetzt liegt überall was rum, treibt sich überall was rum. Zeichen innerer Verheerung? Auf einem Kriegsschauplatz sieht's auch nicht ordentlich aus. Auf einem Kinderspielplatz auch nicht, aber das will ich nicht wahrhaben. Ich lasse mich gehen.

Eigentlich müßten die herumliegenden Unterröcke, die Handtücher auf dem Boden, der unabgedeckte Tisch und das sich häufende Geschirr Serge besser gefallen als die barbarische Zwangsordnung. Denn vergeblich habe ich fünfzehn Jahre versucht, ihn Liebe dazu zu lehren: äußere Ordnung, innere Ordnung, ein moralischer Wert, abgesehen vom praktischen. Seine vergeßliche Natur wischte diese Werte hinweg. Noch wie vor fünfzehn Jahren lümmeln sich Zigarettenstummel auf dem Boden wie in jeder beliebigen Bar, sucht Serge am Morgen seine Socken und findet nur eine, schraubt er die Zahnpastentube nicht zu, schnaubt er sich die Nase in Handtüchern, gleicht sein Auto einem Mülleimer, verachtet er Schlüssel, häuft er um sich leere Flaschen, verliert er Briefe, Führerschein und Personalausweis, fährt immer ohne Ersatzreifen und kommt nicht darauf, aufzuheben, was ihm im Raume im Wege liegt; er steigt darüber hinweg.

Bemerkt er die Veränderung ringsum? Jedenfalls tut er so, als bemerke er sie nicht. Er ist guten Willens. Genau wie sie. Ihre Ruhe, ihre Freude wollen sie haben, weiter nichts. Ich störe sie dabei.

Da sitze ich, altmodischer und taktloser Störenfried, und stichele: »Sie hat eine debile Stirn.«

»Ja«, erwidert er zustimmend, »sie ist ein bißchen debil. Aber was ändert das?«

Richtig, was ändert das?

»Sie ist eine gewaltige Heuchlerin. Sieh mich an: Ich spiele jedenfalls nicht die Heilige.«

Er gießt Wein nach. Er will keinen Streit. Ich auch nicht, rufe ich mich zur Ordnung. Ich habe mir vorgenommen, ihn diese Nacht zu verführen. Also keinen Streit. Besser welsche List. Vielleicht hilft dieser Wein?

Ich trinke mit Serge. Nach Barbarenart: um des Trinkens willen. Ich beobachte die Wirkung in mir. Was für ein Glück, ich werde geschwätzig. Es wird fast einfach, harmlos über den Fall zu sprechen.

»Nicht viel, und du hättest mir das Nasenbein zerschlagen. Es tut immer noch weh.«

»Schließlich konnte ich nicht zulassen, daß du sie erwürgst. Das Gesicht hast du ihr auch zerkratzt.«

»Daran erinnere ich mich nicht.«

»Sie hat die Kratzer überall im Theater herumgezeigt.«

»Ach? Und was hat sie dazu erzählt?«

Ich beuge mich vor. Das Drama wird zur banalen Theatergeschichte, zu Theaterklatsch. »Wen interessiert das schon? So was passiert alle Tage ... Wärst du zufriedener, wenn ich, wie unser glanzvoller Tenorino aus Marseille, nach jedem Gastspiel hier in die Bahnhofstoilette laufen und mir kleine Jungen suchen würde?«

»Hat er eine Frau?«

»Eine Frau und zwei erwachsene Söhne.«

»Vielleicht treibt es seine Frau ähnlich.«

»Jedenfalls nicht angenehm für sie.«

»Vielleicht wäre es mir lieber, wenn du ein bißchen Päderast wärst.«

Wir lachen uns an. Ich komme auf eines seiner Lieblingsthemen zu sprechen, seine jugendlichen Erfahrungen mit jungen Tänzern. »... Nie im Leben habe ich so viel getrunken wie auf jenem Festspiel in Orange. Das war sicher die Schuld des Mistrals, der uns durch alle Knochen pfiff und uns verrückt machte. Mindestens vierzehn Pernods ... Jetzt würde ich danach tot umfallen. Ich weiß nicht, wie ich mich auf dem Bett wiederfand, der eine auf mir, der andere unter mir ...«

Er gießt uns ein, schüttelt milde über sich selbst den Kopf. »Das war ein Unfall. Gefallen hat mir das nie. Vielleicht kommt das noch. Ein schöner Junge ist ästhetischer als irgendeine Frau.«

Ich lächle und halte es durch, seinen simplen Geschichten, die ich auswendig kenne, nachsichtig zu lauschen. Der, die mir immer wieder auf die Zunge springt, der Kröte, die hinaus will, gebiete ich ›Halt!‹ Ich bin in guter Stimmung. Leicht fühle ich mich, als wir zu Bett gehen. Nein, heute abend hat er keine Probe. Er bleibt da. Laß sie nur warten. Auch sie wird bald seine Vergeßlichkeit kennenlernen.

Er streckt seinen Fuß aus, als er neben mir liegt, um meine Zehen zu begrüßen. Seine Zigarette glimmt im Dunkel. Er streckt gutmütig den Arm aus, um meinen Kopf in seine Achselhöhle zu ziehen. Habe ich schon erwähnt, daß er gutmütig ist? Wahrscheinlich nur aus Gutmütigkeit bei mir bleibt? Sollte ich es nicht dabei belassen? Einfach so liegen bleiben, einen warmen, lebendigen Körper fühlen, was will ich mehr? Muß ich immer so anspruchsvoll sein wie eine Zwanzigjährige?

Viel anspruchsvoller! Ich berühre seine Haare, ringle seine Locken um meine Finger; seine Ohrläppchen, die warm, weich, nicht zu fleischig und nicht zu flach sind und wahrscheinlich ebenfalls, würde man ihn danach befragen, dem griechischen Schönheitsideal entsprechen. Der Mund sowieso: »Ich habe den Mund eines Fauns.« Serge kann so etwas aussprechen, ohne lächerlich zu erscheinen. Nichts, was physische Vorzüge betrifft, ist lächerlich für einen Bühnenmenschen, sind sie doch sein Handwerkszeug. Er sagt also mit dem bescheidenen und selbstverständlichen Stolz eines Handwerkers: »Ich habe den Mund eines Fauns.« Es stimmt, wenn man ihn mit dem der Marmorstatuen oder Vasenzeichnungen vergleicht: sein Mund ist aufgeworfen, gewölbt, die Konturen sind wie mit einem Stift gezeichnet. Er hat auch das berühmte Grübchen im Kinn, ein Kinn, das leider etwas zu schwach ist ... Seine Schultern sind rund und weich. Früher, als er hauptsächlich tanzte, war sein Körper ganz Muskel und hart. Jetzt ist er weicher und runder geworden, und er hat einen kleinen Sängerbauch bekommen, den er manchmal vergißt, einzuziehen. Sein Geruch ist in all den Jahren der gleiche geblieben. Auch der erhabene Leberfleck auf seiner rechten Hüfte. »Deinen Leberfleck habe ich immer gern gehabt. Er ist dein besonderes Kennzeichen.«

Ich schwebe, leicht betrunken. Habe auf der Zunge, fortzufahren: »So weiß ich im Dunkel immer, daß du es bist.«

Wer soll es anders sein, meine arme Barbara? Da ist niemand anders. Du hast dich nie darum gekümmert, daß da ein anderer sein könnte. Immer nur Serge, Serge, Serge.

Er antwortet harmlos unter meinen Fingern: »Er ist kleiner geworden.«

Er läßt sich willig anrühren, ohne zurückzuzucken. Das ist schon etwas. Ich kann nicht verlangen, daß er wahnsinnig vor Lust auf mich ist. Guten Willens, das ist schon etwas. Das Tierchen wächst unter meiner Berührung, wird lebendig, weiche samtene Haut, unter der das Blut pulst, die Ader schwillt. Nur mittelmäßig aufreizend ist das Spiel, aber jedenfalls spielt er mit. Schon dreht er sich zu mir.

»Nicht so schnell, nicht so schnell!« sage ich.

In diesem Augenblick drängt sich Raissa, die Kuhäugige, zwischen uns, die ich einige Augenblicke vergessen hatte. Ihm gefällt sie also schwerfällig? Ihre Kälte reizt ihn? Ich bin zu willig? Springe sofort zur Decke vor Lust? Wälze mich unter ihm wie in Krämpfen?

»Sei nicht so passiv. Was ist?«

»Ich denke, du magst das?«

»Himmel – sei nicht so dumm!«

Er seufzt auf, ich lausche diesem Moment seiner einsamen Lust, in dem er in mir zusammenbricht und mich schon verläßt und davongleitet; Barbara, das sogenannte Lustobjekt, ist vergessen.

Er dreht sich zur Seite und wühlt den Kopf in die Kissen. Das ist ungerecht. Ein Verdacht kommt mir: Vielleicht ist er nicht einmal ein guter Liebhaber?

Ich sollte ihn endlich belehren, daß wir zwei sind. Daß solche Pflichtakte nichts gutmachen.

Noch einmal rutsche ich an ihn heran, berühre ihn mit der Hand und begehre mein eigenes Recht auf ein bißchen Lust. Aber er zuckt zurück. Er hat getan, was er konnte, ich sollte dankbar sein. Es geziemt mir nicht, Ansprüche zu stellen!

Ich, Barbara, weiß aber: Ich bin aus anderem Stoff gebildet! Ich habe es immer gewußt, obwohl ich es zehn Jahre verschlafen habe: Ich kann zehnmal in der Nacht Liebe machen. Die ganze Nacht hindurch, und warum übrigens immer in der Nacht, und nicht nur im Bett: überall und zu jeder Zeit.

Es gab Zeiten, in denen ich dazu Gelegenheit hatte. Zwei oder drei Partner fand ich, die über dieses Thema ebenso dachten wie ich und es ebenso gern variierten.

Sie waren mehr oder minder nicht vorzeigbar, diese Partner. Ihre Vorzüge gingen nicht über das Bett hinaus. Ich aber entdeckte ihre Begabung zur Liebe. Sie wurden dumm und aufdringlich oder mitleiderregend, wenn sie anfingen, sich in mich zu verlieben, und verlangten, Freud und Leid mit mir zu teilen, worum ich sie nicht gebeten hatte.

In jenen erotischen Zeiten ging ich summend durch den Tag, trotz brennender Augen und großem Gähnen, war schön, und die Männer witterten: die macht es zehnmal in der Nacht. Kein Ordnungszwang, auch keine Probleme; sie schmolzen dahin. Das waren dieselben Zeiten, in denen ich Saris und geschlitzte Seidenkleider trug, und die nicht anhielten.

»Laß mich schlafen«, brummt Serge und schiebt meine Hand zurück.

»Ja, wenn es Raissa wäre!« schreie ich und setze mich auf. Er schreit zurück: »Jetzt habe ich aber genug! Ich bin kein Spielzeug! Rück mir vom Leibe!«

Ich zittere, schlottere, falle von ganz oben nach ganz unten, alles ist wieder verpatzt: »Du ekelst dich vor mir.«

»Meine Güte –« er wird noch einmal wach, setzt sich auch auf. Zu spät fällt mir ein, daß ich eine zusätzliche Gotteslästerung begangen habe, nämlich ihn, den großen Schläfer, beim Einschlafen unterbrochen zu haben. Schlaf ist heilig, wer ihn stört, verdient Strafe. »Verflucht! Merde! Kennst du viele Männer von fünfunddreißig, die mit einer Frau schlafen, die zehn Jahre älter ist? Was willst du eigentlich?«

Er will nur schlafen. Hat genug von allem anderen. Würde mich auch die Tochter einer Hündin oder die große Hure Babylon nennen, um sich zu rächen. »Hau ab!«

»Gut! Ich haue ab!« Ich springe aus dem Bett.

Er, dem süßer Schlaf ein für allemal entflohen ist: »Du mit deinen achtzig Jahren! Du hast keine Rechte mehr! Gar keine!«

Der Hauch von Humor, der sich in dieser Übertreibung verbirgt, entgeht mir. Habe ich es doch geahnt. Es ist gut, daß er es endlich ausspricht; nämlich, daß ich erledigt bin. Mit fünfundvierzig Jahren – und ich gestehe ihm sogar ernsthaft das Recht zu, in seiner Erbosung fünfunddreißig Jahre hinzuzuzählen, es kommt nicht mehr drauf an – ist das Leben einer Frau aus. Sie hat nicht mehr das Recht, wie eine Katze um einen Mann herumzuschleichen und feurig zu miauen. Kann sie es immer noch nicht lassen, hat sie ihre Liebesbrunst diskret zu tarnen.

Halt! Wer sagt das? Das sind die Normen der Gesellschaft? Die Regeln des Gesellschaftsspieles, bei dem man mitspielen muß, ob man will oder nicht, von der Wiege bis zum Tode? Nicht wahr. Alles nur Mangel an Mut. Doch leider: Serge, Kind des Windes und der Landstraße, hat nicht an die Rechte und Gesetze einer ihm gleichgültigen Gesellschaft appelliert, auf die feige und heimtückisch Pipi zu machen ich mich immer noch begnüge; er spricht von den Gesetzen der Natur, und daran gibt's nichts zu rütteln. Das ist brutal, aber wahr.

Aus! Die Zeit hat gegen mich gewonnen. Da könnte ich noch so sehr gegen ankämpfen, was ich bis jetzt noch nicht getan habe. Auf die Art einer Betsy Frisbey, Seattle, im Staate Washington etwa, mit Döschen, Tuben, viel Schlaf, Orangensaft, Spezialcreme gegen Augenfältchen, Spezialcreme gegen Halsfalten; nur nicht weinen, Dreiminutenmaske, Achtung, die weißen Haare wachsen schon wieder zwei Millimeter nach, daß nur niemand es sieht. Der Bauch kriegt eine Falte, Gymnastik und Training müssen her, nur nicht faul werden. Der Busen ist weniger fest, die Schande aber wächst, trotz aller Anstrengungen, man rettet, was zu retten ist, obwohl man weiß: das Schiff sinkt. Kommt der Augenblick, wo sie aufgibt und sich, freiwillig oder zähneknirschend, ins Reich der Ruhe und Resignation begibt. Niemand verlangt das gleiche von einem Mann.

Es tut mir leid. Ich bin unfähig zu resignieren. Mein Körper fragt mich nicht.

Ich bin noch genauso auf Liebe versessen wie mit fünfzehn Jahren. Meine Seelenzustände und die Forderungen meines Körpers sind die gleichen geblieben. Ich bin eine sinnliche Person, und mein Schicksal wird es sein, es noch mit siebzig zu bleiben. Schon als Kind drückte ich Weiches gern an mich, Katzen, Kaninchen, Babys. Ich liebe den Kontakt mit allem, was lebendig ist, mit Kindern, Hunden, Katzen, Männern, Frauen. Seit meinem sechsten Lebensjahr – spätestens! war ich ziemlich pausenlos verliebt.

Jetzt gibt mir Serge zu verstehen: ›Du darfst nicht mehr mitspielen! In die Ecke mit dir! Auf den Speicher! Aus!‹ Wie lange habe ich, den Statistiken nach, noch als Neutrum zu leben? Dreißig Jahre? Fünfunddreißig Jahre? Meine Mutter ist neunundsiebzig und in Form. Meine Großmutter war vierundachtzig, als sie in einem Dorf im Baltikum von Militärstiefeln totgetrampelt wurde, deren Herkunft in diesem Zusammenhang unwichtig ist; ihre beiden Schwestern waren sechsundachtzig und neunundachtzig und hätten wahrscheinlich noch längere Zeit gelebt, wenn von denselben Militärstiefeln eingeschleppte Typhusbazillen ihnen nicht vorzeitig den Garaus gemacht hätten. Ein langes trostloses Altfrauendasein habe ich also zu erwarten, in dem ich mit den Geistern von Tante Mathilde und Tante Klara Rommé spielen kann, nicht einmal sicher, es mit Bravour zu beenden wie sie.

Flucht ist vonnöten. Sofort. Wohin? Fragt ein Flüchtling, wohin er flieht? Er weiß nur, wovor er wegläuft.

Ich ziehe den Mantel über, laufe aus dem Zimmer, die Treppe hinunter, reiße unten die Tür auf. Es dürfte ungefähr drei Uhr nachts sein. Die Nacht könnte nicht schwärzer sein. Doch ich trete zurück und mache die Tür wieder zu. Nicht aus Angst. Ich errate vielmehr in diesem Augenblick, daß man doch nie ziellos durch die Nacht läuft. Man ist immer auf der Suche nach jemandem, zum Beispiel dem letzten und einzigen Menschen auf der Welt, der bereit wäre, einen an seine Brust zu ziehen und sich die traurige Geschichte des Fremdlings anzuhören.

Warum aber sollte jener Mensch jetzt spazierengehen? Welcher Radar würde ihn die Seildrehergasse leiten, nachts um drei? Aber sitzt er nicht irgendwo wach und wartet nur darauf, daß ich mich melde? Der letzte, einzige Mensch auf Erden, nur dazu da, Balsam auf meine Wunden zu träufeln?

Jerome ist nicht da. Die Neigung zu dem Koch hat sich vertieft. Sie sind um diese Liebe zu beneiden. Jerome ist der einzige, der hier so etwas wie einen festen zweiten Wohnsitz eingerichtet hat, mit Fußbodenbelag, Bildern und Kissen und, dank guter Beziehungen (Homos haben oft gute Beziehungen und halten zusammen, wie jede bedrohte Minderheit), einem

Telefon. Ich nehme den Schlüssel vom Kleiderhaken neben der Tür, schließe auf, mache Licht, gehe zum Telefon. Wähle eine Nummer, die mir schon seit einigen Tagen aus Zeitungsanzeigen entgegenspringt, als wäre sie nur für mich dort eingesetzt.

Es läutet lange. Auch dort hat der letzte Mensch offenbar bereits das Urteil über mich gesprochen: »Erledigt. Darf nicht mehr mitspielen. Zählt nicht mehr. Abweisen. Wird langsam lästig.«

Klick. Eine Stimme. Der Seelentröster. Verschlafen. Richtig: es ist drei Uhr und zehn Minuten. »Hallo?«

Ich, demütig, heuchlerisch: »Ich störe. Sie haben geschlafen.«

»Nein, ich bin wach.«

Er macht eine Pause, und da ich auch schweige, sagt er: »Ich höre Ihnen zu.«

»Wohin kann ich gehen, wenn ich nicht weiß, wohin?«

Er antwortet im Flüsterton eines Komplizen, und es klingt wie das Versprechen von etwas Verbotenem: »Zum Bahnhof.« Wie man jemand zuflüstern würde: »Zum Bordell, in der Straße zum Halbmond.«

»Dort wird man Sie in Empfang nehmen.«

Ich sehe den Bahnhof der Mittelstadt vor mir. Ein Jugendstil-Ungetüm, das vor kurzem unter Denkmalschutz gestellt worden ist. Mit seinem Uhrturm, der einem gigantischen Phallus derart ähnelt, daß ich mich wundere, wie all die Passanten, Hausfrauen, Reisenden, Wartenden, Verkäufer, Taxifahrer, Gaffer, Müßiggänger, die täglich zu ihm aufblicken, nicht manchmal den Blick rasch wieder abwenden. Oder daß die armen Algerier und Tunesier, die ihn abends umkreisen, auf der Suche nach dem Frauenloch, dem

Frauenkörper, der Frauenwärme, die ihnen hier fehlt, nicht erzittern, wenn sie ihn so schamlos in den Himmel masturbieren sehen; daß die Homos, die in den unterirdischen Toiletten gegenüber dem Bahnhof ihren stadtbekannten Treffpunkt haben (in ganz Frankreich berühmt und im »Leitfaden des Lasters« mit drei Sternen ausgezeichnet), nicht Lust bekommen, an ihm hochzuklettern und ihn abzuschlecken.

Im Schutze dieses Giganten-Gliedes wird »man« mich in Empfang nehmen. wartet dort schon auf mich. Wird »man« nett zu mir sein?

»Wird man nett zu mir sein?«

»Man wird Sie in Empfang nehmen«, antwortet er ausweichend.

»Fürchten Sie nichts.« Wie man sagt: »Fürchtet euch nicht, ihr Menschenkinder.« Was für ein Laster hat wohl mein unbekannter Sprecher? Was empfindet er, Lauscher meiner Pein zu sein, nachts um drei Uhr zehn? Welche Lust trieb ihn zu dieser Betätigung?

»Wo sind Sie?« Aha, das will er aus mir herauslokken, für den Fall, daß ich mir was antun will, um die Feuerwehr an Ort und Stelle zu jagen. Ich antworte nicht. Das ist mir zu plump.

»Was haben Sie?«

Ja, was habe ich? »Was ganz Gewöhnliches. Das interessiert niemanden.«

»Aber neinnein. Nichts ist ganz gewöhnlich. Sagen Sie es mir.«

»Doch, es ist ein ganz gewöhnliches Rechenexempel. Der Mann, mit dem ich lebe, ist fünfunddreißig, ich bin fünfundvierzig, seine Freundin ist fünfundzwanzig.«

Da macht er einen Fehler, indem er den lasterhaftlockenden Ton fallen läßt und doktrinär wird: »Mit fünfundvierzig hat man noch alles vor sich. Das ist doch kein Alter.«

Der hat gut reden. Soll ich ihm erwidern, daß ich keine Lust habe, von all dem zu kosten, was er mir empfehlen wird: Frauenzirkel, Gymnastik, gute Werke, wandern, Nichten, Neffen – oder auch Amnesty International, Vorträge im Centre Culturel, an etwas glauben, für etwas kämpfen, etwas lieben. Etwas!

Nur nicht sich selbst, seinen eigenen Körper und einen zweiten Körper, der sich daran preßt. Nur nicht die Lust, die Freude, die Liebe.

Vorbei! Statt dich selbst und deinen Spaß zu lieben, widme dich, erwachsen, reif, immer reifer, ernsten Aufgaben, werde abstrakt, sei dafür respektiert.

Vielleicht war es heute das letzte Mal, daß ein Mann was von mir wollte? Liegen zwanzig, dreißig Jahre Wüste vor mir? (›Du hast keine Rechte mehr! Gar keine!‹)

Mein Partner am Telefon röchelt. Es hört sich asthmatisch an. Durchs Telefon errate ich, daß er sich in Geduld übt; sie gehört zu seiner Tätigkeit, die er sicher gern ausübt. Dennoch, er ist ein Mensch, möchte gern weiterschlafen und wäre zufrieden, wenn er mich überreden könnte, zum Bahnhof zu gehen.

Schon will ich ihm versprechen, von Mitleid und Scham gepackt, ihm zu Gefallen wirklich zum Bahnhof zu gehen, da sehe ich Serge im Türrahmen stehen und lege den Hörer auf. Schuldbewußt. Barbara, du hast dich wieder einmal zu wichtig genommen. Was ist deine Geschichte schon wert.

Serge hält mich fest, als ich an ihm vorbeigehen will,

und zieht mich an sich. Habe ich nicht schon erwähnt, daß er gutmütig ist? »Wenn du es wissen willst: Du bist besser in der Liebe als sie. Was willst du mehr?«

Wirklich, was will ich mehr. Ich weiß es auch nicht. Danke, mein Gebieter. Verzeih mir, daß ich dich vorhin gezwungen habe, so harte Wahrheiten auszusprechen.

Die Eingangstür wird aufgestoßen, als stieße ein Nashorn mit seinem Horn und dann mit seinem ganzen Körper dagegen: John betritt die Bühne, um diese Szene zu beenden. Wach, wirft er auf unsere Zerknülltheit Verachtungsblicke. Seine Augen sind wässrig. Sein Tantenmund ist ein Strich. Es steht schlecht zwischen mir und ihm, trotz Geistergeschichten am Kamin, seit ich ihm vorgeworfen habe, er habe kein Recht, im Konzert für das Dritte Alter braungeschminkt »Old Man's River« zu singen, wenn er die Solotänzerin eine Negerin nenne. Ich sehe drum seinem Blick an, daß er die Szene durchschaut, Bescheid weiß, auf Serges Seite ist, sich vor mir und meinem Weibergeruch ekelt.

Einen Augenblick scheint ihn dennoch Lust zu pakken, uns an seiner Schlaflosigkeit teilhaben zu lassen, uns in sein Zimmer zu zerren und uns etwa noch einmal die Alben mit seinen Künstlerphotos zu zeigen: er als Scarpia in Japan, als Mephisto in Chikago, Konzert mit Jeannette MacDonald, lang, lang ist's her und sieht komisch aus.

Danke, ein andermal. Müde.

Es endet, wie alle diese Nächte seit einer Woche. Ich krieche ins Bett zurück, wobei ich mich bemühe, ihn nicht zu berühren, könnte er dies doch als Provozierung auffassen. Ein Weilchen laure ich noch demütig:

Sagt er etwas? Streckt er seine Zehen als Versöhnungsgruß den meinen entgegen?

Mitnichten. Er hat schon so viel für mich getan in dieser Nacht.

Er schläft.

Freie und befreite Menschen werden mir sagen: Warum packst du nicht dein Nachthemd, deine Zahnbürste, einen Rock und zwei Pullover in die Reisetasche und fährst davon? Du hast doch tausend Freunde in Deutschland, England, Spanien, der Schweiz, Kalifornien, Indien, Brasilien, und, falls dir das zu abgelegen ist, rundum in Frankreich? Sie würden entzückt sein, dich aufzunehmen, dich auszuführen, deine Geschichte anzuhören (»wir alle fragen uns seit Jahren, wie du das aushältst und warum«), dich zu trösten und aufzurichten, Kopf hoch, das Leben ist schön. Wenn ich also dasitze, Tapetenblumen zähle und auf Serge warte und den treuen Hund Einsamkeit zu meinen Füßen hasse, so ist das meine eigene Wahl.

Vielleicht doch nicht ganz? Ich habe, so verteidige ich mich, im Augenblick kaum hundertfünfzig Francs, um nach Paris zu fahren. Und wenn ich sie vielleicht nächste Woche habe, so sind sie schon wieder ausgegeben: für Heizöl zum Beispiel, um unseren Kanonenofen zu füttern. Könnte ich mich selbst noch unter der Bettdecke wärmen, so kann ich das von Serge nicht verlangen. Gut gewärmt zu sein, sich nicht zu erkälten und heiser zu werden, gehört zu seinem Beruf. Wie gut essen und keinen sauren Wein trinken.

Kurz, ich habe keine materiellen Möglichkeiten zur Flucht. So rede ich mir ein. Und was meine tausend Freunde betrifft, die mich alle so warm einladen, so fürchte ich im voraus das Gefühl des Fremdseins, das mich inmitten einer Runde fröhlicher und gutmeinender Menschen so gern überfällt. Auch warnt mich ein orientalisches Sprichwort: »Ein Gast gleicht einem Fisch; nach drei Tagen beginnt er zu stinken.«

Serge ist weiterhin guten Willens. Er kommt früher »nach Hause«. Seine Proben fangen später an. Auch Raissa muß lernen zu warten.

Wer ist es, der die erste Flasche Wodka zwischen uns aufstellt? Er? Ich? Wahrscheinlich ich, die Barbarin. Nur Barbaren trinken, um sich zu betrinken. Serge, der lateinische Kulturmensch, verwandelt seinen Wodka in einen Apéritif. Wir setzen uns um den Klapptisch und halten unsere Hände um die Gläser. Er sagt: »Du analysierst dich nicht. Das alles hat nichts mit mir zu tun.«

»Das alles?«

»Oder nur so wenig.«

Analysieren wir also. Bin ich nicht eine intelligente Frau? Besser: eine belesene? An der Universität zählte ich mich nicht zu den Intellektuellen. Ihr Scharabi machte mich unsicher, obwohl ich den Bluff witterte; ich war nicht gewappnet. Ich halte mich für nur mittelmäßig intelligent, soweit man definieren kann, was Intelligenz ist und ob sie überhaupt existiert.

Ich habe in – wo war es doch? Richtig, in Nizza – eine Psychoanalyse angefangen. Im Dienste von Serges Psychoanalyse, weil man uns sagte, es sei gut, wenn ich, seine Partnerin, gleichzeitig eine machte, bei einem anderen Psychoanalytiker selbstverständlich. Ich tat es aus Neugier und um Serge zu retten, der zu allem die Lust verloren hatte. Seine Analyse blieb im Embryostadium stecken, an dem Punkt, wo er zu entdecken glaubte, daß er in mir seine Mutter hasse.

Dies arrangierte ihn, nebenbei bemerkt. Meine Psychoanalyse beendete ich unter dem Vorwand eines kurzen Krankenhausaufenthaltes und an dem Punkt, wo ich mich in den Psychoanalytiker verliebte; meine einzige Untreue gegen Serge. Ich träumte sogar von Berühren der Hände, Abschiedsküssen, verschleierten Worten und sogar Verführungen auf dem Diwan. Aber dabei blieb es. Ich sagte mir: Was gibt es bei mir schon zu entdecken? Oder: Ist es um mich die Mühe wert?

Wie kannst du dich so wichtig nehmen, einem fremden Mann, der sich einen Dreck dafür interessiert und der dir dafür fünfunddreißig Francs für die halbe Stunde abnimmt, zu erzählen, daß deine Mutter dich zwingen wollte, Spinat zu essen, daß dein Vater dich bei der Geburt nicht habe sehen wollen, daß er dir einmal die billigsten Schuhe im Geschäft gekauft und gefragt habe: »Gibt es nicht noch preiswertere, Fräulein?« Daß ich mich als Kind in Oberschlesien zu den Ausgestoßenen auf die Läusebank gesetzt hätte, daß ich aber haßte, meinen Platz im Autobus jemandem abzutreten, und ...

Natürlich erzählte ich nichts Wichtiges, sondern nur Dinge, die sonnenklar waren. Serge, der mir seit fünfzehn Jahren nicht zuhört, kennt mich. Er sagt also: »Du erlebst nur eine Situation wieder, die du schon kennst.«

Ach ja, vielleicht. Die Freundin meines ersten Mannes hatte mich eines Abends, als ich ihn in der Redaktion oder in der Druckerei glaubte, angeläutet; weil sie wohl genug von der Heimlichtuerei gehabt hatte und den gordischen Knoten durchhauen wollte. Mein Erstaunen war damals ebensogroß wie diesmal, und doch hatten sich auch damals die Zeichen gehäuft. Nur hatte ich mich nach der ersten Kränkung, daß eine andere da war, erleichtert gefühlt. Endlich ein Vorwand, diesen Brillenträger verlassen zu dürfen! Ich gestand mir sofort ein, ihn schon lange sattgehabt und im Bett vernachlässigt zu haben. Noch heute erinnere ich mich, mit welchem Vergnügen ich seine Sachen in einen großen Karton warf, schön zusammengeknüllt, denn im Gegensatz zu Serge war jener pedantisch gewesen, hatte mich, zuerst nachsichtig, amüsiert, dann ärgerlich, darauf aufmerksam gemacht, daß ich Knoten in die Träger meiner Unterröcke machte oder seinen Waschlappen benutzte. Obendrauf hatte ich sichtbar eine Pomade gegen Hämorrhoiden gelegt. Er hatte mir verschwiegen, welche zu haben, und diese Pomade vor mir versteckt.

»Noch ein Apéritif?«

Gern, Vielleicht hilft der Wodka, uns einander verständlich zu machen.

Er gießt ein, mixt.

»Du lebst nur durch mich. Du hast kein Eigenleben mehr. Seit fünfzehn Jahren.«

»Ich habe dir dein Leben erleichtert.«

»Erleichtert? Was redest du von ›leicht?‹ Du warst eine Last für mich. Immer in deiner Schuld. Entferne dich von mir, und wir werden uns besser verstehen.«

»Wie kann ich mich von dir entfernen? Dein Leben ist mein Leben. Ohne mich hättest du so vieles nicht gewagt. Ich habe vieles an deiner Stelle getan, und du bist daran gewöhnt. Wer ist wohl mit dem Tonband unterm Arm bis zum Direktor des Konservatoriums vorgedrungen, wer wohl? Wer hat dann alles wieder eingerenkt, als bei der Prüfung irgendeine harmlose Bemerkung der Pianistin dich geärgert hat und du die

Partitur zerrissen hast? Ich weiß, es ist nicht bescheiden von mir, aber wer hat dich in Italien bis auf die Bühne zum Vorsingen begleiten müssen, bis der Regisseur sagte: ›Signora, bitte, jetzt müssen Sie in die Kulissen zurück!‹? Wer saß im Saal, als du in Bordeaux zum ersten Mal in der ›Traviata‹ sangst, wer kannte die Repliquen auswendig, fing dein Lampenfieber auf?«

»Ich will nicht mehr, daß du im Saal sitzt. Ich will nicht mehr, daß du mich zur Pianistin begleitest. Gut, ich habe keinerlei Ehrgeiz und werde ohne dich nicht viel machen. Mit dir auch nicht. Noch weniger. Ich will mich von dir entfernen.«

Meine Tränen beginnen zu rollen.

»Wie immer verstehst du falsch. Machst du das absichtlich? Ich sage doch nicht: Ich will dich verlassen. Ich sage nur: Ich will endlich ein Mann werden. Nicht mehr der Junge, der von dir abhängt.«

»Du hängst doch nicht von mir ab. Du tust, als wäre ich eine Megäre, die den Besen über dir schwingt. Ich helfe dir nur, ich bin an deiner Seite. Viele Männer wären froh ...«

»Ich kann das nicht vertragen. Ich spüre, daß es mich kastriert. Du hast mich immer kastriert. Laß mir meine Freiheit.«

Tränen. »Wie heißt deine Freiheit? Raissa?«

»Du bist dümmer, als ich glaubte. Oder die letzte Spießbürgerin. Das Mädchen ist nur ein Symbol. Keine Person. Kein Individuum.«

»Du hast gesagt: Sie hat mir große Freude gegeben ...«

»Warum hörst du nur immer Bettgeschichten heraus? Sie hat mir Entspannung gegeben. Ich fühle mich als Mann mit ihr.«

Und in seiner Ehrlichkeit fügt er hinzu: »Sie wird deshalb einen Platz in meinem Leben haben.«

Tränen.

Wütend stößt er sein Glas um und geht fort. Wahrscheinlich nicht einmal zu ihr. Sondern in die nächste Bar.

Ich sehe im Spiegel eine Frau von fünfundvierzig Jahren, die heute wirklich aussieht wie fünfundvierzig. Ihre Nase ist rot und glänzt. Die Äderchen in den Augäpfeln sind rot, die Lider geschwollen. Die Haut ist schlaff. Erwarte ich, daß er sich in mich verliebt?

Unsere Streitgespräche beginnen von diesem Tag an immer um die Wodkaflasche herum, mit dem Vorsatz, einander zu schonen, und degenerieren in sogenannte Offenheit. Vom dritten Wodka an wird seine Offenheit grausam, während ich immer mehr zurückweiche in die Demut einer Schnecke ohne Haus.

Er sticht zu, wie er kann. Er hat es leicht, denn er kennt viele verwundbare Stellen. »Dein degenerierter Sohn ... deine degenerierte Mutter ... dein degenerierter Vater ...« Er sagt: »Ich werde mal ehrlich sein«, wenn er sich grausam weiß. Er spricht: »Ich wollte dich schonen«, wenn er bei einer Lüge ertappt wird.

Seit dieser Nacht hat er eine neue Achillesferse entdeckt, mir selbst unbekannt: mein Alter. Bis jetzt war unser Altersunterschied nie ein Diskussionsthema, ja, schien uns kein Problem. Jetzt nutzt er ihn: »Du mit deinen fünfzig Jahren! Lies nur in jedem Buch nach, daß man da nicht mehr an solche Dinge denkt.«

Die grobe Dummheit macht solch einen Satz für mich nur noch fürchterlicher. Ich verteidige mich auf derselben Ebene: »Ich bin nicht fünfzig Jahre alt, und auch wenn ...«

»Oh, sei still! Du mit deinen achtzig Jahren! Was willst du überhaupt noch?«

Ich hätte leichtes Spiel, in diesen Augenblicken zu sagen: Er benimmt sich wie ein Ungeheuer. Meine Rolle wäre dann einfach, nämlich edel. Stumm, mit rollenden Tränen das Ungetüm anstarren. Machtlos gegen so viel Niedrigkeit. Leider fängt er sich gleich wieder auf: »Dein Alter ist mir ganz egal. Vielleicht bin ich älter als du.«

Um von neuem auszuholen, diesmal noch härter: »Seit zehn (zwanzig, fünfzig, hundert) Jahren schlafen wir nicht mehr miteinander, oder so gut wie gar nicht. Zweimal im Jahr, aus Zufall. Das reizt mich schon lange nicht mehr. Das weißt du doch, was? Drei Wochen lang habe ich dich geliebt. Ich bin so.«

»Das ist nicht wahr.«

»Doch. Es hat nie mit uns geklappt im Bett.«

»Du lügst. Du entstellst deine Erinnerungen.«

Und ich beschwöre die Vergangenheit herauf, lasse sie zur Decke ringeln wie Opferweihrauch: »Jede Nacht bist du gekommen. Wenn du nicht kommen konntest, hast du den kleinen Jacques oder einen anderen dafür bezahlt, die Nacht bei mir auf dem Sofa zu schlafen, wie Eunuchen, die eine Haremsdame bewachen. Kaum zur Tür hinein, bist du schon zum Bett gelaufen. Sogar, wenn Besuch da war, hast du es nicht ausgehalten und dich mit mir zurückgezogen oder den Besuch hinausgeworfen. In Paris hat es dich auf der Straße gepackt, und wir mußten schnell, schnell ins Hotel zurücklaufen. Manchmal hast du mir fast Angst gemacht, obwohl ich doch nun wirklich nichts dagegen habe. Damals, im Quartier Latin, habe ich mich vor dir ins Bad eingeschlossen, und du hast an die Tür gehämmert und geweint ...«

Er macht eine Handbewegung, er hört das nicht gern. Vielleicht hat er es wirklich vergessen, denn er hat eine besondere Gabe zu vergessen, was nicht mehr in die Situation paßt. »Ich habe dich zwar geliebt, aber schlecht.«

»Du warst sehr zärtlich.«

»Ich bin von Natur zärtlich. Was hat das mit dir zu tun?«

Schon wieder Tränen.

»Sogar noch in London ...«

»Wir haben noch miteinander geschlafen. Aber schlecht.«

Er wiederholt, was ihm wichtig erscheint: »Schlecht.«

»Jetzt wirst du wieder damit anfangen: ›Ich träumte, du hättest den Kopf meiner Mutter. Oder den Kopf meiner Großmutter.‹ Ich danke dir! Du hast mit deiner Mutter geschlafen, und vor mir hat dir gegraut! Kann ich vielleicht dafür, daß du deine Mutter nicht überwunden und daß du überhaupt so eine unmögliche Mutter hast?«

»Eine Weile habe ich das jede Nacht geträumt. Da ging es ganz abwärts mit mir. Weißt du, damals in Marseille, wo ich schließlich im Bett liegenblieb und dachte, ich sei gelähmt. Wenn du dich über mich beugtest, hatte ich den Drang, dich zu erwürgen. Ich mußte alles, was mir an Willenskraft übrigblieb, anwenden, um nicht meine Hände auszustrecken. Und dann in Berlin, nichts als Schnee, weiß, weiß, die Raben drauf, schwarz. Du weißt nicht, was ich gelitten habe.«

»An allem«, schreie ich, »ist die Psychoanalyse schuld. Die sogenannte. Du hast sie in dem Augenblick abgebrochen, wo sie gefährlich für dich wurde. Genau in dem Augenblick, wo du daran hättest zweifeln können, daß alles die Schuld deiner Mutter und vor allem meine Schuld sei ... Schön bequem für dich. Alles auf mich abgewälzt. Deine verfluchte Psychoanalyse hat unsere Ehe zerstört.«

»Was verstehst du schon davon. Ich habe vielleicht in dem Augenblick abgebrochen, wo ich fürchtete, daß es gefährlich für *uns* werden könnte. Um unsere Ehe zu retten, habe ich abgebrochen.«

Er lehnt sich zurück, zufrieden mit sich selbst.

Und die Diskussion dreht sich im Kreise. Wir sind eingemauert. Immer dieselben Leitmotive. Jeder kennt sie auswendig und die Stichworte, die der Partner gibt. Jeder weigert sich, seinen Part zu variieren. Ein Theaterstück, in dem nicht improvisiert wird; klassisch.

Zigaretten. Die Gläser leeren sich. Schon fragt er nicht mehr: »Noch ein Apéritif?«, sondern füllt nur nach. Auch ist es kein Apéritif mehr, den wir trinken, sondern Wodka pur.

Nichts Neues am Horizont. Kein Fähnchen, das ankündigt, daß dort ein Schiff auftauchen wird, um uns zu neuen Ufern zu bringen. Oder mich allein.

Eine Flaschenpost ins Meer werfen? Als Kind, im letzten Kriegsjahr, habe ich einmal eine Flasche mit einem Brief in die Ostsee geworfen. Sie schwamm etwa zweihundert Kilometer weit und wurde von einem Flaksoldaten aufgefischt, der der kleinen Barbara einige lustige Briefe schrieb.

Wo werfe ich jetzt eine Flaschenpost aus, letzte Hoffnung von Schiffbrüchigen, auf einsamer Insel Gestrandeten?

Sieh da, eines vermisse ich bei mir, während ich in

diesem Meer des Jammers so ziellos umherschwimme: den Wunsch, ein für allemal unterzugehen! Ich schnappe nach Luft, schaue mich nach einem Rettungsring, einem Floß, einem treibenden Balken um, nach einer Möwe, die das Festland ankündigt, nach einer Insel, wo ich überleben, eine Hütte bauen und Rettungsrufe an die Menschheit ausschicken könnte. Ertrinken ist kein schöner Tod. Kein Tod ist schön.

Inmitten all meiner Misere bleibe ich kerngesund! Nie sind meine »Selbstmorde« – genaugenommen waren es nur zwei, die für meine Umwelt so aussahen – auch nur eine Minute echt gewesen. Immer war ich zu neugierig, wie es und ob es denn nun, trotz allem, weitergehen würde. Nie sind meine Selbstvernichtungs-Demonstrationen über das Maß einer schäbigen Erpressung hinausgegangen, von Freund und Feind als solche auch sogleich erraten und verachtet. Einmal nur nahm man mich so ernst, daß man mich eilends ins Krankenhaus transportierte. Recht geschah's mir, daß ich bei vollem Bewußtsein miterleben mußte, wie man mir den Magen auspumpte und ihnen, die fieberhaft und fluchend um meine Bahre arbeiteten, nicht verraten durfte, daß ich statt des gesamten Inhalts des Tablettenröllchens mir nur ein paar Tabletten in den Schlund und die restlichen in die Toilette geworfen hatte. So mußte ich meine Rolle weiterspielen, das hatte ich davon. Das war alles, ein negatives Erlebnis, denn Serge hatte nur übelgenommen und wirft mir heute noch, auf dem Gipfel unserer Streitgespräche, diese Albernheit vor, so daß ich mich noch zehn Jahre später schämen muß; obwohl auch er glaubt, ich hätte dreißig und nicht fünf Tabletten geschluckt.

Überlebenspläne also erwachen im Labyrinth meines Gehirns, beginnen dort zu kreisen und suchen Auswege, ob ich es will oder nicht. Sie sind nicht mehr unbedingt mit Serges imaginärem Unfalltod verknüpft. Das Bild der Gießkännchen tragenden Witwe tritt in den Schatten. Es handelt sich nicht mehr um Serges Ermordung als einziger Möglichkeit meiner Befreiung und gleichzeitig, wenn man so will, unserer Verbundenheit über den Tod hinaus. Sondern um das Abreißen, das Durchschneiden, das Aufknüpfen dieses Bandes.

Was für ein tollkühner Gedanke!

Ich verscheuche ihn noch, sobald er auftaucht, blicke mich angstvoll und beschämt um, leugne ihn.

Doch wie schon vor der Entdeckung der ›Wahrheit‹ in Form eines Spangenschuhs, der sich aus Serges Autotür schob, entwickeln sich in mir Pläne. Sie haben, zugestanden, abermals etwas Klägliches und Schäbiges, allenfalls etwas Kindisches an sich; wie das Wühlen in Serges Taschen und die Vorhaben, den Blinden Passagier im Kofferraum oder den Horcher an der Hausmauer spielen zu wollen. Mit dem Anruf beim Seelentröster begann diese neue Serie. Kleinen Geistes bin ich, würde Serge wieder tadeln, denn seine Kritik schwebt noch intakt über mir; der Leserin eines Photoromans oder einer Provinztheaterstatistin kaum würdig.

Einsame Seele ohne hohes Niveau, beginne ich sogar neuerdings, kleine Annoncen zu studieren. Sollte nicht unter ihnen, diesen schlichten Sentimentalen, die alle die Blaue Blume suchen, der seltene Vogel zu finden sein, der – ja, was eigentlich? So etwa: »Einsame Seele sucht einsame Schwesterseele, um Enttäuschungen auszutauschen . . . ?«

In einer Epoche miesesten Abstiegs hatte ich schon einmal zu solch einem Mittel gegriffen und dem Autor einer Annonce nach kurzem Briefwechsel ein Rendezvous gewährt. Herr Hubermeier, Geschäftsmann, lief mir mit freudig ausgestreckten Wulstpfötchen in der Eingangshalle der »Vier Jahreszeiten« entgegen, wohin er mich zum Diner eingeladen hatte. Ich war nach seinem Geschmack, er war es nicht, er hatte nichts Blaublumenhaftes an sich, ich sagte: »Ich wollte nur sagen, daß ich nicht kommen kann!« und floh, kein Talent, mich, meinen Körper oder meine Seele zu verkaufen, auf meinem Fahrrad, das vor den »Vier Jahreszeiten« auf mich wartete.

Eines Nachmittags geschieht es mir, daß auf einer schüchtern-rebellischen Flucht vor der Streifentapete in ein Café, ein Barbar mich anspricht; ein Fremdling wie ich, von jenseits der Grenzen jener Landstriche kommend, die einst von den Römern kolonisiert und zivilisiert wurden. Ein Berliner, wie ich nach einem Satz errate. Was will er wohl hier in dieser Provinzstadt, umgangen von nordöstlichen Touristen wegen ihres Rufs als Stadt des Regens und fehlender Mittelmeerbläue? Die wenigen, die sich hierher verirren, werden obendrein nur reserviert empfangen, haben ihre Landsleute doch hier in gewissen unruhigen Zeiten voller Mißverständnisse ein ganzes Dorf mit Mann, Frau, Kind, Kegel und Maus eingeäschert; sie dürfen es heute gegen Eintritt besichtigen. Der sich vom Nebentisch aus zu mir herüberbeugt, ist nach diesen bereits als historisch klassierten Ereignissen geboren. Er trägt die Haare über die Schultern gelockt. Wäre nicht die runde Drahtbrille, so sähe er aus wie ein sanftmütiger Christus.

Nicht auf mich hat er es abgesehen, sondern auf die Zeitschrift mit heimatlichen Titeln, die er in meiner Hand gewahrt.

»Darf ich mich zu dir setzen?« fragt er, nachdem er sie ausgelesen hat.

Ich halte es für Heimweh oder Langeweile. Auf jeden Fall braucht er mich gerade.

Aus dem Knast komme er, drei Jahre habe er gesessen, Bewährungsfrist hätten sie ihm gegeben, diese Schweine, drei Jahre habe er sich als Fliesenleger bewähren sollen, drei volle lange Jahre für die zwei Monate, die ihm noch abzusitzen blieben. Da sei er abgehauen, versteht sich, Mensch, nie wieder sehn die mich, jetzt muß ich nach Amsterdam hoch, mal sehn, wie ich mir 'nen falschen Paß verschaffe.

Ich wundere mich und lausche geschmeichelt. Sehe ich so aus wie jemand, dem man dergleichen anvertraut? Die Welt der Provinztheater und auch die der Großen Oper ist pervers, doch kleinbürgerlich bis ins Mark ...

Ich betrachte einen, der gerade aus dem Knast kommt, wie ein unbekanntes Tier. Stelle fest, daß er wie ein Mensch aussieht und reagiert, nirgends äußerlich gebrandmarkt, wenn man von einer tätowierten Rose auf dem Arm absieht.

Ein Kontakt? Jemand, der endlich das Schlüsselchen hochhebt, spricht: ›Komm, ich schließ dich auf!‹?

Nein, ich bin wieder nur einmal dazu da, zuzuhören.

Das ist nur, einmal mehr, der Monolog der sogenannten Freunde, die erklären, mich gern zu haben. Weil ich zuhöre. Wirklich interessieren mich ihre Geschichten, aber selten interessieren sie sich für die meinen, die ich in Gesprächspausen versuche loszuwerden: »Stimmt, genau wie bei mir, als ich ...« »Das kenne ich, ich hab' nämlich auch ...«

»Du gefällst mir. Ich hab' dich richtig gern, Mensch«, sagt denn auch der Fremdling nach etwa einstündigem Monolog, der von einer zu früh verstorbenen Mutter, einer Stiefmutter, einem Mutterkomplex, einem sex-besessenen Vater, Bahnhof Zoo, Jugendknast, Bullen, Knast, Kadmandu, Istanbul, Amsterdam, einer Traumfrau, einem Traumkind und Dantes Inferno handelt. »Sag mal, wie alt bist du?«

Nie würde ein Franzose so etwas fragen. Er würde es nur um so lauter denken.

»Rate mal.«

»Na, so fünfunddreißig.«

Ich blicke ihm in die Augen hinter der runden Brille. Der macht keine Komplimente. Der hat einfach keine Ahnung von Frauenaltern, hat zu lange im Knast gesessen.

»Ich bin sechsundzwanzig«, fährt er harmlos fort.

Auf der Straße dunkelt es, das Café füllt sich. Pernodduft übertönt den Katzenpipiduft, der Flipper-Apparat blubbert und fiept, läßt Superman, Superwoman, Sindbadhs Wunderlämpchen rot, grün, gelb aufblitzen. Es ist zu angenehm, so dazusitzen, die Strafe wird auf dem Fuße folgen, ich muß nach Haus.

Er sieht mich aufbrechen und sagt: »Du, nimm's nicht übel, ich frage nur so, weißt du: Ich hätte Lust mit dir zu schlafen; ehrlich, Mensch. Wenn's dir nichts ausmacht ...«

Schamvoll flüstere ich: »Entschuldige. Aber ich bin treu.«

»Na, dann. War nicht böse gemeint.«

Ich stehe auf, er steht auf. Sich der Landessitte anpassend, küßt er mich auf beide Wangen. Spricht: »Sag mal, du: Warum beginnst du eigentlich jeden Satz mit: ›Mein Mann ...‹?«

»Wirklich?« frage ich.

In der Seildrehergasse treffe ich doch wieder früher als Serge ein. Ich werfe einen Blick in mein Spiegelgesicht. Den ersten, wie mir scheint, seit Jahren. Muß ein Irrtum gewesen sein. Das Café war schlecht beleuchtet. Einer, der gerade drei Jahre Enthaltsamkeit hinter sich hat, würde auch mit seiner Großmutter schlafen. Oder es sprach sein Mutterkomplex.

Wodka und Streit zermürben unseren Abend.

Regen am Morgen. In der Zeitung, die Serge neben den Frühstückskrümeln zurückgelassen hat, sehe ich ein Photo. Der Schattenriß eines Mannes auf einem Dach. Seitlich von einem Wachtturm überragt, in dem ein anderer Schatten mit einer Waffe steht. Die Unterschrift berichtet dem Frühstückstisch-Leser, dies sei der Zuchthäusler Yves, auch »der Tiger« genannt. Gefährlich wie ein solcher und zu allem bereit, hocke er schon seit gestern auf dem Dach seines Zuchthauses bei Paris und weigere sich, mit jemand anderem als dem Justizminister persönlich zu verhandeln. Welche gewiß unvernünftigen Ansprüche er an diesen zu stellen hat und deshalb eventuelle Schwindelgefühle überwindet, verrät man dem Leser nicht.

Ich denke an meinen Knastbruder von gestern abend und versuche, aus dem Schatten einen Menschen zu machen. »Gefährlich wie ein Raubtier.« Sitzt auf dem Dach seines Käfigs, das arme Raubtier, und faucht. Kann nicht hin und nicht zurück. Hat nur eine Freiheit: die, seinen Tod zu wählen. Sich abschießen zu lassen. Oder Turmschwalbe zu spielen und abzuspringen.

Ich beschließe, den Tiger zu fragen, was er sich denkt. So ihm Zeit bleiben wird, mir zu antworten. Nehme Kugelschreiber und Papier und sitze noch so da, als Serge zurückkommt und den Mittags-Apéritif mixt. Gern würde ich hören, daß er mich fragt: »An wen schreibst du denn da?«, so, als ahnte er etwas Besonderes. Aber das tut er natürlich nicht. Sieht er mich doch ständig auf der Tischecke Papier vollschmieren.

Serge hat es eilig, unseren Streit fortzusetzen: »Ein Apéritif?«

Ich habe inzwischen die Wodkaflasche erneuert. Wo sind meine Sorgen um unbezahlte Rechnungen geblieben? Hatte Serge vielleicht recht zu sagen: »Ich habe keine Geldsorgen!«?

»Du willst mich verschlingen, Barbara. Du hast mich immer verschlingen wollen.«

»Du hast mir fünfzehn Jahre lang beweisen wollen, daß ich wertlos sei, Serge.«

»Glaubst du, daß ich dich eines Mädchens wegen verlasse? Was soll ich mit einem Mädchen? Ich will dich gar nicht verlassen. Ich will nur meine Freiheit.«

»Ich will nicht, daß du nur aus Hochmut bei mir bleibst. Damit die Leute nicht sagen: Er hat seine Alte verlassen. Sie wurde allmählich zu alt.«

»Seit wann hältst du mich für einen Bourgeois?«

»Ich halte dich für jemanden, der einen falschen Begriff von Ehre und Würde hat. Deine Art von Ehre interessiert mich nicht! Ich will, daß du bei mir bleibst, weil ich eine Frau für dich bin.«

»Du willst mich verschlingen«, wiederholt er.

Das nächste Mal spielen wir ein Spiel, das er aus dem Theater mitbringt. Denn immer haben unsere Streitereien eine fast heitere Ouvertüre.

»Nenne mir die drei Tiere, die du am meisten liebst. Antworte, ohne lange zu überlegen.«

»Ein Löwe.«

»Noch ein Tier.«

»Eine Anakonda.«

»Und noch ein drittes.«

»Ein Vogel.«

»Das erste Tier besagt: So siehst du dich selbst. Das dritte ist dein Ideal. So möchtest du sein. Das zweite –« und er sieht mich höhnisch an – »ist das Tier, als das die anderen dich empfinden.«

»Nein! Wie *du* mich empfindest! Denn wer sind für mich die anderen? Durch wen sehe ich die Welt? Ja, für dich bin ich die Anakonda, die dich erdrückt.«

»Endlich gibst du es zu. Nur durch mich da, sonst nichts. Du erdrückst mich. Ich kann so viel Gefühl nicht ertragen. Vielleicht bin ich wirklich nur der oberflächliche kleine Franzose, wie du mich manchmal nennst. Ich habe eben nicht genug Liebe.«

»Und doch sprichst du neuerdings von universeller Liebe.«

»Ich kann sie nicht geben, wenn du nichts von mir übrigläßt. Du darfst nicht alles für dich allein verlangen. Du bist ein Monstrum. Eine Anakonda.«

Tränen. Wieder einmal spricht er die Wahrheit. Ich bin eine Anakonda.

»Ein Wodka?«

»Du auch?«

»Ich auch.«

Wir trinken erneut. Ein beliebtes Leitmotiv stimmt er an: »Deine Vergangenheit.«

»Das sprichst du aus, als handelte es sich um die Vergangenheit der Kameliendame oder der Maria Magdalena. Soll ich dir die Füße mit meinen reuigen Tränen netzen und sie mit meinen Haaren trocknen? Danke, mein Herr, daß du mich aus dem Sumpf gezogen hast? Du hast überhaupt niemals zugehört, wenn ich dir mein Leben erzählt habe.«

»Ich kenne es auswendig. Es ist nicht fabelhaft.«

»Ein Leben wie jedes andere und nicht besonders lustig.«

»Jaja, Männer haben dich immer nur ausgenutzt. Nie war etwas deine Schuld.«

»Und du, kannst du nicht diese spießigen Vorurteile von Reinheit und Unreinheit abwerfen? Du mit deinem lateinischen Jungfrauenkult!«

»Ich? Jungfrauenkult?«

»Genau. Wirfst du mir im Grunde doch immer nur vor und bestrafst mich dafür, daß du mich damals, eine Frau von dreißig Jahren, nicht jungfräulich angetroffen hast.«

»Ich war ein Junge von zwanzig Jahren. Und mit zwanzig träumt man von Reinheit.«

»Dein Pech, daß du an so eine schmutzige ältere Frau geraten bist. Warum warst du nur so wild auf mich?«

»Du bist auf Knien vor mir gerutscht.«

»Was?!« Zur Abwechslung bin ich es, die das Glas umwirft. Jeder von uns kennt das Stichwort des Partners, auf das er allergisch reagiert. »Niemals habe ich vor einem Mann auf den Knien gelegen!« Und ich lache bei dieser Vorstellung, obwohl ...

»Erpreßt hast du mich mit deinem Brief, als ich in Marseille eingeschifft wurde, ein einundzwanzigjähriger Künstler, der in den Algerienkrieg geschickt wurde –«

»Rede nicht weiter, unnötig. Ich kenne das Ende des Satzes auswendig: ›Mit einer Nummer auf dem Rükken!‹ «

»Jawohl! Mit einer Nummer auf dem Rücken!« Das ist eine seiner Besessenheiten. Was hat er nur mit dieser Nummer auf dem Rücken, was hat sie ihm getan, und vor allem: warum wirft er sie mir bei jedem Streit vor? Ich bin machtlos gegen diese Nummer, und darum versetzt sie mich in Wut. Sie ist unangreifbar, nicht zu verscheuchen, nicht zu bekämpfen, weil ich nicht errate, in welchem Verhältnis ich zu ihr stehe.

Ich schwenke also meine Artillerie in eine andere Richtung: »... und dann hast du zu mir gesagt, in unserer Küche am Montmartre, meinst du, das vergesse ich, als ich schon solch einen Bauch hatte: ›Ich bedaure, dir ein Kind gemacht zu haben.‹ «

»Daran kann ich mich nicht erinnern.«

»Aber ich.«

»Statt dich zu schonen, bist du mit deiner Mutter und dieser Annemarie durch Paris gelaufen, um ihnen Notre Dame und Sacré Coeur zu zeigen. Du hättest wissen müssen, daß das zuviel war! Schließlich war es nicht dein erstes Kind! Was wußte ich wohl von Kinderkriegen!«

»Sag lieber, es war dir gleichgültig. Du hast ja weiter als Junggeselle gelebt und mich versteckt und verheimlicht, ich durfte nur warten auf dich, was sich bis jetzt nicht geändert hat ... Sechs Monate lang habe ich nach dem Unfall nur geweint und geweint und den Tauben auf den Dächern ringsum zugeguckt.«

An diesem Abend hatte er in Paris in »Petruschka«

getanzt, und ich war die Treppe hinuntergestürzt. Wir wohnten im sechsten Stock. Als die Schmerzen zu arg wurden, schlich ich an der Mauer des Friedhofs Montmartre entlang bis zum Krankenhaus, nachdem ich einen Zettel an die Tür geheftet hatte: »Bin im Krankenhaus am Ende der Straße.« Ich war im sechsten Monat. Die ganze Nacht weigerte ich mich, die Wehen als Wehen anzuerkennen. Im Morgengrauen hielten mir zwei Schwestern ein Becken unter, während sie sich über meinen Bauch und meine Krämpfe hinweg unterhielten. Vom Kauf eines karierten Rockes war unter anderem die Rede. Als ich fragte: »War es ein Junge oder ein Mädchen?« unterbrachen sie sich, blickten mich zum ersten Mal an und antworteten: »Ein Mädchen.« Vielleicht hatten sie das nur so hingesagt. Dann blickte die eine die andere an und fragte: »Warum weint die denn?«

Das war die Geschichte unseres Kindes, kurz und ohne happy end. Doch wurden dieses zu früh und tot geborene Kind und die sich anschließende Operation (alles durch meine Schuld verursacht, wie er sagt) eine seiner schärfsten Waffen. Er holt sie hervor, wenn alle anderen stumpf werden: »Ich habe aufgehört, mit dir zu schlafen, seit du kein Kind mehr bekommen kannst. Wo ist da der Reiz?«

Ich muß zugeben, daß er danach kurze Zeit sehr gut zu mir war. Es war am 14. Juli, auf den Straßen, im Fernsehen, im Hof der benachbarten Feuerwehrkaserne tanzten sie schon seit einer Nacht zum Andenken an die Erstürmung der Bastille. Der Himmel war grau, bleiern grau, ich war gerade aus dem Krankenhaus gekommen, lag im Bett, und niemand hatte mir die Wahrheit gesagt, die ich mich weigerte zu erraten. Er umarmte mich und weinte plötzlich an meiner Schulter.

Sechs Monate lang saß ich dann am Fenster, schrieb keine Zeile mehr, obwohl das schon damals mein schäbiger kleiner Beruf war, blickte nur hinaus auf die Dächer, den Hof, die Tauben, die auf den Fensterborden vorbeitippelten. Dies war ein harter Schlag für mich. War ich schon damals nicht sicher gewesen, eine vollständige Frau zu sein, so war ich nun ganz und gar verunsichert. Ich nannte mich selbst angeekelt ein Neutrum und, während mir aus dem Spiegel ein hübsch abgemagertes Gesicht mit romantischen Augen entgegenblickte, einen heimlichen weiblichen Frankenstein. Serge verstand nicht, war geduldig und guten Willens. Er schenkte mir einen alten Ring mit einem schwarzen gravierten Stein und sechs kleinen Brillanten. Das Geld dafür hatte er für mich im Pferderennen gewonnen. Die Brillanten sind nach und nach herausgefallen, und die Fassung ist zerbrochen. Er machte mir naive Vorschläge: »Ich fahre in die Südsee, mache dort einer Eingeborenen ein Kind, wir adoptieren es als das unsere.« Meine Einwände, daß die »Eingeborene« all diese Mühe nicht sinnlos auf sich nehmen würde, und recht hätte sie, ließ er nicht gelten; sie würde es um seiner schönen blauen Augen willen tun, war er doch der Große Weiße Mann.

»Noch ein Glas?«

Seit drei Tagen sind wir betrunken.

Wir gestehen uns freundlich unsere gegenseitigen Todeswünsche. Aber auch in diesem Wettstreit unterliege ich. Träume ich doch meine Todeswünsche nur, während er, stolz wiederholt er es, einige Male das Bedürfnis hat unterdrücken müssen, mich zu erwürgen. »Es ist ein Unterschied, einen Todeswunsch zu haben oder jemand in seinen Träumen zu töten.«

»Das verstehe ich nicht.«

Schlicht erklärt er: »Es ist der gleiche Unterschied wie zwischen dem, der mit eigener Hand tötet, und dem Mörder mit weißer Weste – wie die, die uns regieren, zum Beispiel. Ich kann nur die ersteren respektieren.«

Wir kommen keinen Schritt weiter. Immer der gleiche Ringelreihen: das tote Kind, die Nummer auf dem Rücken, der Jungfrauenkult, meine Vergangenheit, seine Familie, meine Familie, mein Alter, seine Jugend, meine Niedrigkeit, sein Edelmut, mein Edelmut, seine Niedrigkeit, meine Tante, deine Tante. Raissa, die Kuhäugige. Todeswünsche, respektable und verächtliche. Miststück. Ungeheuer, Anakonda.

Keinen Schritt weiter. Nichts am Horizont. In meiner Tasche zerknüllt der Brief an den Räuber auf dem Dach. Was soll das? Erst den dritten Entwurf habe ich in einen Umschlag gesteckt. Der erste war lang und sprach nur von mir. Der zweite war weitschweifig, philosophisch und abstrakt zum Einschlafen. Keinen Hund hätte ich damit hinter dem Ofen hervorgelockt. So hatte ich den ganzen Wust gestrichen und ein Zettelchen hingeschludert:

»Yves!

Wenn dieser Brief dich erreicht – keine Ahnung, ob er dich jemals erreicht –, wirst du, so oder so, das Dach verlassen haben. Ich heiße Barbara und weiß nicht genau, warum ich dir schreibe. Ich würde gern wissen, wer du bist und warum du das alles tust.«

Plötzlich freut es mich, ihn in den Kasten zu werfen. Und ich denke, daß ich, die ich gerade noch zu jemand

Freundlichem sagte: »Entschuldige. Aber ich bin treu!« hier endlich beginne, Serge untreu zu werden.

Warum hat er diesmal selbst die Wodkaflasche gekauft? Was kann *ihm* wohl daran liegen? Es geht ihm doch gut, nicht wahr? Zwei Frauen sind seinetwegen unglücklich, was will er mehr? Er erzählt es mir bereitwillig: »Sie ist mitten in der Probe fortgelaufen. Heute ist sie überhaupt nicht zur Probe gekommen. Josiane sagt, sie sei aus dem Hause verschwunden.«

Das Haus – inzwischen weiß ich, wo Sie wohnt. Nur ein paar Straßen weiter, das kommt Serges Bequemlichkeit entgegen. Hinter den Bahngeleisen und dem Parkplatz der Zigeuner wohnen ein paar Choristinnen, darunter Raissa und die dicke Josiane, zusammen in einem alten Pavillon. Bereitwillig haben mir die Homos der Seildrehergasse erzählt, was ich wissen wollte.

Während ich meine Hände um das Glas falte, beschließe ich, dieses Haus kennenzulernen.

Schon über dem zweiten Glas bricht Streit aus. »Was willst du eigentlich? Ich habe ihr gesagt: ›Ich liebe dich nicht!‹ Warum wollt ihr nur immer diesen Satz ›Ich liebe dich!‹ hören, was soll das bedeuten? Ich habe dich gern, habe ich gesagt, genau wie meine Frau –«

»Oh, danke sehr! Genau wie meine Frau! In denselben Topf geworfen, wie zwei Kohlrüben, und beide schmecken gleich!«

»Werde nicht sofort gewöhnlich –«

»Fünfzehn Jahre mit mir, drei Monate mit ihr, und alles ist gleich.«

»Solche Rechnerei ist Unsinn. Was haben Jahre und Monate damit zu tun? Sie hat mir Freude gegeben!«

»Und ich?«

»Seit fünfzehn Jahren sagst du, daß du unter mir leidest.«

»Du bist mein Mann.«

Abwehrbewegung. Vokabeln wie »mein Ehemann, meine Ehefrau, wir sind eine Familie« darf ich ihm gegenüber nicht gebrauchen. Er bekommt dabei Gänsehaut. Solche Worte erinnern ihn zu sehr an seine selbst gewählte Unfreiheit. Zu vermeiden also. Das reizt ihn: »Niemand würde deine Partei ergreifen, Barbara.«

»Weil ich zu alt bin? Ein altes Möbel, das man auf den Speicher stellt?«

Verpatzt wieder mal die Diskussion. Erwarte ich, daß er mir danach antwortet: »Ich liebe dich!«?

Und warum warte ich immer auf diesen Satz? Ich entreiße ihn ihm niemals. Und wenn: Was hätte ich davon?

Er knallt die Tür hinter sich zu. Die Haustür unten höre ich ihn normal schließen. Als ob der Theaterklatsch noch aufzuhalten wäre.

Abend. Er kommt nicht zurück. Ich habe ihn verscheucht. Es fängt wieder an, leise zu regnen. Der Asphalt unter den Laternen glänzt. Vorstadt, schwarz. Rentnerpavillons. Ein verfallenes Fabrikgebäude mit langem Schornstein. Die Bahnunterführung, in der der Schritt hallt. Von oben tropft es fettig, kein Zug fährt. Der Parkplatz der Zigeuner dahinter, drei Wohnwagen, die schlafen.

Gebückt hinter der Böschung der Bahngeleise das kümmerliche Haus. Nichts fehlt in dieser Theaterkulisse aus Rigoletto, letzter Akt.

Was will ich hier eigentlich? Endlich sehen, fühlen, berühren, was ich die ›Wahrheit‹ nenne? Wäre ich nicht besser jetzt in der Seildrehergasse beim Margeritenzählen, den Rücken ans Kanonenöfchen gelehnt? Wie gemütlich wäre es. Nichtdaseiend könnte ich mich dort fühlen.

Es regnet. Das Haus lehnt sich an die Bahnböschung an und scheint in sich zusammengesunken. Es regnet auf abgestellte Lastwagen, allerlei rostiges Gestänge im Unkraut des Niemandslandes. Kein Fenster erhellt. Regen ist das einzig Lebendige außer meinem Schritt, der, so sage ich mir, Tote auferwecken könnte. Serges Auto steht nicht vor der Tür, nur das der dicken Josiane, Spezialistin für Ammenrollen. Jetzt ein Lichtschimmer zwischen den Fensterläden. Bin ich enttäuscht, daß er nicht da ist? Trotzdem weiche ich nicht von der Stelle. Dieses Haus fasziniert mich. Ich habe mich hinter einem Laster versteckt. In der Rolle der Lauscherin fühle ich mich als Neuling. Alle Laternen drehen wohl ihr Licht auf mich wie Bühnenscheinwerfer. Aus allen Kulissen beäugt es mich, was, wer? Hinter mir ein Geräusch, es surrt leise, es klappert leise, gleichmäßig. Würde ein Regisseur diese Szene auf die Bühne stellen, würde man kritisieren: ›Zu überladen!‹ Ich kann nichts dafür.

Die Tür des Hexenhauses öffnet sich, Licht, Stimmen. Ich erkenne Josianes Mezzosopran. Sie lacht mit jemandem. Wahrscheinlich über mich? Ich weiche weiter hinter den Laster zurück, und meine Hacken versinken im Moder einer Wagenspur. Josianes Auto fährt an und braust an mir vorbei. Keine Angst, sie hat mich nicht gesehen, ihre Blicke sehen bereits die Liebesnacht vor sich, der sie entgegenfährt. Morgen wird sie im Theater erzählen, wie sie verlaufen ist, und mit unappetitlichen Einzelheiten nicht sparen. Zu jeder

Spielzeit entweicht sie unter dem Vorwand ihrer Berufung zur Bühne ihrem Mann, dem Gendarm, und dem Häuschen in einem Pariser Vorort. Die körperliche Beschaffenheit dieses Gendarms ist in keinem Provinztheater Frankreichs ein Geheimnis mehr, und er ist der einzige, der nicht weiß, daß er in der Liebe nichts taugt. Während er den Pudel und den Vorgarten betreut, eilt seine Josiane von einer Spielzeitliebe zur anderen. Ich bin vielleicht etwas voreilig, sie zu beneiden. Denn es handelt sich jedesmal um eine echte Liebe, mit allem, was dazugehört, vor allem Komplikationen: nicht nur sechsmal Liebe in der Nacht, von oben, unten, hinten und vorn, sondern auch Eifersuchtstränen, Verfolgungen, zerbrechliche Versöhnungen, Betrug, Trennung. Und das Leben eilt voran, von einer Spielzeit zur anderen, Josiane hat noch ein schönes Gesicht und eine schöne Stimme, aber sie beginnt, aus den Hosen zu quellen, die sie hartnäckig trägt. Blickt man nur unter den Gürtel, weiß man nicht genau, wo ist der Bauch, wo ist der Po.

Albert, der Tenor aus Bordeaux, ist ihre diesjährige Spielzeitliebe, und es geht hoch her. Albert sah ich zum ersten Mal bei einem Amateur-Sängerwettbewerb anläßlich einer landwirtschaftlichen Ausstellung in der Kleinstadt Auch im Departement Gers. Wir waren der Kuriosität halber aus Toulouse herbeigefahren. Zwischen gelben Traktoren und roten Dreschmaschinen sang er »Wie eiskalt ist dein Händchen«, sah betrübt und bedrückt aus und war es gar nicht, wie jetzt immer noch; trug einen Regenmantel mit zu fest geschnürtem Gürtel, verhaspelte sich im Text und gewann den fünften Preis von sechs männlichen Bewerbern. Er sah nicht nur betrübt und bedrückt, sondern auch liebebedürftig und arm und wie ein Coiffeur pour dames aus, war ein reicher Erbe, ganz allein auf dieser Welt mit seinen Aktien, Mietshäusern, Ländereien, und außer den Schlössern an der Loire interessierte ihn schon damals nur der Sex. Warum er singt, weiß niemand. Es heißt von ihm, er öffne im Chor den Mund nur wie ein Karpfen: stumm. Warum er sich für Sex interessiert? Man kann ihn berühren, seine Haut wird weder zukken noch sich zusammenziehen. Nichts zündet ihn an. Aus Pornofilmen tritt er hinaus und spricht: »Boff!« Erst allmählich habe ich begriffen, daß er vergewaltigt werden möchte. Sechsmal in der Nacht, will man ihr glauben, vergewaltigt ihn die dicke Josiane. Manchmal muckt er auf, entdeckt sich als Opfer, flüchtet, verschwindet eine Nacht, läßt sich ohrfeigen, wenn er zurückkommt, und lügt, mit einer Negresse geschlafen zu haben. Vielleicht, um sie abzuschrecken, vielleicht, um noch eine Ohrfeige mehr zu bekommen. Das reizt sie wohl noch mehr, eine dicke, schwitzende Schwarzhaut als Rivalin. Er wird übers Bett geworfen. Von ihren und seinen Techniken und körperlichen Vorzügen und Fehlern ist während der Proben im Theater die Rede, alle bekommen davon etwas ab; von einer zu weiten Vagina, einem leicht zu reizenden Po, einem zwar langen, aber zu dünnen Zauberstab, Liebe in der Badewanne, Liebe am Fenster. Albert läßt sich seifen, füttern, vergewaltigen und trimmt zwischendurch seine Muskeln mit einem amerikanischen Apparat.

Zu Weihnachten hat er ihr einen Vibrator geschenkt, täuschend naturgetreu und elektrisch angetrieben. In Geschenkpapier eingepackt und mit einem Schleifchen umwunden. Aber dieses Geschenk war ein Reinfall, einmal, weil das Ersatzglied sich nur um sich selbst drehte wie ein Sahneschläger, statt in der gewünschten Richtung, dann, weil es schon nach dreimaliger Benutzung eine Panne hatte, und überhaupt, weil Josiane Albert verdächtigte, sie mit einer Vietnamesin zu betrügen. Ehe sie ihm den Vibrator zum Umtausch zurückgab, machte er im Theater die Runde und wurde von allen bestaunt. Theatergeschichten.

Fort ist also Josiane zu ihm in sein Hotelzimmer, denn so vorsichtig ist er, sein Privatgehege zu verteidigen: »Nie schlafe ich eine ganze Nacht mit einer Frau! Nie wird sich eine Frau bei mir installieren! Boff!«

Das Hexenhaus liegt wieder dunkel. Hat Serge nicht gesagt: »Ich komme gleich nach der Probe um halb elf nach Hause!«? Es ist Viertel elf. Was erwarte ich hier noch. Er wird ärgerlich sein, wenn er heimkommt und mich nicht vorfindet.

Beschämt mache ich kehrt und biege um die Ecke.

Dort parkt Serges Auto. Ich öffne die Tür, die natürlich nicht abgeschlossen ist, auch der Schlüssel mit dem Anhänger baumelt wie immer im Zündschloß, Serges Jacke liegt zwischen den Sitzen auf dem Boden. Ich bin erleichtert. Durch Zufall bin ich einer neuen Lüge auf die Spur gekommen.

So kann ich heute nacht endlich Schluß machen. Womit? Mit allem und allen.

Ein ungeahnter Elan packt mich! Schon habe ich den Vorgarten des Hexenhauses durchquert und klopfe an die Tür. Nichts rührt sich. Ich drehe den Türknopf. Die Tür ist verschlossen. Aber etwas bewegt sich dahinter. Man flüstert. Nichts zu hoffen, meine Herrschaften, ihr seid in der Falle, alle beide zusammen. Ein schönes Feuer würde das Haus ergeben, mit euch beiden darin. Was, ihr wollt nicht öffnen? Nichts zu machen, ich werde die Nacht auf der Stufe verbringen, euch belagern, aushungern und zu Tode ängstigen.

Ich fühle mich, wenn man so will, wohl. Endlich ist die Lage klar. Alles ist vollendet. Rund wie der Mond. So in Aufruhr zu sein, so lebendig zu sein, töten können, sterben können, die Welt in die Luft sprengen können. All das wird endlich selbstverständlich.

»Ich bleibe hier!« sage ich laut zu der Tür. Regen kann mich nicht beregnen, Schnee mich nicht beschneien, Eis mich nicht vereisen, mir ist warm, heiß, hier bleibe ich bis ans Ende der Welt, bewache sie, lasse sie nie wieder fort, werde denken an all die Geschichten von eingemauerten Liebespaaren, deren Skelette man ein Jahrhundert später beim Abbruch von Häusern entdeckte, und werde mich daran erbauen.

Die Tür öffnet sich. Raissa steht vor mir. Sie gehört nicht zu denen, die sich einmauern lassen. Kleiner als ich ist sie, weil ohne Schuhe. Das gelöste Haar umrahmt das Ei ihres Gesichts. Sie sieht mich gerade an.

Ich aber schreie: »Wo ist er? Geht es immer weiter so? Wo ist er?«

Sie weicht zur Seite, ich bin schon drinnen. Wieder einmal antwortet sie verquer, wie jemand, der unfähig ist, einem logischen Faden zu folgen: »Ich habe mich nicht mehr in sein Auto gesetzt.«

»Habe ich was davon gesagt? Wo ist er?«

»Nicht hier.«

»Das Auto steht hinter der Straßenecke.«

Sie zuckt. Wiederholt: »Ich habe mich nicht mehr in sein Auto gesetzt.«

»Das letzte Mal gestern abend.«

»Nein.«

»Sie vergessen, daß er mir alles erzählt.«

Ich stoße sie beiseite und habe Lust, sie umzustoßen, wie eine Porzellanfigur, damit sie auf dem Boden zu Scherben zerschellt. Auf dem Küchentisch brennt eine Kerze. Zwei Gläser stehen daneben, eins halb ausgetrunken, das andere leer. Ich stoße das halbvolle Glas um. Rotwein fließt über den Tisch.

»Wo ist er?«

»Er ist nicht hier.«

Die Treppe hoch. Eine Wendeltreppe, würdig dieses Hauses.

Sie ruft von unten: »Er ist nicht oben.«

Ich laufe weiter hoch, obwohl ich ihr glaube. Aber ich bin wohl zu wild darauf, diese Welt, an der er mich nicht teilhaben ließ, gründlich kennenzulernen, ehe ich mit ihr aufräume.

Im ersten Stock eine Kammer links. Weiberwäsche. Nein, das ist nicht die richtige, warum, weiß ich auch nicht. Vielleicht riecht es nicht nach ihm. Noch eine Schlafkammer. Das ist sie. Auch hier keine Frage von Beweisen wie herumliegenden Zigarettenstummeln, Slips oder Socken. Oder gar einem Photo. Trotzdem stehe ich vor dem, was ich den Tatort nenne. Irgendwie entspricht diese Schlafkammer ihm, wie die nebenan nichts mit ihm zu tun hatte. Oder: Sie würde ihm gefallen. Oder: Hier kann ich ihn mir vorstellen.

Nicht viel oder gar nichts an Möbeln in diesem Raum. Eine breite Matratze in der Mitte, über die unordentlich eine geblümte Decke mit eingerissenem Volant geworfen ist. Daneben auf der Erde ein Plattenspieler, in der Ecke ein Klapptisch, auf dem Kosmetik und Schminkdosen sich häufen. Kleider, Theaterflitterzeug, Unterröcke sind an Haken an den Wänden aufgehängt, und überall treiben sich traurig umgekippte Schuhe herum.

Hier gehört er hin. Hier kann er Liebe machen, tadellos. Stört ihn nicht das grelle Deckenlicht? War es bei mir vor fünfzehn Jahren, als ich auch Abend für Abend auf ihn wartete, nicht gemütlicher? Wieder mal ein Mißverständnis: Dieses barbarisch Gemütliche hat er nie verstanden, und auch ich habe es mir abgewöhnt. Gemütlichkeit (unübersetzbares deutsches Wort), das heißt: wattig ausgepolsterte heile Kleinwelt, leicht überheizt, leicht überfüttert, leicht kleistrig und ganz und gar unerotisch. Serge zieht die an der Schnur herabhängende nackte Glühbirne vor, wenn nur die Matratze darunter breit genug ist.

Genug gesehen. Ich laufe wieder abwärts. Raissa steht der Treppe gegenüber, vor einer Tür, die, ich begreife es erst jetzt, ein Hinterausgang ist. Sie versperrt sie mit Rücken und Blick. Wie in einer Komödie von Courteline ist er durch die Hintertür entwischt. Nur verrät sie's, indem sie sich davorstellt und die Federn spreizt. Was fällt dir ein, die Beschützerin meines Eigentums zu spielen?

Ich sage: »Du bist kein Mensch.« (Die Schranken sind gefallen, das Du ist angebracht und erhöht die Vertraulichkeit.) »Ein Tier bist du. Nein, kein Tier. Ich liebe Tiere und will sie nicht beleidigen.« Dabei gerate ich ins Stottern, verfalle ins Barbarentum und vergesse sogar mein Französisch, indem ich ›Les animals‹ statt ›les animaux‹ sage.

Sie ergreift die Gelegenheit nicht, mich zu verbessern, denn sie ist beschränkt, und sie geht auf die Tiervergleiche nicht einmal ein, denn in ihrem Gehirn hat sich inzwischen anderes abgespielt. Sie schreit zurück: »Mein Vater hat meine Mutter sein Leben lang betrogen! Ich könnte es wie andere machen und die Scheidung verlangen! Ja, die Scheidung!«

Was geht mich ihr Vater an? Sie hat eine Schraube locker oder, wie man hierzulande sagen würde, ein Körnchen. Doch ich verstehe, was sie ausschreit, ohne selbst zu verstehen, daß sie nämlich als Kind wahrscheinlich gehofft hat, ihr Vater würde sich einer seiner Freundinnen wegen von ihrer Mutter trennen. Vaterliebe, Mutterhaß. Sie rächt den Vater. Oder möchte es gern. Was geht mich das an.

Ich werfe mich in die Schlacht mit den Argumenten einer Wäscherin: »Daß ich nicht lache! Er geht nur zu dir, weil er diesen Winter kein Geld für Prostituierte hat. Weiter ist es nichts, was bildest du dir denn ein? Du kostest ihn nichts, und obendrein bezahlst du für ihn. Schade, daß du frigide bist.«

Fällt sie nun endlich tot um? Keineswegs.

Ich gehe die letzte Stufe hinab und auf sie zu. Wer anfängt, wer angreift, wer sich nur verteidigt, wer Angst vor wem hat, ist verworren. Sie packt mein Handgelenk, mein Handgelenk ist fein, ihre Hand ist derb; sie schlägt, ich schlage, ich, Barbara, Tierfreundin, Menschenfreundin, schlage wie eine Zolasche Waschfrau auf meine Rivalin ein. Meine Rivalin ist ebenso mordlustig wie ich selbst. Unsere Kräfte wachsen mit der Lust. Wer leugnet, daß dem Menschen die Lust zum Töten angeboren ist, wer behauptet, daß er für den Frieden geboren sei, der leugnet die Geschichte der Menschheit und seine eigenen Träume. Töten, was für eine Befreiung. Und sich dabei töten zu lassen, fällt nicht schwer.

Ich erfahre das alles während unseres Ringkampfes.

Keine schlechten Erinnerungen werde ich daran haben. Wir gebrauchen Arme, Beine und den ganzen Körper, stoßen uns mit den Knien, umarmen uns, als wollten wir uns ersticken. Ich fühle Raissas Muskeln. Sie ist ein kräftiger Opern-Mezzosopran mit breitem Brustkasten. Der Atem geht ihr nicht so leicht aus, sie hat von Berufs wegen mehr Reserven als ich. Ihr Sängerinnen-Busen schubst meinen kleinen. Ihr Gesicht, dem meinen nahe, wischt vorbei wie ein unscharfes Photo. Sie faltet ihre Finger in meine und stößt meinen Arm zurück. Dabei sehe ich einen Augenblick die Narbe an ihrem Handgelenk, richtig, sie hat sich umbringen wollen für eine rumänische Sängerin, ich bin im Bilde.

Mein Regenschirm, der zusammengeklappt in meiner Manteltasche steckt, fällt auf die Erde. Ich bücke mich, obwohl es im Moment Dringenderes zu tun gäbe. Vielleicht will ich den Kampf damit kurz unterbrechen, vielleicht auch folge ich einem der Lerntriebe des Menschen, der ihn angeblich über das Tier erhebt, nämlich, seine natürliche Waffe, den Arm, durch eine technische Waffe zu verlängern und zu verstärken.

Jetzt sehe ich ihre Augen vor mir, aus denen zum ersten Mal so etwas wie Angst spricht. Sie glaubt, ich sei entschlossen, sie zu erschlagen.

Den Regenschirm habe ich schon erhoben, da sehe ich mich selbst neben mir stehen, sehe das Bild, das ich abgebe, sehe Serge und alle meine Freunde und Feinde als Zuschauer. Das genügt mir. Ich sehe, daß sie alle miteinander vor Lachen über mich platzen.

Überhaupt, was mache ich hier in diesem scheußlichen Haus, zwischen Wendeltreppe und Kerzenlicht? Weiß ich denn nicht, daß es Häuser gibt, die man besser meidet wie die Pest? Wie jenes Haus aus dem dreizehnten Jahrhundert bei Arles, in dem meine Freunde, die Zigeuner, empfindsamer als wir, geschärfteren Sinnes, nicht die Nacht verbringen wollten. Sie erklärten mir, dort sei noch der Geist der Nonnen, die es einst bewohnt hätten, und ich würde in der Mauer das Skelett einer Kinderhand finden. Aber es waren kaum diese Gruselgeschichten von Schwarzen Messen, Klosterorgien und fliegenden Decken; auch nicht, daß nachts grundlos Näpfe auf dem Tisch in Scherben zersprangen, daß Serge im Schlaf Ohrfeigen von unbekannter Hand erhielt, die rote Streifen auf seiner Wange hinterließen, nicht einmal, daß wir uns nachts aufrichten mußten, weil es war, als drückte uns jemand die Luft ab – vielmehr war es das alles zusammen und darüber die Atmosphäre, die in jedem Haus hängenbleibt. Als Nomadin habe ich einen Sinn dafür entwickelt, welches unsichtbare Leben in den vielen Häusern hängt, die wir durchstreiften. Es gibt Häuser mit gleichgültiger, mit angenehmer, mit friedlicher, mit unruhiger oder düsterer Atmosphäre, was nichts mit der Aufteilung, Beleuchtung oder ihrem Zustand zu tun hat. Auch Gardinen, Teppiche, Kissen können das nicht ganz vertuschen, es sei denn, man macht sich jahrelang die Mühe, einem Hause seine eigene Atmosphäre einzuhauchen. Jeder Bewohner läßt ein bißchen von sich zurück, mancher mehr, mancher weniger, je nach innerer Kraft, positiv oder negativ, hinterläßt als seine Duftmarke Haß, Mord, Freude, Friede, Langeweile, vergebliches Bemühen um Glück. Was lassen wir selbst wohl an den Tapeten der Seildrehergasse zurück?

In diesem Hexenhaus, so sage ich mir, wird niemals etwas Gutes geschehen. Tagsüber mag es, unter der

Böschung geduckt, nur traurig proletarisch und lieblos aussehen. Von welchen Gespenstern ist es aber bewohnt? Welche kleinen Totenhände sind hier eingemauert, welche heimlichen und trübseligen Paare haben hier Liebe gemacht?

Ich stecke den Regenschirm in die Tasche, breche die Schlacht unentschieden ab, verlasse das Schlachtfeld, das mir unheimlich ist, und die Gegnerin, die nicht recht versteht.

Zurück durch die Nacht, noch einmal, quer durch das Niemandsland voll dorrem Unkraut, vorbei an den schlafenden Zigeunerwagen.

In der Seildrehergasse ist es still, außer »bei uns« im ersten Stock, wo Serge sitzt und das Radio angedreht hat. Er sitzt so neutral auf dem Stuhl wie in einer Operette im Augenblick, wo sich der Vorhang öffnet. Er lächelt mir entgegen; ein Kind, das sich des Ungeschicks seiner Lüge bewußt ist, dem aber so schnell nichts Besseres einfällt und der durch Lächeln versucht, den Angelogenen zum Komplizen zu gewinnen: ›Schau, ich kann nicht mal lügen! Ich merke so gut wie du, daß meine Geschichte nicht Hand noch Fuß hat, aber wenn du mich nun mal dazu zwingst ... Findest du das nicht auch komisch?‹

Ich bin nicht auf derselben Ebene diese Nacht. Mein Theaterstück findet auf einer anderen Bühne statt. Die Schauspieler verstehen sich nicht. Jeder spricht sein Stichwort aus, das nichts mit der Antwort zu tun hat. Serge ist immer noch bei Courteline. Ich, Barbara, bin bei Schiller: »Du verläßt das Haus. Es ist genug.« Welches Haus wohl? Das Schloß unserer Ahnen?

Ist diese Situation tragisch? Oder ist sie komisch? Immer mehr lerne ich: es gibt im Leben kaum rein tragische Situationen. Auch nicht, wenn man auf dem Dach des Zuchthauses sitzt, von Scharfschützen visiert oder in einem Krankenhausbett an Krebs stirbt und die Angehörigen flüsternd zur Tür huschen, die Gesichter grau. Wir *machen* diese Situationen tragisch, die alle eins gemeinsam haben: daß wir uns am Tor einer Freiheit befinden. Nur wissen wir es meist nicht oder wollen es nicht wissen.

Ich nehme also, besser, ich reiße seine Kleidungsstücke aus dem Wandschrank und trage sie nach unten, wo ich sie ins Auto werfe. »Verlaß das Haus.« Und ich öffne ihm schon die Tür.

Er sieht hilflos aus. »Barbara, wo soll ich denn hin?«

»Dort, wo du hergekommen bist. Da fühlst du dich doch wohl?«

»Hör mal«, sagt er, »du zerstörst alles. Habe ich dir nicht versprochen, daß ich heute um halb elf zu Hause sein werde?«

»Und?«

»Und ich wäre dagewesen. Oder«, er lächelt wieder, sich selbst entschuldigend, »um elf, spätestens um Viertel zwölf. Ich hatte Lust, heute nacht mit dir zu schlafen.«

»Welche Gnade!«

»Keine Gnade. Ich hatte Lust dazu.«

»Warum warst du dann bei ihr?«

»Sie hatte mich darum gebeten, sie wollte mit mir diskutieren.« Und unglücklicherweise fügt er hinzu: »Ich kann nicht so grausam sein, Barbara. Sie hat mir doch nichts getan.«

Ich war schon dabei, dahinzuschmelzen, denn das erreicht er leicht, wenn er sanft zu mir spricht. Sein letzter Satz trifft mich wieder. »Und was habe ich dir getan? Warum kannst du grausam mit mir sein? Hau ab, ich will dich nicht mehr sehen.«

»Barbara«, und er bleibt seltsam gütig, »ich habe nicht die geringste Absicht, mit dem Mädchen zu leben.«

»Das ist mir gleich.«

»Also, wo soll ich denn hin?« Er sieht mich hilfesuchend an. Ein kleiner Junge. Mama, wo soll ich hin? »Du wirst mich doch nicht in den Regen hinausschicken?«

»Warum denn nicht? Natürlich, für dich könnte alles so bleiben. Ich als tägliches Brot. Das Mädchen als Nachspeise. Stell dir vor, für *mich* kann es nicht so bleiben.«

Die Falte bildet sich zwischen den Brauen, die ich zu gut kenne, er wirft seine Zigarette auf den Boden und drückt sie mit dem Fuß aus. »Ich fahre weg. Aber für immer.«

Endlich hat er auf sein Stichwort richtig geantwortet. Aber fühlten wir uns nicht wohler, solange wir in zwei verschiedenen Stücken spielten?

Sein Auto fährt davon.

Was für eine Nacht voller Siege. Ich habe rings um mich aufgeräumt. So sehr, daß so gut wie nichts übrigbleibt.

Ich kreise lange Zeit im Raum, von Wand zu Wand, gehe die Treppe hinunter, schließe die Tür des Klos (verlorene Mühe, sie geht von selbst wieder auf), steige wieder die Treppe empor, gehe wieder von Wand zu Wand, von Menelas Hundeaugen verfolgt. Dann ziehe ich mich aus und lege mich lang. Aus Gewohnheit fange ich an, die heranfahrenden Autos zu zählen, als mir einfällt: Das ist nicht mehr nötig.

›Was, Barbara!‹ sage ich mir, ›das soll vorbei sein? Das brauchst du nicht mehr? Weder auf Schritte noch auf das Geräusch von Bremsen zu horchen? Einschlafen dürfen, ohne auf etwas warten zu müssen? Erwartungslos sein, endlich?‹

Das könnte – wärest du nicht so unglücklich, so ein für allemal unglücklich – wunderbar sein. Auf niemanden mehr warten. Von keinem Schritt mehr abhängen. Nicht von dem, der sich nähert. Nicht von dem, der sich entfernt. Frei von Erwartungen. Zum Teufel das alles, Lieben, Leiden, Herzklopfen, Wodka, Tabletten, Creme, Öle, Tuben und Dosen und gelackte Fingernägel. Resignation, sich ganz klein und sanft machen. Warten, hoffen, verzagen, verzweifeln, aufhoffen, wieder warten, himmelhochjauchzend, zu Tode betrübt, nein, glücklich allein ist nicht die Seele, die liebt, sondern die, die von diesem Wust geleert ist. Zum Teufel endlich der Körper, den man braucht, der Atem, den man zu hören verlangt, weg das alles, diese fixe Idee, man brauche das alles. Fort mit dem Besitzerhochmut, er gehört mir, ich gehöre ihm, wer darf sich da einmischen, auch wenn wir uns zu Tode quälen oder zu Tode langweilen. Niemand braucht niemanden. Alles ist ersetzbar. Weg! Weg! Freiheit, seit der Stunde meiner Geburt hebst du dich am Horizont ab, aber ich habe dich nicht gesucht und dich sogar verleugnet. Spüre ich dich schon näher, weil ich endlich meine Unfreiheit erkenne? Existierst du also? Frei sein, was soll das heißen? Vater und Mutter vergessen? Seine Kinder töten? Nein sagen können, nein – nein – nein? Oder einfach und endlich die Fähigkeit, mit sich selbst allein sein zu können?

Ich hab's, das ist es: mit sich allein sein können.

Es tut ein Weilchen gut, so zu spinnen und sich stark zu glauben. Aber die Gewohnheit hat sich fest eingehakt. Was bleibt mir denn übrig, wenn mir nicht mein Warten übrigbleibt? Dieses Lauern zwischen Bangen und Hoffnung und Überlebensprogrammen? Freiheit: das sagt mir gar nichts.

Die Autos auf der Straße werden spärlicher. Keins mehr. Wie spät ist es? Halb vier. Was mache ich hier in der Seildrehergasse, in dieser französischen Mittelstadt? Was habe ich hier zu suchen, wenn ich nicht mehr auf Serge zu warten brauche, meine einzige Aufgabe hier? Schon erarbeite ich neue Überlebenspläne. Wohin ohne Geld und ohne Sinn? Zu sogenannten Freunden? Davon hält mich das orientalische Sprichwort von dem Fisch ab. Stinken würde ihnen bald meine Geschichte und mein langes Gesicht. »Kopf hoch!« Nach kurzer Zeit nehmen sie es alle übel, daß man den Kopf nicht hebt, trotz all ihrer Güte. Das ist menschlich. Ladet euch keine traurigen Gäste auf, sie sind undankbar.

Wie immer, wenn ich gerade das Horchen aufgegeben habe, fährt Serges Auto vor. Die Tür geht unten, er kommt die Treppe empor. Er macht Licht an. Er lacht. Schlechtes Zeichen. Wenn er lacht, ist er bösartig.

»Du kannst zufrieden sein. Ich habe Schluß mit ihr gemacht. Frage die dicke Josiane, die kam nämlich gerade hinzu, weil man auch wieder mal mit ihr Schluß gemacht hat. Man hat geheult. Man hat mit einer Flasche nach mir geworfen. Man hat mich den gemeinsten Kerl auf Erden genannt.«

Ich schweige. Ist das alles? Warum diese Heimtücke in der Stimme?

»Ich habe ihr gesagt, daß ich sie nicht liebe. Weil sie das auch dauernd wissen will. Daß du besser im Bett bist als sie. Weil das die Wahrheit ist und ich immer die Wahrheit sage. Und daß ich ihr dankbar bin, weil sie, ohne es zu wissen, endlich den Auslöser gespielt hat: um dich endlich, endlich loszuwerden.«

Er geht zum Waschbecken und läßt Wasser rauschen. Er wäscht sich lange die Hände, ringt sie umeinander wie ein Chirurg vor der Operation oder Pontius Pilatus vor dem Urteilsspruch. »Sie hat gesagt, nie im Leben hat sie solch einen Schweinehund erlebt«, fährt er genießerisch fort. »So bin ich jetzt wenigstens überall ein Schweinehund, ein für allemal, wunderbar. Und dich bin ich los.«

»Wer wollte wen loswerden?« entgegne ich, obwohl ich mich eigentlich hatte totstellen wollen. »Das ist doch wohl ein Irrtum? Nicht du hast mich hinausgeworfen, sondern ich habe dich hinausgeworfen.«

Aber er spricht nichts mehr, streift seine Sachen ab, zerstreut sie wie üblich auf dem Boden, packt sich wie immer neben mich und macht das Licht aus.

Kein Zeh berührt mehr den meinen. Wir liegen still auf dem Rücken, zehn Zentimeter voneinander entfernt, aber noch zu nahe. Wie obszön kann es sein, miteinander in einem Bett zu liegen, unter demselben Lacken, und einander nicht zu berühren! Wie man einander erdrückt!

Ich hätte vielleicht das Theater meiden sollen, weiterhin die Tapete anstarren sollen, Menelas zu Füßen, den ich immer vergesse und der doch immer da ist, wenn ich zufällig den Fuß ausstrecke. Hätte wieder in meinen zehnjährigen Schlaf versinken sollen. Was hat sich schließlich geändert? Nichts.

Aber wie den Verbrecher angeblich den Ort seiner Untaten, zieht mich jetzt das Theater an, in dem alle meine Phantome in Kostümen zu Fleisch und Blut werden: John, Raissa, Serge, Jerome und wie sie noch heißen. Taratata, der Vorhang spaltet sich, die Czardasfürstin, spartanisch, man spart am Ende der Spielzeit mit dem Dekor, das Budget ist schon längst überschritten. Die Czardasfürstin hat früher Opernrollen gesungen. Nun ist sie froh – die Krise auch hier –, in einer Mittelstadt Star einer Operette zu sein. Sie hat das Gesicht einer Putte und weiß nichts mit ihrer Schleppe anzufangen. Ich zittere für sie, wenn sie ein paar Tanzschritte wagt, denn tanzen kann sie schon gar nicht, und ich spüre auch bei diesem immer freundlichen und lauwarmen Publikum die Reaktionen: Man wundert sich, warum der wirklich charmante Edwin (aus Paris herbeigereist, er führt gleichzeitig Regie) nicht die Comtesse Stasi vorzieht, die niedlich ist und tanzen kann.

Aber schließlich, das sind nicht meine Sorgen. Nachdem ich das, was sich da auf der Bühne abspielt, kurz mit professionellem Blick überflogen habe, suche ich Raissa.

Sie sitzt gleich vorn rechts am Tisch mit ihrem Kavalier. Den kleinen Bariton Pierre mit dem provenzalischen Akzent hat sie sich gewählt. Ich möchte sie in ihrem Kostüm 1900 häßlich finden. Aber in diesem Schreckenskabinett der Choristen eines Provinztheaters ist sie die einzige, die annehmbar aussieht.

All die anderen daneben, die halslose Frau des zweiten Regisseurs, zwei oder drei mit starren, glanzlosen gelblichen Dauerwellen und knallrot geschminkten Bäckchen, die dicke Josiane, wieder versöhnt und fest in den Arm ihres Albert geklinkt, den sie auch auf der Bühne nicht aus den Fingern läßt, einige Bohnenstangen und andere, die aus den Kostümnähten platzen, sind nichts als Hausfrauen, die sich für einen Vorstadt-Maskenball schlecht verkleidet haben.

Die, die sich mit Künstlernamen Raissa nennt, kann ich nicht kritisieren. Vergeblich begutachte ich alle Einzelheiten ihres Kostüms, ihr Dekolleté, ihre Brüste, die nicht hängen und noch nicht zu gewaltig sind, den langen, weißen Hals, wie ihn Tänzerinnen haben. Sie trägt ihren Kopf stolz (ich verbessere mich, nenne es ›impertinent‹), plaudert, wie die Regie es vorschreibt, nicht zu albern, flirtet nicht zu neckisch, hebt ihr Glas, läßt ihren Pompadour schaukeln und öffnet gleichzeitig den Mund, wenn der Chor der Frauen einsetzt.

Gottlob ist ihr Lächeln dumm.

Vielleicht verrät sie mir mehr Hassenswertes im zweiten Akt. Denn wo sind meine nächtlichen Pläne von Befreiung geblieben? Ich bin nach wie vor, mehr und mehr, wie es scheint, auf meinen Haß fixiert, als würde er der Sinn meines Lebens. Im ersten Akt würde keiner ihr im Publikum ansehen – was? Höchstens richtet sich wohlwollend ein Opernglas auf sie. Keine Partisanen im Publikum. Und das Türkisblaue mit der Silberborte steht ihr noch besser als das Dunkellila mit dem Federhut aus der ersten Szene. Vielleicht hat sie zu breite Hüften für ihr Alter und wahrscheinlich dicke Beine. Hat Serge mir nicht selbst gesagt, da es eine professionelle Unart von ihm ist, Fesseln, Knie und Fußspannen zu kritisieren, daß sie zu dicke Beine habe, leider, und gut daran täte, sie zu verstecken. Das Abendkleid aus der Requisitenkammer des Theaters kenne ich schon seit mehreren Spielzeiten. Besitzt Serge doch sogar ein Bühnenphoto aus dem »Land des Lächelns«, wo eine andere Choristin, blond jene, sich in demselben hautengen türkisblauen Kleid über ihn beugt. Wie eine Fischhaut wirkt es und schon wieder ein wenig ekelhaft. Ich betrachte diese blaue Sirene auf der Bühne, die das Champagnerglas hebt, und beschwöre Bilder herauf. Wie kann es sein, daß sie nichts merkt, nicht ihr Glas fortwirft und in die Kulissen läuft? Ich hefte meinen Blick an dem Hals fest, um den ich den Schal zuzog. Wie leicht ist es, einen Menschen zu töten im Haß. Ein wahrer Liebesakt. Warum will man nur immer aus dem Munde des Angeklagten hören: »Ich bereue meine Tat!«?

Und während sie vorn albern trällert, als wäre nichts, male ich mir aus, wie ich sie diesmal töte. Keine Waffe, kein Schal, kein Messer, kein Gift, kein Blut. Sie erdrücken wie einen Ballon, aus dem man die Luft herausläßt. Ich fühle die Sätte meiner Genugtuung, sie als schlaffe Puppe vor mir liegen zu sehen. Der Kopf pendelt, die Arme sind schlaff, die Füße verdreht.

In seiner einfachen Logik würde Serge sagen: »Du bist schlecht. Du bist ein Ungeheuer.« Sein Freund Nono, ein Zigeuner, dessen Wanderwege sich mit den unseren zwei-, dreimal im Jahre kreuzen, sagt es auf seine Weise: »Barbara hat den Bösen Blick.« Ich selbst begann an meine negativen Kräfte zu glauben, seit ich sie eines Abends im Spielkasino entdeckte. Indem ich mich zwischen den Spielern hindurchschlängelte und niemand auf mich achtete, suchte ich mir meine Opfer. Nicht einmal solche, die ich unsympathisch fand, sondern harmlose Leute, die mir besonders ahnungslos erschienen. So stellte ich mich hinter einen Mann, der im Begriff war, seine Überreise nach Kanada zu gewinnen. Nur noch ein kleines Sümmchen fehlte ihm, doch dank meines Schattens auf seinem Rücken war kurz darauf von Kanada keine Rede mehr. Er, der eben noch von Bewunderern umgeben gewesen war, schlich aus dem Saal, verlassen. Recht geschieht dir, dachte ich. Das Böse um des Bösen willens, l'art pour l'art.

Ist mein Haß diesmal motivierter? Fast habe ich schon vergessen, warum ich hasse. Den Blick festgesaugt an das türkisblaue Abendkleid auf der Bühne, träume ich, welches Unglück ich der Trägerin wünschen könnte; wie ein anderer von einem angenehmen Abend oder einer Sommerreise träumen mag. Am liebsten hätte ich noch ein Abbild von ihr aus Wachs oder ein Photo gehabt, um es mit Nadeln zu durchstechen, ein paar abgeschnittene Nägel, um sie zu verbrennen.

Ach, wie weit bin ich von der Verwirklichung meiner Wunschbilder entfernt, die jeder so wahnsinnig nennen darf, wie er es versteht. Keiner, Zigeuner und andere an die Mauer gedrängte Fluchttiere ausgenommen, scheint solchen Haß und solche Todeswünsche zu verstehen. Frage ich Freunde, sensible Menschen: »Habt ihr schon jemals jemandem den Tod gewünscht?«, antworten sie alle mit Nein und scheinen aufrichtig. Ich stehe fast immer allein mit dem Ausmaß meiner Bösartigkeit da.

Serge will nach der Vorstellung wie immer wissen, wie er gewesen sei. Aus Gewohnheit lobe ich ihn. Ich, die ich Mordgedanken in mir trage, grausam bin, böse aus Spaß, wage nicht, ihn zu verletzen. Nur das Kostüm, ein roter Frack, sei nicht sehr kleidsam gewesen; eine Äußerlichkeit. Jaja, das habe er selbst gemerkt. »Nichts anderes?«

»Du hättest dich etwas mehr zum Saal hinwenden sollen. Man sah zuviel dein Profil.«

»Welches? Das linke?«

»Natürlich das linke. Es ist zum Glück dein besseres. Aber –«

»Nur Mangel an Proben, wieder mal. Weiter war nichts?«

Seine Eitelkeit ist intakt. Er sucht von neuem Frieden mit mir. Ehemanns-Frieden.

»Sie sah albern aus.«

»Wer? Ach so.«

»Eine wahre Marionette auf der Bühne.«

»Es stimmt, sie ist ungeschickt und hat noch viel zu lernen.«

Seine Gleichgültigkeit ist aufrichtig.

Aber ich lasse nicht locker, in meine fixe Idee verbissen. Nenne sie debil, dickhüftig, hat-einen-Stock-verschluckt, lächelt-albern, hat-im-zweiten-Akt-den-Einsatz-verpaßt, sei un-mög-lich.

Es gelingt mir nicht, ihn wütend zu machen. Er ist dies alles müde. Ein Mann, der eine Freundin hat, seine Frau hat es entdeckt, ja, jetzt weiß sie es, laß mich in Ruhe, mach, was du willst.

Mürrisches Einschlafen nebeneinander. Nur gegen Morgen im Halbschlaf suchen seine Zehen aus Vergeßlichkeit wieder die meinen. Seine Hand legt sich auf meine Hüfte, das Gewicht seines Knies legt er zwischen meine Schenkel, seine Handfläche umrundet meine Schulter. Dabei schläft er weiter, warm und zutraulich, und wünscht sich nichts weiter.

Als ich mich unter Hand und Knie hinweggleiten lasse und das Bett verlasse, schlüpft Menelas an meiner Stelle unter die Decke. Serge merkt es nicht und schläft weiter, das Gesicht auf das Hundefell gebettet.

Wir haben den Wodka aufgegeben. Ich habe seine Kleidungsstücke wieder in den Wandschrank gepackt. Er verweigert mir das Stichwort, wenn ich ein Streitgespräch anfachen will.

Friedlich und bleich sagt er mir: »Nimm ein bißchen Abstand von mir. Schaff dir eigene Freunde oder erneuere sie. Warte nicht immer auf mich. Genügt es dir nicht, daß ich dich niemals wegen einer anderen verlassen würde?«

»Ich werde versuchen, gleichgültiger zu werden.«

»Das habe ich nicht verlangt.«

»Ich werde mir andere Männer suchen und mit ihnen schlafen, weil du es nicht normal findest, daß ich so auf dich fixiert bin.«

»Das habe ich auch nicht gesagt.«

»O doch.«

»Ich habe gesagt: Schaff dir eigene Freunde.« Er bleibt mild wie ein Frühlingsmond und vermeidet sogar die Falte zwischen den Brauen.

»Warum soll ich nicht mit anderen schlafen? Was hast du dagegen?«

»Ich habe nichts dagegen. Wenn du das Bedürfnis hast.« Er fügt hinzu: »Du brauchst es mir ja nicht zu erzählen.«

»Einverstanden.«

Was für ein Dialog. Was für eine Komödie. Ich ziehe es vor, daß er Farbe bekennt, mich eine achtzigjährige Großmutter oder ein Ungeheuer nennt. Diese falsche Sanftheit. Pastoral fährt er fort: »Bedenke dennoch, für eine Frau ist das gefährlicher als für einen Mann.«

»Und warum bitte?«

»Du könntest dich sentimental binden.«

»Was kann dir das ausmachen? Das Risiko muß ich eingehen.«

Wovon und von wem spreche ich? Von welchen imaginären Liebhabern, die mich, Barbara, bedrängen? Und was sollte ich mit ihnen? Immer noch bin ich auf Serge aus, der mich nicht will oder nicht so will wie ich ihn. Zöge er mich an sich, wagte ich wohl, über seine Schulter zu blicken, ob da ein anderer stehe?

Vergeblich werfe ich das Menetekel der Untreue an die Wand. Niemand will daran glauben.

Die Waffen, die wir jetzt kreuzen, sind aus Pappe. Meine Befreiung ist aufgeschoben. Befreite Frau? Ich weiß nicht, was eine befreite Frau ist, solange ich nicht einmal weiß, was ein befreiter Mann ist. Habe ich etwa eine Sünde gegen die Freiheit begangen, weil ich Serge die seine nicht gönne? Kann ich frei werden, solange ich mir einbilde, Serge gehöre mir?

Immer von neuem ziehe ich Kreise um die Frage: Ich, Barbara, frei? Was ist meine Freiheit? Suche ich sie wirklich? Bin ich zu alt zur Freiheit? Zu feige? zu selbstsüchtig? Zu schwach? Ziehe ich es vor, weiter Penelope zu bleiben, da mir doch mein Odysseus beteuert, daß er immer wieder heimkehren werde, nach kurzen Aufenthalten am Strande seiner Nausikaa?

Als ich Menelas ausführe, stoße ich auf der Treppe gegen Johns Bauch. Er erzählt mir, durch dünne Lippen hindurch, das allerletzte Theaterereignis: Raissa sei fort.

»Fort? Wieder einmal? Wer glaubt das noch?«

Tatsache, sie sei spurlos verschwunden. Auch die dicke Josiane habe keine Ahnung, wo sie sei. Wenn sie zurückkäme, könne sie sich auf was gefaßt machen, habe der zweite Regisseur gesagt. Mitten in den Proben zu »Carmen«, wo jede Chorstimme zähle.

Ein Schatten entweicht, sie ist fort. Ich wage nicht zu hoffen, für immer. Und wenn schon.

»Du wirst es nicht überwinden«, sagt Serge. »Du wirst einen Mythos aus ihr machen.«

Wieder einmal spricht er eine einfache Wahrheit aus. Fast wünschte ich, sie käme wieder, damit ich sie endlich sehen kann, wie sie ist: Nicht der Tod, nicht die Bewohnerin eines Hexenhauses, nicht die Hohepriesterin der Liebe, nicht der Triumph der Jugend. Nur eine kleine Choristin, stimmlich, laut Serge, »auch wieder ein hoffnungsloser Fall«, mit zu dicken Fesseln und Hüften, nicht sehr helle, etwas verquer im Kopf und schwerfällig im Bett, und »worüber sollte ich mich mit der wohl auf die Dauer unterhalten?« Das Hexenhaus wäre kein Hexenhaus mehr, sondern ein Vorstadt-Pavillon für Kleinbürger oder Rentner, an herumreisende Bühnenkünstler preisgünstig vermietet und drum etwas vernachlässigt.

Was bedeutet die neue Sanftheit, die wir als Verständigungsmittel gewählt haben? Vielleicht nur eine Atempause von zwei erschöpften Kriegern, die einander auf dem Schlachtfeld gegenüberliegen?

»Schön, ich habe dich manchmal geschlagen, aber du wußtest, daß meine Nerven nicht in Ordnung sind, und hättest mich nicht reizen sollen. Ich habe dich ja nie krankenhausreif geschlagen.«

»Ein paarmal hatte ich geschwollene Lippen und Nasenbluten. Und damals, in Barcelona, Blutergüsse überall. Und in Bordeaux Würgemale am Hals.« Ich zähle es bescheiden auf, wie andere ihre Sportpreise aufzählen.

»Wenn ich mit aller Kraft zugeschlagen hätte, säßest du mir nicht gegenüber.«

Ich gebe dies zu.

»Gut, ich habe dich vielleicht etwas vernachlässigt. Seit zehn Jahren bin ich nicht mehr mit dir ausgegangen ...«

»Weil du dich meiner schämst.«

»Das ist auch so eine Einbildung von dir. Ich habe einfach vergessen, mit dir auszugehen. Das können wir nachholen.«

»Ja.«

Er lädt mich zu einem Apéritif im Zentralcafé ein. Ich nehme die Einladung gerührt an.

»Du müßtest Freunde in der Nähe haben, Barbara, du bist zu allein. Du brauchst ja nicht gleich mit ihnen ins Bett zu gehen.« (Fügt er hinzu.)

Ich: »Du hast recht. Ich verstehe das alles.«

Indem ich mich umblicke, begreife ich auf einmal, warum Serge dieses Leben in Cafés und Bars nötig hat, das ich bisher verachtet habe. Auch mich verläßt eine Stunde lang meine hündische Begleiterin, die Einsamkeit, während ich mich mit Wesen ohne Gesichtern umgebe, von Rauchschwaden umweht. Man sitzt. Warum? Um nicht zu warten. Man spricht. Warum? Um nichts zu sagen. Man trinkt. Warum? Weil man keinen Durst hat. Man fragt: Wie spät ist es? Weil man die Zeit verstreichen läßt. Weil man keinen Grund zu all dem hat, sondern nur so.

Mit meinen Zetteln, Heften und meinem Kugelschreiber, primitivem Handwerkszeug meiner armseligen Profession, eine Zeitung unter dem Arm, ziehe ich ein in das Reich der Cafés und Bars. Niemand stört mich. Hatte ich noch anfangs gefürchtet, daß man mir ringsum Blicke zuwerfen und denken würde: ›Was sitzt die da? Ihren Kaffee hat sie doch schon längst ausgetrunken? Die kann doch nicht stundenlang ohne Grund dasitzen?‹, so lasse ich diesen Komplex schnell fallen. Ich gehe auf in der Masse der namenlosen Cafésitzer.

Am Abend sehe ich vom Fenster der Seildrehergasse Serge aus dem Auto steigen. Er ist nicht allein. Der hinter ihm aussteigt, schlägt mit einer weiten Geste seinen Radmantel um sich, wie ein edler Ritter oder Wegelagerer, den Dolch im Gewande. Blond weht sein Haar. Hinter ihm erscheinen lange schwarze Haare, Beine in bunten Seidenhosen.

Sie kommen die Treppe empor und stehen an der Tür. Der edle Räuber umarmt mich, und ich küsse ihn auf die hohlen Wangen, einziges Zeichen vergehender Jahre: »Alexandre!«

»Und das ist Keiko, meine japanische Frau.«

Mit einer argentinischen Frau war er vor zehn Jahren nach Japan gegangen, im Arme die kleine Melusine, an der Hand den kleinen Sacha. Alexandre, Sohn eines verschollenen Zigeunergeigers aus dem »Lido«, Sohn einer verschollenen danseuse étoile der Leningrader Oper, war eine Kinderfreundschaft Serges aus der Zeit, als er selbst ein Kind des Windes war. Damals waren sie kreuz und quer durch Europa getanzt, glorreiche Zeit, in der alles leicht schien. Zusammen waren sie in Pamplona in die Stierkampfarena gesprungen, hatten sie Bordells besucht und kurzfristig beschlossen, Gangster zu werden. Im einst legendären Studio Wakker an der Place Clichy lernte Alexandre Rosita kennen, eine argentinische Tänzerin, die nach Serges Urteil zu kurzbeinig war. Womit er wohl recht hatte, denn vielleicht war es ihre Kurzbeinigkeit, die schuld daran war, daß sie den Atlantik überquert hatte, ohne Karriere zu machen. Von da an beharrte Alexandre darauf, nur noch mit Rosita den »Nachmittag eines Fauns« zu tanzen, und sie bekehrte ihn, die Welt des Tanzes zu verlassen, als man nur Alexandre allein begehrte. Sie waren unsere Trauzeugen und die einzigen Gäste unserer merkwürdigen Hochzeit in einer Kirche am Montmartre, bei der wir Trauringe vergessen hatten und uns weigerten zu beichten. Serge verschwand mit Alexandre in der Hochzeitsnacht, um im Morgengrauen wiederzukehren und sich zu erbrechen. Handgearbeiteten Schmuck verkaufte Alexandre dann mit Rosita auf dem Flohmarkt von St. Quen, ehe sie mit Melusine und Sacha nach Japan gingen, als wäre es das gelobte Land. Japan? Warum nicht Japan? Dort kannten sie ebensowenig jemanden wie in irgendeinem anderen Land der Erde, und sie stellten es sich paradiesisch vor.

Jetzt ist auch Rosita verschollen, oder nicht ganz. Sie ist in Tokio zurückgeblieben, wo sie in einer Nachtbar animiert, die hauptsächlich von amerikanischen Soldaten frequentiert wird. Wie Alexandre betont, werde in Japan die Frau respektiert, und Rosita habe ein Haus und einen schwarzen amerikanischen Freund, und irgendwo zwischen Japan, Kalifornien, Argentinien, Frankreich und Madagaskar wachsen Melusine und Sacha vor sich hin, die viele Sprachen sprechen und noch nie in eine Schule gegangen sind.

Alexandre tanzt noch immer; einen kleinen entrechat neben dem Tisch, eine Pirouette neben dem Eisenbett. Ist er glücklich? Er gibt sich Mühe, es uns vorzuleben, denn er merkt sogleich, daß wir noch in archaische Paar-Probleme verwickelt sind. Sein Wirbeltanz rund um den Erdball hat nichts mit unseren bescheidenen Fluchtwegen quer durch West- und Zentraleuropa zu tun. Fernöstliche Weisheit strahlt er aus, hört sich unseren Singsang an (wir empfinden selbst, wie tönern wir klingen) und lächelt unsere Probleme aus. Sie sind, so erfahren wir aus seinem Munde, in Form von Parabeln, gar keine Probleme. Es steht nur fest, daß wir falsch leben. Keiko lächelt dazu. Ich hegte das Vorurteil, Ostasiaten lächelten ständig und machten kleine Verbeugungen. Ich sehe mein Vorurteil zur Hälfte bestätigt.

Wir verbringen eine entspannte Stunde um den Tisch. Dann wäscht Keiko ab und kratzt alle Töpfe blitzblank. Alexandre sagt: »Das ist das Gute an den Japanerinnen: Sie sind so sauber und fleißig.«

Er holt aus seinem Mantelsack als Gastgeschenk ein Bambuspfeifchen, das so klein ist wie ein Kinderfingerchen. Ich verliere es noch am selben Abend. Er faltet aus Papier ein paar Krümel Haschisch, stopft die Metallpfeife und zündet sie an. Sie macht die Runde. Sanfter, süßer Rauch verbreitet sich, und sanft, süß und freundschaftlich ist auch die Stimmung. Die Wirkung des Haschischs ist vor allem gesellig. Man fühlt sich einig, während das Pfeifchen kreist, man schwebt Hand in Hand in einem Reigen dahin. Das Gespräch tropft.

»Alles in Japan ist klein. Die Gärten, die Pflanzen, die Häuser. Weil kein Platz mehr ist. Nicht mal mehr Platz für Gemüse. Auch die Hühner sind Zwerghühner, weil kein Platz für große Hühner da ist.«

»Ich habe jahrelang Schmuck auf den Straßen von Kioto verkauft. Nach einer Stunde hatte ich genug für den Tag verdient. Jetzt verkauft man nichts mehr, das ist vorbei. Ich werde etwas anderes machen.«

»Vielleicht werde ich kleine Pfeifen schnitzen. Oder nach Mexiko gehen. Oder mit Trödel handeln.«

»Alexandre«, sagt Keiko und lächelt, »will nichts arbeiten.«

»All das ist unwichtig. Sich selbst finden ist wichtig.«

»Ich möchte«, sagt Keiko lächelnd, »wieder nach Japan.«

»Barbara«, wendet sich Alexandre an mich, »du zerbrichst dir den Kopf um nichts. Man hat im Leben nicht mehr Zukunft als man Vergangenheit hat.«

Ich schäme mich meiner Kleinheit und denke, wie es kommt, daß immer die anderen recht haben.

»Ich möchte«, wiederholt Keiko lächelnd und mit einem kleinen, eigensinnigen Kopfnicken, »wieder nach Japan.«

Nach dem Essen gehen sie mit Serge fort. Schon hat Serge vergessen, daß er von nun an auch mich mit ausführen wollte. Alexandres Gegenwart, flüchtig wie der Wind, könnte mich beruhigen. Aber meine fünfzehn Jahre alte Gewohnheit, Serges Spielzeug zu mißtrauen, verliert sich nicht so schnell. Das Dilemma mit Serges Spielzeug ist, daß er glaubt, damit zu spielen, während es in Wahrheit mit ihm spielt. Wie viele Spielgefährten und Hofnarren habe ich schon vorbeiziehen sehen, die ihm Geld pumpten, ein Taxi riefen, seine selbstlosen Ratschläge bezüglich ihrer Stimme und ihrer Körperhaltung befolgen und ihn bewundern und ihm diverse kleine Dienste leisten durften; und die sich plötzlich selbständig machten oder heimtückische Fallen gestellt hatten, in die er hineinfiel, hinausklettern mußte, um zu sagen: »Das beweist, was für ein selbstloser Freund ich bin.« Die Spielbälle von Serges Launen erweisen sich manchmal als Ballons, die mit ihm davonfliegen. Ich mißtraue auch diesem japanischen Luftballon; vielleicht unnötig. Alexandre hat Serge damals nichts weiter gelehrt, als daß Ehrgeiz eine bürgerliche Eigenschaft und Geld immer zu finden sei, daß das Morgen nicht existiere und daß Frauen – fast – unerschöpflich geduldig seien. Soweit Serge diese Lehre nötig hatte.

Ich bin allein in der Seildrehergasse, man hat mich wieder einmal vergessen, nichts hat sich geändert. Nein, ich bin nicht ganz allein, denn aus Jeromes Zimmer unten tönt leise Musik empor. Der Koch macht ein Praktikum in Lyon. Einen Augenblick bin ich versucht, unter einem Vorwand bei Jerome anzuklopfen. Ein Vorwand, den er sofort durchschauen und mich, freundlich wie er ist, zu einem Armagnac, einem Tee, einem Plauderstündchen einladen würde. Was beschämend für mich wäre. Zu sehen, welche Mühe er sich um mich gibt, welchen Takt er walten läßt, weichen Herzens. Obwohl auch er nach kurzer Zeit beim Theaterklatsch landen und monologieren würde.

Ich lege mich ins Bett, Menelas zu Füßen, und lerne von neuem die Tapete auswendig. Was hat sich geändert? Fast nichts. Keine Überraschung ist mehr zu erwarten, außer der meines Todes. Und neu ist vielleicht nur, daß ich jetzt weiß, Serge gehört mir noch viel weniger, als ich vermutete.

Ich zähle von neuem Autos, werde ewig Autos zählen, und wenn die Geduld aller Menschen erschöpft sein wird, wird meine noch funktionieren. Halb elf.

Elf. Wovor habe ich Angst? Das Spiel endlich zu entscheiden oder das Spielbrett umzustoßen?

Soll ich um Mitternacht das Haus abschließen? Keine Hoffnung. Schon, wenn ich sein Auto bremsen höre, werde ich die Treppe hinunterhetzen, vielleicht sogar vor Hast auf die Nase fallen, werde beben vor Angst, daß er gekränkt umkehren könnte. Einem Serge schließt man nicht die Tür vor der Nase zu. Man wird es büßen müssen.

Ich stehe wieder auf, stoße die Fensterläden auf und ziehe den Stuhl ans Fenster. Variation des Wartens.

Wie viele Autos habe ich im Laufe der Jahre nahen und vorbeifahren hören? Tausende? Zehntausende? Von einer bestimmten Größe an sagen Zahlen nichts mehr. Manchmal habe ich mir ein Spiel erlaubt: Noch sechs Autos will ich abwarten. Noch sechs – und dann? Dann will ich aufgeben. Was aufgeben? Aufgeben zu denken: Kommt er? Kommt er? Kommt er? Ihn statt dessen loslassen und vergessen. Überleben organisieren. Laß das alles laufen. Schlaf ein, wie alle normalen Leute. Siehst du hinter irgendwelchen anderen Fenstern Weiber hocken, die auf ihren Mann lauern? Das tut niemand, oder nicht lange. Ihn kümmert es nicht, dich warten zu lassen, warum kümmert es dich? In was für eine Lage hast du dich begeben! Werde gleichgültig! Er kommt ja übrigens, wie gesagt, immer zurück! Sollte er ein treuer Mensch sein, wie er behauptet?

Jemand, der fünfzehn Jahre heimgekehrt ist, wird auch diese Nacht heimkehren. Allen Hexenhaus-Weibern und exotischen Luftballons zum Trotz.

Aber da ist die Geschichte, die er mir wie zur Warnung schon einige Male erzählt hat; die von dem

Mann, der eines Abends zu seiner Frau sagte: »Ich gehe noch mal rasch runter, Zigaretten holen (oder eine Schachtel Streichhölzer)« und der niemals wiederkehrte.

Die Straßenlaternen werfen Lichtkreise auf das Trottoir, den verrotteten Vorgarten, das Gitter, die Fensterläden der Häuser gegenüber. Ich habe mich nie gefragt, was für ein Leben sie alle ringsum führen, hinter den Läden, die abends zu- und morgens aufklappen, klappauf, klappzu, tagaus, tagein, jahraus, jahrein, in regelmäßigem Rhythmus. Von dem seßhaften Leben derjenigen, die man die braven Leute nennt, bin ich ausgeschlossen, habe ich mich schon selbst ausgeschlossen und soll mich drum nicht beklagen, seit ich mich als Kind freiwillig zu den Ausgestoßenen auf die Läusebank setzte. Seitdem habe ich nie mehr so recht die Bekanntschaft der braven Leute gemacht, und ich weiß darum gar nicht, wie sie sind. Oh, manchmal verstelle ich mich, mische mich unter sie, tue, als ob ich zu ihnen gehöre. Qualvolles Schauspiel. Ich habe sie und mich immer nur kurz getäuscht. Ich habe nichts mit ihnen zu tun, sie nichts mit mir. Niemand in meiner Umgebung, niemand von meinen Freunden gehört zu den braven Leuten. Auf kurzen Besuchen im Barbarenland versuche ich, Angehörige meiner sogenannten Familie zu ertragen und zu verstehen. Sie sind nicht nur brav, sondern auch kultiviert, gebildet, anerkannt, haben nicht nur Dackel, sondern auch Schäferhunde, Reitpferde und Perserteppiche. Nach einer Stunde schon legt sich, trotz allen Wohlwollens ihrerseits, eine Bleiglocke über mich, die ich kenne und fürchte; während ich Kuchen mit Schlagsahne im zentral-überheizten Wohnzimmer esse, plaudere, Familiengeschichten anhöre, einen Sessel, das Meißner Porzellan, das neue Auto bewundere; während mich Illustrierten-Gemütlichkeit umkleistert, welche um so mehr zu schätzen wäre, da sie von den Chinesen, den Roten, den Schwarzen, den Gastarbeitern und noch vielen anderen nicht so braven Menschen bedroht wird. Schon schreit es in mir: ›Was mache ich bei denen? Um Himmels willen, ich halte das nicht länger aus!‹ Und dabei sind sie so gut zu mir und schließen großzügig vor meiner Exzentrität die Augen. Sie erhoffen nichts weiter von mir, als daß ich so werde wie sie.

Die braven Leute der Seildrehergasse haben einen anderen Stil, aber er ist nicht weniger exotisch für mich. Spärliche Gärtchen, dem Asphalt abgetrotzt. Die Beete bestellen. Die Tomaten im Sommer. Der Kohl im Winter. Kohlstrünke, von denen Regen tropft. Die Rente trifft ein. Jetzt ist's Zeit zur Abendsuppe, nach den Nachrichten gehen wir schlafen, tausend Tote in Äthiopien (Neu-Guinea, Taiwan, Nicaragua), reich mir das Salz rüber, das Kind verliert einen Zahn. Großmutter führt den Haushalt, ist noch in Form, jammert zuviel. Rheumatismus. Die Rente wird um zwei Francs dreiundachtzig Centimes erhöht. Das Kind braucht neue Schuhe, soll nicht mit dem von gegenüber spielen. Streik im Betrieb. Heilig ist der Gang zum Friedhof zu Allerheiligen, Chrysanthemen. Sonntag kommt die Kusine mit Mann. Windpocken, Mittelohrentzündung. Das Auto braucht eine neue Batterie. Magengeschwüre, Arthrose. Basteln. Die Baguette kostet vier Centimes mehr ab ersten. Und die große Krankheit. Und Kittelschürzen. Und Sterben. Und nichts Besonderes. Die Schmerzen, die Freuden, nicht klein, nicht groß. Und nachts im Bett, das möchte ich gern wissen, was spielt sich da ab? Weint die Fünfundvierzigjährige in der geblümten Schürze, wenn ihr Mann ihr schnarchend den Rücken zudreht? Oder tut er das gar nicht? Amüsieren die sich mächtig nachts, weil sie sich tagsüber so wenig amüsieren? Wirklich, ich weiß nichts von ihnen, ich kann nichts gegen sie haben.

Die Tür klappt unten auf, knarrt und schließt sich. Wer kommt da schon so früh, vor Mitternacht? John? Der polnische Tänzer, dem die Mulattin untreu geworden ist?

Ein Auto. Noch eins. Noch nichts. Überhaupt nichts mehr. Alexandre wird ihm mit Hilfe einer Parabel endlich klargemacht haben, daß er, nur aus Schuldgefühlen mir gegenüber, nicht länger auf Lust verzichten dürfe.

Er ist verschwunden. Wie Raissa verschwunden ist. Mein überfeinertes Mißtrauen einer Gefangenen wacht auf. Ist sie überhaupt verschwunden? Versteckt sie sich nur? Erzählt man mir das nur? Ist da ein Komplott im Gange? Sind sie beide miteinander verschwunden?

Mitternacht. Zwölf Uhr fünf.

Bis ein Uhr werde ich warten. Inzwischen defilieren vor mir immer dieselben Bilder. Die Schlafkammer im ersten Stock. Die Glühbirne über der Matratze mit der geblümten Decke. Der Plattenspieler daneben. Der Tisch mit dem Schminkwerkzeug. Der Bühnenunterrock. Die Schuhe, auf dem Boden verstreut. Die Postkarten, die künstlichen Blumen. Ich sehe immer mehr. Dann bevölkere ich die Kammer mit Serge und Raissa und lasse sie diese und jene Stellung einnehmen und leise miteinander sprechen.

Dreiviertel eins. Drei Autos will ich noch abwarten, drei ist eine magische Zahl. Schon kommen dicht hintereinander zwei Autos und fahren vorbei. Das dritte verlangsamt die Fahrt. Bisher hat dieses Zahlenspiel nie geklappt. Ich mußte Zugaben machen. Serge spielt einfach nicht mit. Sollte plötzlich Gedankenverbindung zwischen uns sein?

Doch nein, das Auto fährt weiter.

Ich ziehe mich wieder an, ich kann nicht anders. Es regnet nicht. Aber ich habe auf einmal Angst. Nicht vor edlen Straßenräubern und anderem Nachtgetier. Eher vor meinen eigenen hallenden Schritten. Ich nehme Menelas Leine vom Haken. Er springt vor Freude an mir hoch. Dieses Tier spürt nichts. Ich könnte mir vor seinen Augen ein Messer in den Leib bohren, er würde weiterhin treu zu mir aufblicken und sich dann nicht mehr rühren, weil ich mich auch nicht mehr rühre. Auf meinem Grab wird er noch so sitzen und nichts begreifen, der treue Hund.

Zieh mich wenigstens rasch, Menelas, sei zu was nütze. Zieh mich die Straße hinunter, vorbei an den Rentnerhäuschen und den Kohlstrünken, dem Häuserblock, hinab zur großen Straße, vorbei an den Schaufenstern des Supermarkts, vorbei an den schmutzigen grauen Bordsteinen, den Hofeingängen, aus denen Rinnsale fließen, diesen Löchern, Höhlen, dieser Vorstadtzone. Hinter der Ampel, die mir rot Halt gebieten und dann grün das Überqueren der Straße erlauben will, über das mit Pfützen gefüllte Gelände der Zigeunerwagen. Auch in den Wohnwagen kein Licht mehr. Zigeuner meiden die Nacht der Mule wegen, der Totengeister. Welch eine Herausforderung oder welch ein Verfall der guten Sitten, wenn die kleine Lolita bei

Arles mir erzählte: »Mein Vater, der hat keine Angst vor den Geistern. Eines Nachts klopft es an die Tür unseres Wohnwagens. Er öffnet die Tür – da war niemand. Er schloß die Tür wieder, da klopft es von neuem. Da nahm er sein Gewehr, öffnete die Tür und schoß in die Luft!«

Die Mule zeigen sich nicht. Menelas zieht mich die Böschung hoch. Da liegt diese phantastische Vorstadtlandschaft vor mir, die mich so magisch anzieht, verlassene Kleinfabriken, Autowracks, Rentnerhäuschen, Pavillontristesse, Eisenbahner-Reihensiedlung, Kohlstrünke, Porree, abgestellte Laster, Unterführung, Geleise, Böschung. Weißes Licht der Laternen über Einöde, Leere.

Keine Spur von Serges Auto, um sie zu beleben.

Kein Licht im Hause. Was hatte ich eigentlich erwartet? Wieder einmal eine berühmte Wahrheit?

So muß es wohl sein. Ich bin von ihr besessen. Ich suche sie in allen Nebenstraßen und stolpere über den Schuttabladeplatz. Ich umschleiche das Haus von hinten. Einmal glaube ich Musik hinter den Fensterladen zu hören. Irrtum. Nichts regt sich, nichts bewegt sich.

Es ist Viertel vor zwei, als ich in der Seildrehergasse ankomme. Kaum bin ich oben, bremst auch Serges Auto vor der Tür. Er summt vor sich hin, als er eintritt. Während ich mich kaum ausgezogen unter der Bettdecke verkrieche und schlafend stelle, hat er Lust zu einer Unterhaltung. Er hat, im Gegensatz zu mir, einen angeregten Abend verbracht. Bis halb zwei hat er mit Alexandre und Keiko diskutiert. Ich erfahre, den Kopf in die Kissen vergraben, Einzelheiten über die japanische Küche und Varianten gemeinsamer Jugenderinnerungen von Serge und Alexandre. »... damals in

San Sebastian, als wir auf einer Parkbank übernachteten und vier Tage nichts gegessen hatten ...« »... mit fünfzehn, als wir Gangster werden wollten und zur Place Pigalle fuhren, um uns anwerben zu lassen ...« »In Moskau, als wir Caviar aßen ...« Und: »Der Direktor der Oper von Tokio hat zu ihm gesagt: ›Alle Tänzerinnen des Corps de Ballet können Sie haben, mein Herr, nur diese eine nicht ...« Ganz begeistert ist Serge von diesem neuen alten Spiel. »Es muß angenehm sein, einen Kimono zu tragen. Keiko hat mir einen versprochen.« »Vielleicht verbringen wir diesen Sommer miteinander, wenn Alexandre nicht ...«

Er hat das Licht ausgedreht und sitzt auf dem Bettrand, raucht seine Schlafzigarette. Er hält es für selbstverständlich, daß ich aufwache und entzückt zuhöre. Wie sie im Sommer vielleicht miteinander eine Truppe gründen wollen. Wie sie vielleicht mit japanischem Trödel handeln wollen. Daß eine Reise nach Südkorea lehrreich sei, obwohl dort nichts als Diebe wohnten. Im Gegensatz zu Japan, wo alle Leute ehrlich seien.

Er redet, redet. Ahnt nichts von meiner eigenen Nacht. Es wird vier Uhr, ehe er des Japanzaubers selbst müde wird und einschläft.

Am Morgen steht jener Kleingärtner-Frühling vor dem Fenster, den ich, so wie es um mich steht, unerträglich finden muß. Um elf Uhr, als Serge zur Probe gefahren ist, schleiche ich nach unten und sehe nach, ob der Briefkasten im Hausflur Post für mich enthält. Meine Kontakte mit der Außenwelt werden hauptsächlich durch diesen Metallkasten geschleust. Ich hoffe immer auf irgend etwas, wenn ich ihn öffne. Irrsinnige Hoffnung, denn ich weiß nicht, was ich erwarte. Aber so stark ist diese Hoffnung, daß der

Augenblick, in dem ich den Briefkasten öffne, seit Jahren zu den wichtigsten des Tages gehört. Oft teile ich meinen Tag ein in: ›Der Briefträger ist noch nicht vorbei‹ und: ›Die Post ist durch.‹

Ein langes weißes Rechteck liegt im Kasten.

Mein Name und meine Adresse sind in, wie es nicht treffender heißen könnte, »gestochen schöner Schrift« darauf gezeichnet. Wer will da etwas von mir, mit solch einer altmodischen Schreiberling-Schönschrift, gleichmäßig-ordentlich nach rechts geneigt? Wer ist der Absender dieses zu dekorativen Schnörkels am großen B?

Einen häßlichen karierten Briefbogen versteckt und enthüllt der Umschlag; vier Seiten, gefüllt mit dieser zu schönen, zu säuberlichen Schrift, die jeden entmutigen muß, der irgendeine Schwäche, irgend etwas Spontanes, einen Schönheitsfehler, kurz, etwas Rührendes sucht. Nichts verrät die Schrift auf Anhieb, außer der Offenheit, nichts verraten, sondern nur oberflächlich gefallen und täuschen zu wollen.

»Guten Tag, Barbara ...«

Seite vier, unten in der Mitte, von einem Kringel eingerahmt, steht, wer mich so anspricht: »Yves.«

Wer ist Yves? Ich kenne keinen Yves, außer einem von Serges Hofnarren, lange verschollen. Richtig: Yves ... der Tiger auf dem Dach. Was hat diese anachronistische Schrift mit meinem Räuberhauptmann zu tun?

Schon auf der ersten Zeile entdecke ich, daß diese Schrift schwer zu lesen, fast unlesbar ist. Lange brauche ich, die vier Seiten zu lesen, Schrift und Inhalt zu einen.

»Etwas Unerwartetes fällt mir in die Hände, der ich

seit fast acht Jahren in der Vorkammer des Todes sitze: der Brief einer Frau.«

Dekorative Schrift, feierlicher Stil. Merkwürdig, ich hatte von jemandem, der aufs Dach seines Käfigs klettert und von dort nach dem Justizminister persönlich verlangt, so etwas wie Humor erwartet.

Doch das Raubtier, der Feind der Nation, scheut sich nicht, kitschig zu sein. Ich muß mich zurechtweisen. Lebe ich nicht gerade selbst meine eigene Große Oper aus, auch wenn ich das Publikum hinter vorgehaltener Hand grinsen sehe? Hindert mich das etwa daran, wirklich zu leiden?

Yves braucht eine halbe Seite, um mein leises Mißtrauen zu zerstreuen. Buchhalter-Schönschrift, doch schwer zu lesen; Binsenwahrheiten, doch er glaubt an ihre Wahrheit.

»Ich bin kein Tiger, sondern ein Mensch wie jeder andere. Nur haben die Umstände ergeben, daß ich ein für allemal die Barriere übersprungen habe, die die Welt der sogenannten ehrlichen Leute von der der Außergesetzlichen trennt.«

Und er monologisiert, auch er, auf zwei Seiten das Dantesche Inferno seines Lebens.

Eine Atlantikinsel südlich der Bretagne. Mutter stirbt an Schwindsucht. Eine böse Stiefmutter, sie läßt ihn auf Erbsen knien, auf Filzflecken gleitet man über ihr Parkett, sonntags alle Mann zur Messe, alltags schläft sie mit dem Pfarrer. Papa, der Gendarm der Insel, lehrt Klein-Yves, acht, das Waffenputzen und das Schießen mit der Dienstpistole.

»Das ist das einzige, was ich je gelernt habe.«

Wohin mit siebzehn, wenn man sich an die andere Seite der Erdkugel wünscht und nichts als Schießen gelernt hat? Zur Fremdenlegion. In den Indochinakrieg. Greuel, Dschungel, Blut, Tod, vier Jahre lang. Adieu, ihr Reisfelder und Bambusfallen. Wohin, wenn man die Insel der braven Leute nicht wiedersehen will und sich immer ans andere Ende der Welt wünscht? Auf nach Afrika! Glanz des weißen Mannes, Malaria. Wohin, wenn man nichts als Töten gelernt hat? Auf in den Algerienkrieg! Greuel, Blut, Tortur. Wer kämpft gegen wen, sind's nicht immer dieselben, hat es noch irgendeine Bedeutung? Doch eines Tages ist es zu Ende, und siehe da, man spricht das Urteil über Yves, man erklärt ihn für schuldig, man sperrt ihn ein. Vier Jahre später steht er vor dem Tor, im friedlichen kleinen Frankreich. »Niemand wollte mich. Ich hätte gern in einem Büro gearbeitet, geschrieben, Buchhaltung geführt ...«

Man sieht es. Er wäre ein Musterbuchhalter geworden. Doch dieser Lebenstraum erfüllt sich nicht. Statt der Gänsefeder und des Lineals ... »neue Abenteuer, diesmal zivil. Ich erzähle sie dir ein andermal, wenn du willst. Wenn wir uns besser kennen. Nenne mich, wenn du willst, einen einsamen Banditen.«

Acht Jahre Zuchthaus. Und da sitzt er nun.

Was er da auf dem Dach getan habe? Sein Recht verlangt. »Ich bin nicht aus dem Holz, aus dem man Flöten schnitzt.« Man habe ihm, der nach siebeneinhalb Jahren Kerker fast am Tore der Freiheit angelangt sei, den ihm zustehenden fünftägigen Urlaub verweigern wollen; und dies nur, weil er einen Wächter, der ihn zu genau habe untersuchen wollen, eine ›Tante‹ geschimpft habe.

Da sei er von der Werkstatt aus aufs Dach geklettert. Weder die sanften Belehrungen des Zuchthauspfarrers noch die erpresserischen Drohungen des Direktors, geschweige denn die Tricks des Zuchtshaus-Psychologen hätten ihn da herunterlocken können. Klein beigegeben habe man statt dessen, peinlich berührt durch das Herbeieilen der Presse ... »Härte und Stolz sind die einzigen Waffen des Gefangenen«, setzt er einen Punkt hinter diese Dach-Szene, aus der er als Sieger hervorgegangen sei. Und in seinen Käfig zurückgekehrt ist.

Doch auf Seite vier wendet er sich auf einmal mir zu. Er blickt mich an und fragt: »Wer bist du, Barbara? Jetzt bist du an der Reihe! Ich stelle mir vor, daß du schön und sinnlich bist. Und ganz allein. Dann sage dir, daß man niemals allein ist angesichts der Einsamkeit, denn auch sie ist eine Begleiterin. Antwortest du mir? Nur schreibe mir nie ein einziges Wort des Mitleids, das ist es, was ich am meisten fürchte. Ich würde dir nie wieder antworten. Und lege keine Antwort-Briefmarke mehr bei, ich habe alles, was ich brauche.

Es ist ein Uhr nachts. In fünf Stunden werden die Schlüssel von neuem rasseln. Ich werde mich in mein kaltes und hoffnungslos leeres Bett legen und dir meine Gedanken zusenden wie eine kleine Taube. Yves.«

Yves? Hier höre ich die Geschichte von Odysseus, Sohn des Laerte, dessen Ruf jedermann kennt. Seine Heimat war die felsige Insel von Ithaka, Nährmutter starker Männer. ›Und wahrlich, Odysseus hatte alle seine Kräfte nötig. Vernehmt nun die Geschichte seiner Rückkehr aus Troja und all der Prüfungen, die Zeus ihm auferlegte, nach neun Jahren Krieg.‹

Warum habe ich den Frühling draußen als Kleingärtner-Frühling beleidigt? Und was habe ich gegen Kleingärtner?

Jahrelang habe ich nur Geldscheine vor Serge versteckt. Dieser Brief ist das erste Geheimnis, das ich vor ihm habe. Ich möchte nicht, daß er ihn in der Spitze meiner Hausschuhe oder in der Zuckerdose findet.

Wahrscheinlich bilde ich mir zu viel ein, wenn ich glaube, er würde ihn interessieren. Vielleicht würde er nur lächeln und eine Bemerkung machen wie: »So weit bist du schon?« Oder: »Ist das ein neues Spiel? Ein bißchen pervers, was?«

Also lerne ich den Brief auswendig, wie ein Geheimagent einen Kode, und halte dann ein Streichholz daran. Selbst das Häufchen schwarzer Asche scheint mir noch verdächtig, und ich fege es sorgfältig zusammen.

Noch vier Wochen, dann ist die Spielzeit in der Mittelstadt zu Ende. Zu Ende dann auch Theaterklatsch, Theaterporno, Theaterintrigen: Wer wird die Rolle des Zuniga in »Carmen« singen? Warum darf Serge den Morales singen, wo John – der noch nicht sicher ist, ob man ihm den halbwegs zugestandenen Zuniga wieder wegnehmen wird – doch findet, daß der junge italienische Chorist mit den verführerischen Augen dafür besser geeignet sei? Zwei Choristinnen geraten sich während der Chorproben der Tabakarbeiterinnen in die Haare. Der Dirigent, ein junges Genie, wird ohnmächtig im Hotelzimmer der belgischen Choristin gefunden, die mindestens dreißig Jahre älter als er und unausstehlich ist, aber auch er ist Belgier, so ein Chauvinismus. Er wird mit der Ambulanz ins Krankenhaus geschafft. Der Direktor telefoniert in alle Winde, einen nicht zu kostspieligen Ersatz-Dirigenten zu finden. Raissa, die abermals wieder Aufgetauchte, bekommt eine Rüge am Schwarzen Brett, wird aber im

Chor gebraucht, läuft aber nochmals aus der Probe fort, weil Serge sie zu kühl begrüßt habe. Carmen und Don José, Michaela und Escamillo, die Stars, sind noch nicht eingetroffen. Carmen soll zwei Zentner wiegen, und Don José ist ein feiner kleiner Homo. Die Repetitorin hat ein Verhältnis mit der zweiten Violine angefangen und Christian, einen jungen hoffnungsvollen Choristen (Tenor), wegen einer angeblich falschen Note so angeschnauzt, daß er zum Direktor eilte, um seinen Vertrag abzubrechen, was dieser ihm ausredete; Tenöre sind in dieser Spielzeit rar im Chor, letztes Jahr waren es Bässe. Der Mann von Josiane ist mit seinem Pudel zu Besuch, und sie wartet ungeduldig auf seine Abfahrt. Der Ballettmeister, so flüstert es, soll sein letztes Engagement wegen eines Diebstahls verloren haben.

Nichts Neues also im Theater.

Warum erscheint mir das auf einmal alles so ein bißchen fade, wenn Serge es mir nachts um zwei auf dem Bettrand erzählt? Ich gehe gedankenverloren umher. Serge meint, ich sei wieder einmal zerstreut. In der Tat: Ich werfe einen Fünfzigfrancsschein in den Mülleimer. Ich erwidere, das sei sicher eine Alterserscheinung.

Ich frage mich, wie ich so hochmütig sein konnte zu glauben, ich sei die einzige einsame Person auf Erden. Warum habe ich die anderen, die um mich hocken, nie gesehen? Weil jeder in seinem eigenen Turm sitzt? Jeder durch seine persönliche Wüste wandert? Jeder flicht in seinem Turm seine eigene Leiter, knotet sein eigenes Seil, zwängt sein Gesicht durch die Gitterstäbe und verfolgt den Vogelflug.

Während ich den Teller vor Serge auf den Tisch

stelle und vergesse, die Tapetenblumen zu zählen, gebe ich Yves, dem Banditen, vor mir Form. Ich gebe ihm einen Körper und vor allem ein Gesicht. Nach Art eines Geistes, dem auch die dicksten und verschlossensten Türen nichts ausmachen, durchdringe ich die Materie und brauche des Wächters und seines Schlüssels nicht, um in seiner Zelle zu geistern. Dort finde ich einen Männerkörper auf dem Bett ausgestreckt, ein wenig schattenhaft noch. Geduld, noch ein wenig, und er wird ganz Fleisch und Blut. Er führt seine Hand zum Munde, raucht eine Zigarette (darf er das?), blickt zur Decke.

Der Briefkasten verwöhnt mich. Zwei, drei Briefe pro Tag. Bleibt auch die Schrift immer gleich ungerührt, als ginge sie der Inhalt nichts an, so wird doch der Stil intimer. Schon sind wir Freunde, Yves und Barbara, Barbara und Yves. Komplizen. Kurz nur bin ich »Liebe Barbara«, dann »meine liebe Freundin« und gleich darauf »meine liebe Barbara«. Einen Herzschlag lang weiche ich vor dem besitzanzeigenden »meine« zurück. Bin ich nicht dabei, Raissas Lehrsatz auswendig zu lernen, zu Serges und meinem Besten: »Niemand ist niemandes Eigentum!«?

Monolog: »Es ist halb drei Uhr nachts. Die Zeit, in der ich wache und in der meine Gedanken die Zelle verlassen. Die Nacht ist seit langem mein Reich.«

»Heute möchte ich dir von meinem Haß sprechen. Er allein nährt mich in dem Kampf, den ich jeden Tag führe, um ich selbst zu bleiben. Aber glaube deshalb nicht, daß ich hier wie ein Märtyrer leide. Die Gefangenschaft ist ein Kampf, der, wie ein jeder, seine Regeln hat. Es kommt nur darauf an, daß die Gegner die Kampfregeln wahren. Ich bin entschlossen zu siegen.

Die Freiheit braucht den Zwang, um ihre Existenz zu beweisen.«

Ein Blick in den Spiegel, mit dem er zufrieden zu sein scheint: »Ich habe braune Augen und dunkelbraunes, fast schwarzes Haar. Ein paar Stunden Spaziergang auf dem Hof genügen im Sommer, um mich bronzebraun zu machen ...«

Und plötzlich wieder ein Blick auf mich, die ich das kaum erwarte: »Was hast du, Barbara, sag mir? Du bist sehr diskret. Du erzählst nie etwas von deinem Leben. Aber ich merke, du fühlst dich nicht wohl in deiner Haut. Sprich mir von dir!«

Nein.

Lockungen im Schlußsatz, weniger und weniger unschuldig: »Ich strecke mich aus und überlasse mich meinen Träumen, die du mehr und mehr bewohnst. Gute Nacht, meine Barbara.«

Die Proben zu »Carmen« gehen schlecht voran. Es ist wie zu Ende jeder Spielzeit: Man beginnt, einander zu gut zu kennen, hat die Runde um jede Person gedreht, höchste Zeit, sich wieder voneinander zu entfernen, neue, wandernde Künstler zu treffen, die einige Monate lang Stoff für Klatsch und Intrige und Möglichkeit flüchtiger Freundschaften und Lieben sein können. Selbst der Direktor hat genug. Er läßt sich nicht mehr sehen. Es ist seine Frau, die die beiden Windhunde ausführt. Um seine Künstler zu vermeiden, versteckt er sich unter der Treppe. Der Dirigent, der in ein Erholungsheim eingeliefert worden ist, hat angeläutet, er käme zurück. Er hat sich in den Zug gesetzt, ist aber durch einen Irrtum nach Rennes in der Bretagne gefahren. Er nimmt es als böses Ohmen und telefoniert von dort aus: Er käme doch lieber nicht.

John wächst von Tag zu Tag, hat man ihm doch die Rolle des Zuniga bisher nicht wieder weggenommen. Er probt sie überall, auch wenn er unten im Klo hockt. Fast ist es allen, diese Oper nenne sich »Zuniga« und nicht »Carmen«. Der Direktor bestimmt, durch den Mund des zweiten Regisseurs, daß Serge, im zweiten Akt seiner Rolle entledigt, den Chor verstärken solle, da es an tiefen Männerstimmen im Chor fehle. Serge, der seine Rolle erst ein einziges Mal dreißig Minuten lang mit der Repetitorin durchgegangen ist, droht, den Direktor zu verprügeln. Dieser wird darauf ganz und gar unsichtbar. Die dicke Josiane hat ihren Albert bei einer Untreue mit dem Zimmermädchen seines Hotels ertappt und weint.

Alle, alle sind sie unglücklich, unzufrieden, nervenkrank, deprimiert.

Raissas Name steht immer noch rot unterstrichen am Schwarzen Brett, und sie läßt sich nicht sehen.

Früh kommt Serge von den Proben heim. Das heißt, gegen elf Uhr.

Wenn er zu den Proben abfährt, frage ich ihn: »Nimmst du mich mit?«

»Warum sollte ich dich nicht mitnehmen?« Es hört sich an wie: »Warum sollte ich dich mitnehmen?« und als ob er auf der Zunge habe: »Wohin denn?«

Statt dessen spielt er mit mir Geheimnis, das nicht existiert, erkundigt sich höflich, ob es mir passe, wenn er um fünf Uhr mit den Proben fertig sei, ob es mir passe, wenn er sein Auto dort und dort parke, und so weiter. Ich gehe nur einsam dorthin, wohin ich seit kurzem mehr und mehr gehe: ins Café. Ich lasse da – oh, erst zaghaft und ein ganz klein bißchen – die Streifentapete und das Eisenbett der Seildrehergasse hinter mir zurück. Wage mich nach draußen. Nicht, um einem geheimnisvollen Rendezvous entgegenzueilen, wie er vielleicht hofft, sondern um meine Nase in den Wind zu strecken. Ich schnuppere Freiheit. Im Café setze ich mich in eine Ecke, meist noch die dunkelste und versteckteste. Um meine Kaffeetasse herum breite ich meine Hefte und Zettel aus und schreibe. Habe ich es überhaupt schon erwähnt? Ich habe einen Beruf. Schreiben ist mein Beruf. Ein richtiger Beruf, denn ich verdiene Geld damit. Mir ist das nie so recht klar geworden. Ich glaubte, es gelegentlich zu machen, in Wirklichkeit mache ich es regelmäßig seit zwanzig Jahren. Es hat aber nie jemanden interessiert, scheint es mir. Serge hat nie eines meiner Bücher gelesen. Es sind rund fünfzehn oder schon über zwanzig. Manche sind sogar in irgendwelche fernen Sprachen übersetzt worden wie das Griechische und Norwegische, ganz abgesehen von den landläufigen Sprachen rings um mich. Das hat nie Bedeutung gehabt. Wenn mich jemand fragte: »Und Sie, Madame, Sie sind also auch Künstlerin?«, verneinte ich, und Serge schwieg dazu. Aufrichtig wie immer glaubt er nicht, daß ich eine Künstlerin sei. »Du bist nicht sensibel. Du siehst die Blumen nicht wachsen. Du baust keine Kathedralen.« Da hat er recht. Oder: »Ich habe nie ein Buch von dir gelesen, aber ich kenne dich. Darum weiß ich, daß das nur Mist sein kann. Was hast du den Leuten zu sagen?« Stimmt auch. Was habe ich den Leuten zu sagen? Und welchen Leuten, bitte sehr? Serge dagegen, das hat seit seiner Kindheit niemand bezweifelt, ist ein Künstler. Wie alle Bühnenkünstler ein Exhibitionist, wenn auch nicht auf so plumpe Art wie Kollegen, die das Höschen unterm Schottenkostüm absichtlich vergessen, wenn sie über die Rampe zu tanzen haben. Sein Exhibitionismus ist verfeinerter. Er hat überhaupt kaum Kontakt zu Menschen, außer über die Rampe hinweg. Wie jeder echte Künstler macht er Liebe mit seinem Publikum. Andere flirten nur mit ihrem Publikum, er aber hat einen sinnlichen Kontakt.

Ich dagegen schreibe ins Nichts, ins Leere, ins Blaue. Trotzdem möchte ich nicht sagen: für mich. Aber ich habe darüber nie nachgedacht, weil Serge mich gelehrt hat, es sei der Mühe nicht wert und die wahre Tugend sei Bescheidenheit. Meine Schreiberei sei nichts als ein Broterwerb, ein Handwerk, und ein schlechtes, weil ich nur unregelmäßig und nicht gut genug, vielmehr miserabel damit verdiene. Wenn man mich also fragt: »Haben Sie einen Beruf?«, so hätte ich gern geantwortet: »Ja, Sekretärin, Verkäuferin.« So aber pflege ich zu antworten: »Nein, ich arbeite nicht.«

Mit dem üblichen schlechten Gewissen blicke ich drum auf die Zettel, die ich auf dem Tisch des Cafés ausbreite. Ich beschreibe nun mal so gern weißes Papier. Arbeit kann man das wirklich nicht nennen. Das ist ein Luxus, nun ja.

Manchmal passieren Pannen, Irrtümer, für die ich nichts kann. So habe ich versehentlich letztes Jahr drei Literaturpreise gewonnen. Von zweien erfuhr ich nur sehr verspätet, als aller Rummel schon vorbei war, weil die »freudige Nachricht« mich über sieben Adressen verfolgte. Was den dritten betraf, so stand es in »Le Monde«, in einem Artikel, den Serge als taktlos empfand, da alle im Theater ihn gelesen hatten. So erfuhr ich es auch.

Zur Preisverteilung, die in Paris im Hotel »Crillon« stattfand (ich hatte nicht gewußt, wie fein das ist, man klärte mich auf), bin ich unter tausend Entschuldigungen gefahren. Habe mich auch vor den Journalisten entschuldigt. Keiner von ihnen hatte mein Buch gelesen, und es war ihnen ebenso lästig wie mir, darüber zu sprechen. Auch vor den Leuten vom Fernsehen habe ich mich entschuldigt, denn ich sah, wie eilig sie es hatten. Ein Irrtum das alles, entschuldigen Sie die Belästigung. Nur einer kennt mich, Serge, mein Mann. Der weiß, daß meine Bücher nichts taugen. Der weiß, daß das alles nur ein unverdienter Zufall ist, und ich weiß es darum auch. Nichts als Bluff, verzeihen Sie.

Nie in den fünfzehn Jahren habe ich einen Schreibtisch besessen. Das hätte ja geheißen: ein Arbeitstisch. Wie für eine ernstzunehmende Arbeit. Ich schreibe überall: im Auto, im Autobus, im Bett, in der Metro, neben der Frühstückstasse, auf dem Küchentisch vor allem oder vielmehr auf einer abgeräumten Ecke des Küchentischs. Das Radio heult daneben, ein Fernseher quatscht, Serge singt oder erzählt mir was: ich schreibe. Das klappt ausgezeichnet. Auf diese Weise schreibe ich ein bis zwei Bücher jährlich, unauffällig, wie man Dreckhaufen legt. Kommt das Paket mit den Belegexemplaren, werfe ich es unausgepackt in den Mülleimer vor der Tür. So bleibt von meinen Dreckhäufchen möglichst wenig Spur.

Mein Caféhausplatz ist ein professioneller Luxus. Vor meiner Kaffetasse fällt mir zum ersten Mal etwas Unerhörtes ein: Und wenn nun meine Bücher doch etwas taugten? Es könnte doch sein? Wer soll das schon wissen? Esel schlagen bekanntlich schlecht die Laute. Aber ist es denn ganz sicher, daß ich ein Esel bin?

Warum soll ich nicht endlich auch laut sagen, daß diese weißen Zettel vor mir mich reizen? Ich liebe es, sie vollzuschreiben. Am liebsten schreibe ich Schulhefte voll. Es ist immer ein Augenblick der Lust, wenn ich mir ein solches Schulheft kaufe. Vielleicht haben die Kritiker, die mit Serge nicht einer Meinung sind, doch nicht ganz und gar Unrecht? Vielleicht habe ich wirklich eine kleine Begabung und drum auch ein kleines Recht, die vielen Schulhefte vollzuschmieren? Und vielleicht – o Wunder – hört mich jemand in der Wüste, in die ich hineinschreie, seit Jahr und Tag?

Noch kühner werde ich. Ich rechne mir aus, wieviel ich in den letzten Jahren mit meinen Büchern verdient habe. Ich wundere mich. Eigentlich hätte ich davon ganz schlecht und recht leben können, da ich mich fast nur von Salat und Schokolade ernähre und seit zehn Jahren denselben Mantel trage.

Aber ich schäme mich und verfolge diese Gedanken nicht weiter. Man soll nicht übertreiben. Was oder wer facht in mir etwa Aufruhr gegen Serge an?

Sind es die Briefe, die jeden Tag getreulich für mich im Kasten liegen? Ich kann sie nicht alle auswendig lernen. Aber ich trenne mich schwer von ihnen. Wenn ich sie in Schnipsel zerreiße und in den Rinnstein werfe oder über dem Ausguß verbrenne, ist es, als ob das Papier protestiere: ›Rühr mich nicht an! Das tut weh!‹ Das Papier ist alles, was ich anfühlen kann von dem fremden Mann. Es hat eine sinnliche Kraft. Kein Körper zum Anrühren, statt des Gesichts ein Oval, das noch schwarz ist wie das Negativ eines Filmes. Einziger materieller Beweis seiner Existenz: dieses scheußlich karierte Gefängnispapier und die Schrift, die er darüber fließen läßt. Die Schriftzeichen versuche ich also zu ergründen, mehr noch als das Geschriebene. Ich will Schönes darin finden. Zum Beispiel die gleichmäßige Neigung nach rechts, dem Partner zugeneigt. Die Striche auf dem »t«, die herausfordernde Fähnchen sind. Gewisse Schwingen, die mir Begeisterung und Beständigkeit verraten. Wie er unter der Linie, tief von unter her, seine Zeichen an die Oberfläche holt und wieder und wieder eintaucht.

Suche und finde aber sofort, wozu mir Vorsicht rät, Negatives: So viel Gleichmäßigkeit verrät nichts. Ist vielleicht Verstellung, Hüte dich vor dem schönen Anblick! Denn in Wahrheit ist ja diese Schrift so schlecht zu lesen, wie der Schreiber sicher auch. Diese Unterschrift, von einem Bogen eingekreist. Da verbirgt er sein wahres Ich, Yves, wie eine Schnecke im Haus, die sich fürchtet.

Und am nächsten Morgen wieder zwei Briefe im Kasten, wie bin ich verwöhnt. Erst waren es vier Seiten, jetzt sind es sechs, acht, auf denen das Geschriebene mir vieles zu verraten vorgibt und die Schrift mir weiterhin Rätsel aufgibt.

Habe ich nicht irgend etwas vergessen, während ich versuchte, mir ein Gesicht, Hände, einen Körper und eine Stimme vorzustellen, und schon ganz und gar in seiner Zelle heimisch bin? Richtig: Warum sitzt er eigentlich seit Jahren in dieser Zelle? Ich frage mich selbst nach dem Grund meiner mangelnden Neugier. Aber wer fragt sich denn: Was hat die Barbara getan, daß sie seit Jahren in ihrer Zelle sitzt? Wir befinden uns auf der gleichenen Ebene. Schuldig oder unschuldig, zu Recht oder zu Unrecht verurteilt, hat man uns eingemauert. Ich lerne etwas Neues (wieviel Neues lerne ich, seit Raissas Spangenschuh aus Serges Auto stieg!): Es gibt keine würdigen und unwürdigen Gefangenen. Es gibt nur Gefangene.

So gefährlich wie ein Tiger? So harmlos wie ein Marienkäferchen? Was weiß ich?

»... Von Anfang an war ich davon überzeugt, daß meine Taten mich zur Guillotine führen würden. Wären übrigens die Flics bei meiner Verhaftung ein bißchen geschickter gewesen, brauchte ich mir heute nicht die Nägel abzuknabbern. Das wäre, ich gebe es zu, ein saubererer Tod als unter der Guillotine gewesen, aber ich hatte mir diese in den Kopf gesetzt.«

Eines Tages klärt er mich vielleicht durch meinen Mangel an Neugier gereizt, von selbst auf, indem er zwei kleine Zeitungsartikel beilegt:

»Mildes Urteil für Yves Barloy: Acht Jahre Zuchthaus« und »Das Urteil gegen Yves Barloy, 35, der im Alleingang drei Banküberfälle verübte, davon zwei mit Geiselnahme, wurde am Dienstagabend ausgesprochen. Das Geschworenengericht verurteilte ihn zu acht Jahren Zuchthaus.«

Eitelkeit? Warum hat er den Rest des Artikels abgeschnitten? Weil die Leute, die er Kröten nennt, schlecht von ihm sprechen?

So weiß ich jetzt jedenfalls, obwohl ich es angeblich gar nicht hatte wissen wollen, was für einen Busenfreund ich mir vom Dach geholt habe: einen Bankräuber. Ich sehe, wie Serge seinen Mund zu dem ihm eigenen ironischen Lächeln verzieht, das die Kraft hat, mich zu vernichten, und höre ihn sagen: »Und auf so etwas fällst du herein?« Und er könnte hinzufügen, daß er doch, sollte ich Bedürfnis nach dergleichen gefühlt haben, in den letzten fünfzehn Jahren unzählige Operetten-Banditen auf die Bühne gestellt habe, vom edlen mexikanischen Zapata bis zum finsteren Abruzzen-Wegelagerer.

Wer Sandschlösser baut, soll daran denken, daß die Welle sie hinwegspülen und der Wind sie hinwegwehen kann. Auf Sand gebaut ist meine Liebesgeschichte mit dem edlen Bankräuber, der die Welt der Kröten verlassen hat. Denn ich mache mir nichts vor, wir machen uns nichts vor, wir sind vom ersten Brief an Komplizen: eine Liebesgeschichte beginnt. Ich lasse mich umwerben. Er lädt mich zum Tee in seine Zelle ein. Er widmet mir ein kitschiges Chanson. Es war einmal eine Prinzessin aus dem Barbarenlande, die von einem finsteren König geraubt und in einen Turm eingesperrt wurde. Doch als sie aus dem Fenster ihres Turmes blickte, sah sie auf dem Berge jenseits der Ebene einen Turm. Dort schmachtete seit sieben Jahren der kühne Raubritter Yves. Mit ihrem weißen Tüchlein winkte die gefangene Prinzessin ihm zu. Da ließ er eine Taube mit einem Zettel im Schnabel zu ihr fliegen. Auf dem Zettel stand: »Ich liebe dich. Habe Geduld. Ich werde dich befreien.«

Hahaha. Daß ich nicht lache. Was bilde ich mir ein? Ich habe ja eins vergessen: daß der verliebte Mann weder mein Alter noch mein Gesicht kennt. Es ist nicht sein Versehen, wenn er mit mir Romeo und Julia spielt.

Ich zerreiße den Traum einer Teeeinladung, und streue die Schnipsel in den Aschenbecher auf dem Caféhaustisch. Ein Häufchen von Buchstaben und Wortfetzen. Noch aus dem Ascher greift mich aber seine Schrift an und läßt nicht locker. Erzählt von Freundlichkeit, Lebhaftigkeit, Extravaganz, Geist, fähig zur Abstraktion. Unüberlegtheit? Autorität? Die

Person hat eine hohe Meinung von sich selbst, ist sehr stolz auf sich selbst. Festigkeit, eine Art Verteidigung gegen die Umwelt? Freundestreue, künstlerisches Temperament, Kraft?

Die Kellnerin nimmt den Aschenbecher hoch und leert ihn im Papierkorb aus.

Im Auto erwartet mich schon Serge. Ich entschuldige mich. »Hast du lange gewartet?«

»Nur ein paar Minuten.«

»Meine Uhr geht nach.«

»Das macht nichts. Ich probe heute abend nicht.«

Er hat die gelbe Hautfarbe und die Taschen unter den Augen, die ich fürchte. Auch die aufgequollenen Wangen und das Doppelkinn, diesen schwachen, sonderlichen Geruch der Angst, all das sind Zeichen einer nahenden Depression bei ihm.

»Du bist müde.«

Die Proben zu »Carmen« seien chaotisch. Eine Katastrophe bahne sich an. Ich tröste, daß jedesmal, wenn im Theater dieser Eindruck entstehe, die Premiere ein ungeahnter Erfolg werde, und das sei wohl ein Naturgesetz. Aber er will das nicht wahrhaben. Als Zugabe höre ich die Geschichte des kleinen baskischen Tenors (sie sind dieses Jahr alle klein, andere Jahre sind sie alle dick), der mit Krämpfen ins Krankenhaus eingeliefert worden sei. Man spräche von Magengeschwüren, in Wahrheit habe seine Freundin ihn verlassen und er sei seitdem tablettensüchtig geworden. Pierre, ein hoffnungsloser Fall von Bariton, habe sich wieder einmal verlobt, diesmal mit einer Art Zwergin. Doch ein anderer Verlobter sei aufgetaucht, und Pierre habe Serge gebeten, die Sachen der Zwergin aus der Wohnung des Verflossenen herauszuholen. Den

Umständen nach zu schließen schien dies ein Selbstmord-Kommando zu sein, und Serge habe abgelehnt. »Als ob ich jetzt nicht genug um die Ohren hätte.«

Was hat er um die Ohren?

Er bleibt nach dem Essen am Tisch sitzen und trödelt. Er stört mich. Am liebsten würde ich ihm, mitteilsam wie ich bin, meine Sorgen ausbreiten. Ich bin niedergeschlagen. Mein Höhenflug hat nur ein paar Tage gedauert. Ich saß in einer Seifenblase, die schön in allen Farben schillerte, jetzt ist sie zerplatzt, und ich falle auf mein Steißbein. Ich habe betrogen, Unrecht gedeihet nicht, wie meine Großtante Mathilde zu sagen pflegte, oder so ähnlich. Nicht die echte Barbara hat mein Unbekannter zum Tee eingeladen, sondern eine liebenswerte Fremde. Sie ist bestimmt noch nicht dreißig Jahre alt, und alle Männer laufen ihr nach. Ich bin nichts als eine Hochstaplerin, die in ihre Kleider zu schlüpfen versucht.

Meine Rolle werde ich nicht durchhalten, und mit welchen Mitteln wohl auch?

Ich beschließe, Farbe zu bekennen. So schnell wie möglich ein Briefchen zu schreiben, ein Photo beizulegen, wenn auch nicht gerade das häßlichste, mein Alter zu gestehen, nur drei oder vier Jahre abgemogelt.

Wahrscheinlich werde ich darauf nie wieder einen Brief von Yves im Kasten vorfinden. Aber diese Briefe sind meine Droge geworden, mein Rauschmittel, mein Rausch-Gift. Ich werde alle Stadien der Entwöhnung durchmachen müssen, ehe ich wieder in das Gleichmaß meines alten grauen Lebens zurückfinde.

Je eher ich das hinter mir habe, desto besser. Wenn Serge nur ginge! Es ist neu, daß er daheim bleibt. Auch wenn er keine Proben hatte, sagte er: »Ich habe Probe«

und ging fort. Voriges Jahr geschah es einmal, daß Mitglieder der Truppe am Sonnabendnachmittag vorbeikamen, um Serge zu besuchen. Ich teilte ihnen mit, daß er zur Probe sei. Sie schwiegen verlegen. Auf allen Gesichtern war die Arbeit zu erkennen, mir eine Erklärung für die Ein-Mann-Probe zu geben. Einer sagte: »Er hat nicht die gleichen Proben wie wir. Wir sind Tenöre.« »Und Solisten proben zu anderen Zeiten als wir«, fügte ein anderer hinzu. Sie taten mir so leid, daß ich sie beruhigen mußte: »Ich glaube, Serges Proben finden auf der Rennbahn statt.«

Jetzt ist mir Serges ungewohnte Anwesenheit lästig. Mir fällt auf, daß ich mich entspanne und gehen lasse, sobald er die Tür hinter sich zuklappt. Fällt nicht ein Druck von mir ab? Niemand, dem ich seinen Kaffe zu viel – zu wenig – eingieße. Niemand, dem ich die Orange falsch schäle. Niemand, der sagt: »Warum hast du schon wieder diesen Käse gekauft?« Niemand, der hustet und spuckt und mich gleichzeitig dadurch anklagt, sein Unwohlsein verursacht zu haben. Niemand, dem ich die Zigarettenstummel aufsammeln und die Handtücher aufhängen muß. Der heimkommt von der Tournee, unverhofft um drei Uhr nachts, und mich drohenden Tones aufweckt: »Was, kein Rum im Hause? Du bist und bleibst ein Miststück.« Der mich hetzt, treibt, bedrängt, ohne es zu wissen.

Ich kann Ich sein, wenn er fort ist. In Latschen herumschlurren, nackt durch den Raum laufen, ohne mich meiner zu schämen; ein farbloses, ungeschminktes Gesicht im Spiegel ohne Widerwillen betrachten. Das bist du, das ist dein wahres Ich. Entspannung. Ich kann, wenn es mit paßt, das Radio aufdrehen und schlechte kleine Musik hören, statt der guten großen, die er mir vorschreibt; einer Schnulze mit Herzklopfen lauschen und dazu eine ordinäre Wurststulle kauen und, um des Kontrastes und Vergnügens willen, auf all das husten, was er mir, der Barbarin, unleugbar beigebracht hat, oder fast: fast alles über die Große Oper, das Große Ballett, die Große Wohnkultur (die er, jawohl, theoretisch ebenfalls für unerläßlich hält), die Höflichkeit, den feinen lateinischen Takt ...

Warum habe ich nur Autos und Minuten gezählt, wenn er fort war? Statt ihn zur Tür zu schieben: »Geh schon, damit ich Ich sein kann!«

Serge sitzt und sitzt am Tisch. Er hat die erste Flasche Wein geleert und öffnet die zweite. In der Muschel, die als Aschenbecher dient, häufen sich die Zigarettenstummel. Er ist stumm, sein Gesicht gelb. Er blickt zu Boden. Wäre er meinetwegen unglücklich, ich würde Erbarmen kennen.

Der Wurm, der mich bewohnte, ist noch lebendig. Er ringelt sich von neuem. »Du bist unglücklich, weil sie fort ist. Du liebst sie.«

»Ich liebe sie nicht.«

»Warum bist du seit drei Tagen so unglücklich? Weil sie fort ist. Du willst es dir nur nicht eingestehen.«

»Barbara, ich liebe niemanden.«

Er wiederholt: »Niemanden. Das ist mein einziges Unglück. Du sagst, du liebst mich. Das Mädchen sagt, es liebt mich. Was soll ich damit? Ich will nicht geliebt werden. Ich will lieben.«

Er schweigt eine Weile und sagt dann noch einmal: »Ich will lieben. Aber ich kann nicht.«

Er steht auf. Seine dunkelblauen runden Augen stehen vor, die Äderchen darin sind rot. Er faltet die Hände wie ein Kind, das inständig um etwas bittet.

»Barbara, laß mich fort. Ich will fortreisen, allein, wandern, über die Landstraße ziehen. Ich will Clochard werden. Leben wie ein Zigeuner. Laß mich fort, halte mich nicht länger gefangen.«

So viel Verzweiflung. So viel Aufrichtigkeit. Ich bin spontan bereit, meine Beute freizugeben.

»Warum hast du so viel Angst, ich könnte dich nicht gehen lassen?« Leichten Schrittes gehe ich wieder einmal zum Wandschrank, hole seine Sachen heraus und packe sie in einen Karton. Heiterkeit erfüllt mich, auch wenn sie mir nicht ganz geheuer ist. »Die Krawatte? Nein, die trägst du sowieso nicht. Die schmutzigen Hemden lege ich auch dazu.«

Er läßt mich den Karton ins Auto tragen. Als ich wieder eintrete, sitz er immer noch mit hängendem Kopf da. »Ich brauche Geld für Benzin. Nur hundert Francs, das genügt.«

Ich hole alles Geld aus dem täglichen Versteck. Es sind etwas mehr als fünfhundert Francs.

»Nein, so viel Geld will ich nicht. Hundert Francs, dann sehe ich weiter. Ich schlage mich schon durch.«

»Ich auch. Nimm alles. Damit sind diese Geldgeschichten ein für allemal zwischen uns zu Ende.«

Er schüttelt den Kopf. Hat er erwartet, daß ich vor ihm niederkniee, den Kopf auf seine Schenkel lege und bitte: »Geh nicht fort! Bleib! Ich sterbe sonst!«? Vielleicht hat er es gehofft. Warum bin ich so kalt? Warum gebe ich ihm nicht das Mit-Leiden, das er verlangt?

Statt dessen, noch gebeugt unter einem Gewicht jahrelang getragener Furcht, wage ich mir kaum zuzugeben: Die wahre Angst ist, daß er *bleiben*, nicht, daß er gehen könnte. Zwar erscheint mir eine mögliche

Freiheit noch wie eine Leere, in die ich gestoßen werde, ein Loch, in das ich springen muß, eine Dunkelheit vor der Dämmerung, in der man den Tag noch nicht erkennt. Man befreit sich nicht in einigen Tagen von einer Angst, die Jahre alt ist.

Noch bin ich darum nicht sicher, ob seine Abfahrt nicht meinen eigenen Tod bedeutet. Vielleicht begehe ich Selbstmord, während ich das Geld wieder einstecke, um ihm keinen Vorwand zu geben, dazubleiben?

Er sieht mir zu, wie ich den Karton aus der Tür trage, und nimmt die hundert Francs, die ich ihm hinhalte. Daß ich eine törichte und oberflächliche Frau bin, beweise ich ihm noch einmal zu guter Letzt, indem ich bemerke: »Das reicht, um nach Marseille zu fahren. Denn in Marseille ist sie doch, nicht wahr?«

Er hat dieses Niveau unseres Streites überwunden und geht nicht darauf ein. »Barbara, was sollte ich wohl in Marseille?«

Ich öffne ihm die Tür, die er auch selbst öffnen könnte. Immer noch dieser Ehrgeiz, mir wenigstens sagen zu können: »Ich bin es, die ihn hinausgeworfen hat. Nicht umgekehrt.«

Kaum ist er fort – in Wahrheit hat ihn niemand geworfen, noch hat er sich lange bitten lassen –, verläßt mich aller Elan. Habe ich mir eben noch ein Gefühl der Befreiung flüchtig eingestanden, so interessiert mich jetzt keinerlei Freiheit mehr, wir auch immer sie geraten sei.

Fegen wir ein für allemal mit dem Besen rechts und links um mich herum alles weg. Es hat keinen Zweck mehr, nirgendwo.

Den Brief an jenen fremden Mann geschrieben, der

sich Yves nennt, das Photo dazugelegt, Umschlag zugeklebt, Briefmarke drauf, hinunter zum Briefkasten, Leerung noch vor Mitternacht, erledigt, das auch.

Zurück bleibt oben in der Seildrehergasse, die Hände im Schoß, Barbara, Bärbel, die kleine Bärbel, das Weibchen, verlassen von ihrem Männchen, das heult: »Ich kann nicht ohne IHN leben!«

Das mag noch so lächerlich sein, das hört man alle Tage. Warum gehe ich nicht ins Bett, satt und zufrieden wie ein Tier, das gut verdaut hat, und sage mir: ›Endlich bist du den los! Das wolltest du doch schon lange, oder? Atme durch! Du lebst! Strecke dich im Bett aus, breite Arme und Beine aus, du hast Platz! Nach langem, traumlosen Schlaf genieße den stillen Morgen, wenn die Ameisen draußen auf der Straße zur Arbeit rattern; röste dir Brot, trink den Kaffee dampfend, ein Stück Kandiszucker darin, sage dir schlürfend, daß die Liebe dumm macht. Niemand dreht sich hustend und drohend daneben im Bett herum, so daß du dein Schlürfen dämpfen mußt. Mit gutem Gewissen wirst du dein Frühstück essen, dein Haar bürsten, deine Augenbrauen nachziehen. Denke nur: mit gutem Gewissen! Freue dich, o Menschenkind!‹

Statt dessen laufe ich wieder einmal zum Telefon hinunter.

Ein Asthmatiker meldet sich. Hört sich meine Geschichte an, die ich selbst, neben mir stehend, mit anhöre und weinerlich und dümmlich finde. Das aber darf er weder aussprechen noch denken. Er zieht mühselig seinen Atem aus und ein, will sanft und verständnisvoll sein. Vor allem geduldig. Zehn Minuten lang, denn auf zehn Minuten ist die Sprechzeit der einsamen

Seele begrenzt, andere einsame Seelen harren schon und könnten, hören sie zu lange das Besetztzeichen, zu letzten, schrecklichen, blutigen und nicht wiedergutzumachenden Entscheidungen greifen.

Meine Sprechzeit verplempere ich, indem ich mich in Einzelheiten verirre. Als ich zum Ende gelange, fordert er mich nicht auf, weiterzusprechen, wie ich hoffe. Als ich sage: »Na dann – gute Nacht!« keucht er: »Gute Nacht, Madame!« und hängt auf. Was soll das alles? Warum leihen diese Leute freiwillig Tag und Nacht denselben Geschichten (ich vermute es) von ungetreuen Partnern, Einsamkeit, unbezahlten Raten und bösem Wortwechsel ihr Ohr? Um dann zu wünschen: »Gute Nachte, Madame, Mademoiselle, Monsieur!«? Sie sind die Voyeurs des Unglücks. Vielleicht waren sie als Kinder besonders schadenfroh und grausam und haben Schnecken mit dem Fuß zertreten. Die Gewißheit haben, daß andere noch viel tiefer im Dreck sitzen als man selbst. Oben sitzen und segnen.

Sicher tue ich ihnen Unrecht. Warum kann ich mir nicht vorstellen, daß es gute Menschen gibt? Möglich, daß sie das Verlangen haben, auszurufen: »Warte ein paar Minütchen, ich bin gleich bei dir, nehme dich in die Arme, nenne dich mein armes, verlorenes Kind, willst du, daß ich dir einen Kaffe koche?« Nur aus beruflicher Disziplin tun sie das nicht, sondern hängen auf und seufzen: Der Nächste bitte! Die Kundschaft der einsamen Herzen geht nie aus, wie die der Sarggeschäfte.

Soll ich ihn noch einmal anrufen und ihn auf die Probe stellen? Ihn, der müde ist und asthmatisch, aus seiner falschen Geduld reißen, ihn beschimpfen, damit er menschlich wird, so oder so?

Nein, Schluß mit dem Unsinn. Klopfet an, so wird euch aufgetan, bittet, so wird euch gegeben, aber ich habe keine Lust mehr, vor Türen zu stehen und die Hand aufzuhalten. Ich bin nicht mehr jung und hübsch genug dazu, es steht mir nicht.

Bleiben mir die vier Wände meiner flüchtigen Heimat. Bleiben die unsichtbaren Wände, die man mit Fingern und Handtellern abtastet, um nach einem Ausgang zu suchen, einer Geheimtür, die aufschnappen könnte. Wobei die Wände sich mehr und mehr verengen, die Decke niedriger und niedriger wird, so daß man sich ducken muß. Dann wird auch die Luft rarer, und so sehr die Finger auch suchen, sie fühlen nur Wand, Decke, Wand, Wände zu allen Seiten, Wände ringsum. Der Atem wird schwer, die Hand ballt sich zur Faust, hämmert: ›Laßt mich raus! Helft!‹

Wer denn wohl?

Noch einmal um das Haus unter der Bahnböschung herumirren, als wäre hinter seinen Fensterläden das einzige Leben, das auf dieser Welt übriggeblieben ist? Fällt mir wirklich nichts anderes ein?

Ich nehme Menelas an die Leine. Wir laufen davon, einer zieht den anderen. Sogar das lebendige Geräusch des Regens fehlt in dieser Nacht, in der niemand mehr lebt und liebt. Die Menschen haben vergessen, was das Wichtigste ist: Liebe machen. Niemand umschlingt sich. Geschlechtslose Larven schlafen hinter den Fensterläden.

Das Hexenhaus liegt tot da zwischen Alteisen, Gerümpel, Gestrüpp, von einer Laterne angestrahlt, die sich zu graulen scheint. Es ist von seinen Bewohnern verlassen. Nichts bleibt von dem Spuk übrig als die Hülse: ein nur scheinbar gleichgültiges Haus wie alle anderen. Welchen Spruch haben sie über mich geworfen, bevor sie sich ein für allemal unsichtbar machten?

Doch ich bin zufrieden, das Haus noch einmal gesehen zu haben. Ich nenne mich zwar noch einmal verflucht, verwünscht, erledigt, aber schon regt sich ein bißchen Mißtrauen: Irrst du dich nicht? Was du fürchtest, macht dich in Wahrheit vielleicht frei. Geh auch fort, wie der kluge Serge, als er gemerkt hat, daß sich die Wände verengen. Fahr weit, ohne zu fliehen. Sitze im Café. Schlafe bei Sterna, der Zigeunerin, neben ihrer Boa, mit der sie durch die Kabaretts zwischen der Bastille und Abesse tanzt. Im Schneidersitz wird sie neben dir hocken, ihre Ohrreife werden schaukeln, wenn sie in Gelächter ausbricht, ihr knallendes, unverschämtes Gelächter. Habe keine Angst mehr, in ihr Gelächter einzufallen. Jung, alt, Mann, Frau, nichts zählt mehr. Niemanden mehr lieben, alle lieben. Über alles lachen. Es wird ein Lachen sein, das euch beerdigt, euch, die Wächter aller Gefängnisse der Erde.

Habe ich schon wieder vergessen, daß man Angst, die Jahre alt ist, die vielleicht schon mit dem ersten Schrei begann, nicht in einer Nacht abschüttelt, schon gar nicht in einer solchen, in der ich der einzige lebende Mensch in einer Mondwüste zu sein scheine? Daß Serge, sollte er auch körperlich verschwunden sein, weiterhin neben mir steht, kopfschüttelnd, ironisch lächelnd, drohend hustend? Und daß er, nachdem er jahrelang Akte über meine Unzulänglichkeit geführt, den Urteilsspruch gefällt hat: »In deinem Alter hat man keine Rechte mehr.«?

Zurückgekehrt in die Seildrehergasse setze ich mich auf den Bettrand. Sterben? Unmöglich. Er würde vor meiner Leiche stehen und sie ansprechen: »Barbara, das ist deine letzte Erpressung. Du wirst es mir büßen, indem ich dich über deinen Tod hinaus verachte und vergesse.« Könnte ich auch das noch, nach einer so langen Lehrzeit, auf mich nehmen, so hindert mich doch vor allem, daß meine Todeswünsche sich nie gegen mich selbst richten. Ich denke nicht daran, mich zu töten. Im Schlamm vergraben warte ich geduldig, meinen Hunger erneut zu stillen. Einen Schmetterling vorbeiflattern zu sehen, den ich noch nie gesehen habe. Eine Sonnenwärme auf meinem Rücken zu spüren, durch die Häute hindurch. Eine Welle klaren Wassers herbeiströmen zu fühlen, die über meine Augen schwappt und sie kühlt.

Also werde ich nur ein paar Tabletten schlucken wie Hinz und Kunz, die sich heutzutage nicht mehr von großen Schmerzen belästigen lassen. Wir sind die letzten Menschen, wir vermeiden die großen Schmerzen und die großen Freuden.

Schon falle ich sanft in meinen kleinen Ersatztod, als ich höre, wie die Tür sich öffnet. Das passiert weit weg, wie in einer anderen Welt, die mich nichts angeht, und belustigt mich fast. Es könnte Serge sein, oder Yves, mein Räuber, der aus dem Gefängnis geflohen ist. Nichts überrascht mich in diesem Zustand.

Eine Hand umfaßt meine Schulter und rüttelt daran. Ich lasse mich rütteln wie eine Puppe, kann nicht die Augen öffnen und bin doch eine unbeteiligte, leicht amüsierte Beobachterin. Die Hand läßt mich los, und Schritte gehen auf und ab. Dann eine Stimme (sie gehört Serge), die in meinen Ohren dröhnt: »So was nennt man Liebe! Nimmt Schlaftabletten!« (Diabolisches Gelächter, mit Echo). »Liebe nennt sich das!«

Was geht mich das an? Wer gebraucht da so obszöne Worte? Die Schritte gehen weiter auf und ab, vielleicht Minuten, vielleicht Stunden. Dann umfaßt wieder die Hand meine Schulter und schüttelt sie. Stimme an meinem Ohr: »Barbara, hörst du mich? Es geht mir sehr schlecht!«

Es geht schlecht. Wem geht es schlecht?

Es gelingt mir, die Lider einen Spalt zu öffnen. Morgengrauen dringt durch die Fensterläden. Ich muß geschlafen haben. Auch diese Nacht ist zu Ende gegangen. Sie entfernt sich schon. Serges Hände zerren an mir. »Hör mich doch, Barbara! Es geht mir schlecht! Ich kann nicht mehr!«

Gottlob, er wird wieder er selbst. Er ängstigt sich um sich. Er legt sich neben mich und preßt sich mit seinem ganzen Körper an mich. Seine Arme umfassen mich und drücken mich, daß mir fast der Atem ausgeht. Es stört mich, das zu schreiben, und auch das, was er sagt: »Barbara, Schluß mit dem Alptraum! Nichts von alledem hat Bedeutung!«

Ich habe immer tönenden Worten mißtraut. Sie erwecken in mir Lachreiz. Als ich sieben oder acht Jahre alt war, wurde ich einmal, o furchtbare Schande, aus einer Kirche gewiesen, weil ich während der Predigt des Pfarrers an meinem eigenen krampfhaft unterdrückten Lachen fast erstickte. Ähnlich erging es mir später in der Botschaft in Paris bei einer Dichterlesung, wobei es wirklich nichts zu lachen gab und alle ringsum sich auf vergoldeten Napoléon-Stühlen steifsaßen.

Auch diesmal gibt es nichts zu lachen, das wäre Lästerung. Serge ist heiß und zittert. Ich höre seine Zähne aufeinanderklicken. Schweißgeruch dringt in meine Nasenlöcher, den ich kenne. Serge meldet sich krank.

Ach ja, das kennen wir! Er wird sich, wie schon einige Male, mit dem Gesicht zur Wand legen, der Welt und ihren Problemen abgewandt. Barbara wird aufstehen und ihn pflegen. Sie wird seinen Puls fühlen, der zu langsam geht oder jagt, auf jeden Fall zu Beunruhigung Anlaß gibt. Sie wird auf sein Geheiß ihr Ohr an sein Herz legen und ihm mitteilen, ob es gleichmäßig, schwach oder stark schlägt oder Sprünge macht. Wird seine Fieberkurve mit ihm diskutieren. Sie wird ihm die Stirn kühlen und die Füße waschen. Sie wird im Gesundheitslexikon suchen, finden und ihm vorlesen. Ihn stützen, wenn er bleich und schwach die ersten Schritte tut, bereit, beim ersten unzarten Wort oder einer Vernachlässigung der Pflege in das schützende Nest des Bettes zurückzuflüchten. Sie wird vor allem die Feindseligkeit in der Stimme des Patienten messen, nicht wagen, ihm den Rücken zu drehen und ahnen, daß er Lust hat, sie zu erwürgen, wenn sie sich über ihn beugt mit dem Medizinlöffelchen. Denn sie, Barbara, ist schuld an seiner Krankheit. Darum würde sie auch niemals aufmunternde Krankenschwester-Sprüche aufsagen wie: »Na, heute siehst du schon weniger blaß aus!« oder: »Ich glaube, wir sind über den Berg.« Er will gar nicht über den Berg sein. Mein einziges Recht wird sein, mich zu ängstigen und, wenn möglich, sogar seinetwegen in Panik zu geraten und so auszudrücken, daß ich das Schlimmste befürchte.

Vorwärts also, Barbara, worauf wartest du? Er spielt seine letzte Waffe gegen dich aus.

Ich reiße die Augen auf und betrachte sein Gesicht an meinem. Es ist verschwollen und tränennaß. »Barbara, hilf mir noch einmal.«

Nein, ich habe keine Lust mehr. In die Falle gehe ich nicht mehr.

Er richtet sich auf und sieht mich verzweifelt an. Ich schließe schnell wieder die Augen. Mich geschlagen geben? Oder sagen: »Fauler Trick!« Kann ich diesem hoffnungslosen Kindergesicht vor mir widerstehen oder auch nur mißtrauen? Hilfe dem verweigern, den ich selbst verletzt habe?

Er kriecht aus dem Bett und fällt davor auf die Knie. Er faltet die Hände am Bettrand und wird mit jeder Bewegung kindlicher. Ein Knabe aus der Epoche der Samtanzüge und Spitzenkragen, der sein Abendgebet aufsagen will.

»Barbara! Ich liebe nur dich. Ich habe immer nur dich geliebt, ich liebe dich, ich werde dich immer lieben. Ich sage es dir zum ersten Mal, aber es ist wahr.«

Wie schade, daß er, der Bühnenkünstler, in dieser Szene zu sehr chargiert. Das ist Theater à la Sarah Bernard, in keiner modernen Inszenierung mehr möglich, kaum noch in einer Operette. Daß er sich derart in den Nuancen irrt, beweist mir seine Ernsthaftigkeit. Er spielt nicht, oder glaubt zumindest, nicht zu spielen.

Er glaubt vielmehr in diesem Augenblick, mich, Barbara, zu lieben, was auch immer das sein mag.

Welche Frau liebt den besiegten Mann, es sei denn, um ihren Fuß auf seinen Nacken zu stellen. Die Safari ist zu Ende. Ein Photo mit dem toten Löwen, der nicht mehr brüllt.

Doch ich mißtraue meinem so plötzlich ausbrechenden Siege. Auch wenn ich mir sagen könnte: ›Nimm ihn an, du hast lange genug darauf gewartet und nicht mehr viel Zeit, ihn auszukosten.‹ Ich mißtraue ihm, denn was er Liebe nennt, dieser Mund in dem tränenverquollenen Gesicht, ist wahrscheinlich nur das Flehen des Gefangenen zu seinem Besieger, ihn nicht zu töten, sondern ihn leben zu lassen und seine Wunden zu pflegen. Nicht die Geliebte bin ich, sondern die Wächterin. »Rette mich! Hilf mir noch einmal! Ich bin krank! Hol einen Arzt!«

Leise antworte ich: »Ich will keinen Gefangenen. Du wirst mir das nicht verzeihen.«

Aber er leugnet, das Gesicht verzerrt: »Ich bin nicht dein Gefangener, Barbara. Ich will aus freien Stücken bei dir bleiben. Glaube mir. Es ist die Wahrheit.«

Wahrheit, Freiheit, Liebe. Ich bin es satt, diese Worte zu hören und zu denken, denn ich verstehe sie immer weniger. Am besten, man gebraucht sie nicht mehr.

»Ich hole den Doktor«, sage ich wiederum leise. Ich lege kurz die Hand auf Serges Haar, und er zuckt nicht zurück wie sonst. »Leg dich nur hin. Beruhige dich.«

Ich merke, daß er entäuscht ist. Er hat mehr erwartet. Schon wird er wieder Serge und findet, daß er mir ein kostbares Geschenk angeboten hat, freiwillig und unverdient. Wo ist mein Dank? Müßte ich ihm nicht die Hände küssen und mich ihm auf ewig und endlich ganz und gar ergeben? Warum bleibt Barbara so lau?

Unten ist die Tür einen Spalt geöffnet. Ein geknickter Sonnenstrahl fällt ins Entrée. Ich höre die Vögel zwitschern, grell vor Lebenslust.

Im Kasten schneit es Briefe.

Ich erfahre aus dem Leben hinter der Großen Mauer. Es sind immer Kleinigkeiten: von einem Käfer, der sich verirrt hat und an den Fensterstäben hochklettert; von zwei Ziegen, die man, stellt man sich verbotenerweise auf den Tisch und blickt durchs Fenster, drüben, in der Welt der Freien, am Ufer weiden sehen konnte und die jetzt, weil die Bäume Blätter tragen, nicht mehr zu sehen seien. Viel ist auch von Schlüsselbunden die Rede, die aufschließen, zuschließen, rasseln. Und dann wird der Ton von einem Satz zum anderen zutraulich, angstvoll, menschlich, obwohl die Schrift immer weiter dahinfließt, als wäre gar nichts:

»Ich hätte solche Lust, dir zu sagen ›Ich liebe dich‹. Aber da ist immer der Verdacht, daß Mitleid dich zu deiner Antwort treiben könnte. Daß du mir antworten könntest: ›Ich liebe dich auch!‹, und das wäre nur, um mich glücklich zu machen, weil du wohl ahnst, daß ich hier jeden Tag darum kämpfen muß, ein Mensch zu bleiben. Das wäre eine schöne Geste, aber genau das, was ich am meisten fürchte.«

Und die ungerührte Schrift spricht weiter:

»In ein paar Monaten werde ich frei sein. Wenn ich durchs Tor treten werde, werde ich als Gepäck meinen Haß und den Wunsch nach Rache mit mir tragen. Nichts und niemand wird mich erwarten. Manchmal träume ich, du ständest vor dem Tor. Dann lasse ich dieses Gepäck fallen, trete auf dich zu und berühre endlich dein schönes Gesicht.«

Mein schönes Gesicht? Warum eigentlich nicht? Was hindert mich, diese Illusion noch ein paar Monate dauern zu lassen? Wenn sie beiden doch guttut? Oder? Wäre es vielleicht Zeit, sich wieder einmal zu häuten, Barbara? Wie jede kleinste Viper, jede Blindschleiche, die am Feldrand unter der Augustsonne ihre alte Haut zurückläßt, gewundenes Schuppenband vom Kopf bis zur Schwanzspitze, grau, stumpf, tot, während sie selbst sich davonringelt, wieder glänzend, wieder neu, wieder lebendig im Gebüsch verschwindet?

Diese Fältchen in den Augenwinkeln glätten. Die verdächtig werdende Haut des Halses mit mehr Aufmerksamkeit betrachten.

Das verfluchte Haar nicht weiß an den Schläfen nachwachsen lassen. Die glänzende Nase pudern. Den Bauch einziehen. Meinen eingerissenen Unterrock und die Filzpantoffeln in den Mülleimer werfen. Ah, wie gut wird das tun! Es fehlte nur der Anlaß. Ich hatte den Spaß an mir selbst verloren.

Was hindert mich daran, wieder einmal eine schöne und exzentrische Barbara zu werden? Wieder einmal aus meiner eigenen Asche mich zu erheben? Mich erneut selbst zu lieben und so extravagant zu werden, wie ich es bin und mir so lange nicht mehr erlaubt habe?!

Vor dem Spiegel werde ich beobachten, wie sich mein Gesicht von Minute zu Minute verjüngt. Eine Kruste von Creme und Puder wird dieses Wunder nicht vollbringen, es kommt von innen. Mein Gang wird aufrecht werden, mein Hals sich wieder strecken. Mein trüber Blick lebhaft. Ich bin jung, wenn es mir Spaß macht. Oder zeitlos. Wie viele Jahre habe ich nicht mehr wohlwollend meinen eigenen Körper betrachtet? Habe ich vermieden, mit der Hand liebevoll über meine Schenkel zu streicheln? Mich mit Orangenblütenwasser einzureiben, der Lust willen, wie römische Kaiserinnen in Eselsmilch badeten?

Meine Hände waren dabei zu vertrocknen, und der gelbe Kranz um meine Pupillen hatte aufgehört zu leuchten. Ich hatte mir verboten, daran zu denken, was für ein einmaliger Augenblick es ist, wenn ein Mann in mich eindringt, tief, tief, aus Liebe zu meinem Körper. Wie herrlich ist all das, was ich vergessen hatte!

An diesem Morgen verliebe ich mich nicht in Yves. Ich verliebe mich erneut in mich selbst.

Ich trete hinaus in die grell besonnte Straße, wo ich auf dem Weg zum Theater die Schnipsel von Yves Briefen hinter mir im Rinnstein verstreue. Im Theater verlange ich den Direktor zu sprechen. Er läßt sich anfangs verleugnen, und das Auftauchen der Frau seines zweiten Baritons läßt ihn neues Unheil für »Carmen« wittern, dem er gern nach Vogel-Strauß-Art entgehen würde. Dann siegt seine Neugier. Ich teile ihm triumphierend mit, daß Serge krank sei. Er protestiert: So etwas gäbe es nicht. Ich winke ab. Die Proben? Die Vorstellung? Die Rolle des Morales? Sicher stehen sechsunddreißig Baritons Schlange, um sie zu übernehmen, alle davon überzeugt, sie besser zu singen.

Auf dem Rückweg gehe ich bei einem Arzt vorbei und bitte ihn, vorbeizukommen. Dabei fällt mir etwas Neues auf: Ich bin dabei, die Verstellung zu lernen.

Es gibt Fluchttiere, angreifende Tier; solche, die verschlingen und solche, die verschlungen werden. Und es gibt jene, die durch List überleben; Ast auf Ast, Blatt neben Blatt. Stein, Holzstück, unbeweglich, Farbe und Form des Steines, des Astes, der Blüte, durchsichtig wie das Wasser, schwarz wie der Schlamm. War ich ein Fluchttier manchmal, ein angreifendes Tier oft, das, wie alle ängstlichen Tiere, zusprang, zuschlug, oder das in der Höhle kauerte und unbeweglich die Gefahr vorbeischleichen ließ, so bin ich jetzt ein neues Tier geworden. Es wechselt die Farbe und fühlt sich wohl in der wechselnden Haut.

Als Kind schon galt ich dennoch als große Lügnerin. Meine Eltern fachten die Legende an: »Das Kind lügt. Die Englischlehrerin Jursch hat es auch gesagt. Wie traurig.« Ich log aus Furcht. Aus Angst, weh zu tun. Aber ich log sehr ungern und unter Qualen. Viel lieber hätte ich immer die Wahrheit gesagt. Man gestattete es mir selten und verzieh es mir noch seltener. Auch Serge wiederholte mir gern, unter all den Untugenden, die er aufzählte: »Du bist eine Lügnerin.« Aber das habe ich nie geglaubt.

Die neue Rolle der Heuchlerin habe ich nie gelernt. Oder sollte ich jahrelang in die Lehre gegangen sein, ohne es zu wissen? Erfahre ich plötzlich zu meiner Überraschung, wozu die Lehre diente?

Ich beuge mich über Serges Bett und lächle. Es fällt mir nicht schwer. Vielleicht war ich zum Heucheln und Lügen geboren? Ich genieße ganz allein für mich meine geheime Macht. Ich genieße den flehenden Blick von Serge, der um Pflege und Verständnis bittet, lächle innerlich, während ich die Hand auf seine Stirn lege (»Nein, du hast kein Fieber, aber vielleicht sollten wir doch vorsichtshalber die Temperatur messen? Ja, der Arzt hat versprochen, gegen fünf vorbeizukommen.«) und sanfte Worte spreche, nicht zu sanft indessen, eher krankenschwestersanft: »Ein paar Kalziumtabletten werden sicher guttun.« Und ich denke, daß ich endlich wieder dabei bin, mich zu verlieben, und daß er das nicht weiß und daß ihm das recht geschieht.

In den fünfzehn Jahren, die ich mit Serge verlebt habe, gab es Zeugen, die sprachen: »Barbara, du bist eine Heilige.« Diejenigen, die mich als Heilige bezeichneten, aber nicht bewunderten (ein wenig nachsichtig, wie man sagt: Das ist eine Einarmige, sie hat eine Hasenscharte, sie ist auf dem linken Auge blind, da ist nun mal nichts zu machen, da kann man nicht helfen), waren sogar in der Überzahl denen gegenüber, die sich als Serges Partisanen verrieten; Chauvinisten aus dem Familienclan in erster Linie, die zischelten: »Die Barbarin! Von jenseits des Rheines kann nichts Gutes kommen! Geschieden! Zu alt! Man weiß gar nichts von ihr!« und andere Banalitäten und Plattitüden. Serges Armee war nicht groß, besaß nur grobe und primitive Waffen, war in sich selbst zerstritten und so wenig repräsentabel, daß er selbst sie entmutigen mußte. Wenn man auch meinen könnte, jemanden als Heilige zu bezeichnen, sei ebenfalls platt und banal, so hatte im allgemeinen mein Heer doch mehr Klasse, keine persönlichen Interessen, sprach aus ihm keine sogenannte Stimme des Blutes und rekrutierte sich sogar oft aus den Reihen von Serges eigenen Bekanntschaften. Ich nenne sie nicht Freunde, denn er hat eigentlich keine, außer Alexandre, nur wechselnde Hofnarren, die früher oder später aufmucken, fahnenflüchtig werden oder sich auf die eigenen Füße stellen. Wenn diese sagten: »Barbara, du bist eine Heilige!« oder so ähnlich, dann tat ich bescheiden und war geschmeichelt. Wer wäre das nicht gewesen.

Glauben können habe ich es ihnen nicht. Ich wußte, genausogut wie Serge, daß ich keine Heilige war. Ich meine nicht eine rosa und himmelblaue Bilderbuchheilige. Sondern das, was alle meinten: Barbara hat Geduld, übermäßig Geduld mit einem, der es nicht verdient. Versucht mit Sanftmut Übermenschliches, nämlich, aus einem brutalen Kerl einen liebenden Mann zu machen. Wo du hingehst, da will ich auch hingehen.

All das ist nicht wahr. Ich bin nur feige, darum falsch. Bei Serge bin ich in eine strenge Heuchellehre gegangen. Nur war mir das nicht klar gewesen. Wie man sich über sich selbst irren kann! Warum nicht frank und frei zugeben: Lügen macht Spaß.

Ich betrüge Serge. Es geht mir gut.

Ein einziger Brief heute im Kasten. Ach ja: die Antwort auf meinen Absagebrief. Lange scheint es mir her, daß ich ihn abgeschickt habe. Hat er begriffen, daß er nicht ernst zu nehmen war?

Nichts hat er begriffen. So weit kenne ich ihn schon. Er nimmt alles wörtlich, liest nicht zwischen den Zeilen, faßt alles als endgültig auf, ist empfindlich wie eine Mimose und besitzt keinen Humor, weder schwarzen noch gewöhnlichen.

Sein Brief ist lang und leidenschaftlich, ohne daß die Schrift deshalb aus dem Lot gerät. Wunder des Mutes oder der Verstellung, marschiert sie weiter vorwärts auf der Linie, respektiert auch die vertikalen Linien des Karos, beugt sich nach vorn, alle Fähnchen im Winde, läßt alle Schleifen flattern, hat nicht kapituliert und scheint sich nicht für das Lied zu interessieren, das sie singt:

Das Lied von Liebespein und Einsamkeit des Räuberhauptmanns Yves.

Ich, Barbara, habe das Feuer angefacht und durch ein Photo zur Feuersbrunst auflodern lassen. Und zugleich spiele ich Feuerwehrfrau und gieße Wasser in die Flammen.

Nichts bleibt übrig nach dieser Katastrophe.

Entsetzlich wird der Ton, ehe ich noch dazu komme, über den Stil zu lächeln.

»Du warst mein Kontakt mit dem Leben. Jetzt

werde ich dorthin zurückkehren, wo mein Platz ist, in die Finsternis. Nein, ich werde mich nicht an meinen zusammengebundenen Socken aufhängen. Nicht Gabeln oder Matratzenspringfedern verschlucken, mir nicht die Pulsadern aufschneiden, was vergleichsweise einfach erscheint, es aber nicht ist, weil man uns nichts in den Händen läßt, was als Waffe gegen andere und uns selbst dienen könnte. Ich werde weiterleben, ohne den Namen ›Barbara‹ an die Decke meiner Zelle zu rufen. Und eines Tages wird man mich vors Tor werfen. Ich werde in die Freiheit hinausgehen, wie man über eine verlassene und felsige Landschaft wandert. Am Abgrund angelangt, werde ich nur zurücktreten, um besser abspringen zu können.«

Was für eine Erpressung! Da liegt oben einer im Bett, nimmt die vom Arzt verschriebenen Kalziumtabletten ernst und erpreßt mich: Ich werde krank, wenn du mich nicht in Ruhe läßt! Achtung! Pflege mich gefälligst, wie schon so oft, und alles kommt ins Lot. Sonst garantiere ich für nichts. Und nun diese Erpressung auf kariertem Gefängnispapier, in unverändert gleichmäßig nach rechts geneigter, regelmäßiger Schrift, die nur auf den ersten Blick lesbar wirkt! Welchen Grund hätte ich wohl, ihr mehr zu glauben oder, zumindest, mich mehr von ihr rühren zu lassen?

Nur: Noch nie im Leben hat mir jemand solch einen Brief geschrieben. Kitsch oder nicht Kitsch. Ich wische den kurzen, aber heftigen Verdacht hinweg, will mich nicht warnen lassen, antworte mir knapp: Hast du wohl genug Phantasie, dir tausend Nächte in einer Zelle vorzustellen? und: Warum sind Leute im Gefängnis? Weil sie empfindsamer reagieren als andere. Streiche damit das Urteil ›Erpressung‹ und lasse es endlich zu, daß mir heiß wird, heiß und wunderbar über den ganzen Körper hinweg. Ich habe, den Blick immer noch starr auf Serge gerichtet, nicht genug darauf geachtet, daß zur gleichen Zeit, während ich noch Autos zählte, jemand versuchte, mit mir im Bett zu spielen. Sich auf alle erdenkliche Art mit meinem Körper beschäftigte. Das alles habe ich schon nächtelang versäumt, verachtet, vertan. Statt das Spiel mitzuspielen und mich all seinen unermeßlichen Freuden hinzugeben.

Einverstanden, mein Liebling. Auch ich bin wild nach dir. Wir brauchen nicht mehr länger um den heißen Brei herumzuschleichen. Stürzen wir uns darauf, auch wenn wir uns die Katzenzungen ein bißchen verbrennen.

Ich kritzele auf einen Zettel: »Schreibe mir nie mehr solche Briefe. Ich wollte dir nichts Böses antun, ich war nur dumm. Wenn du mir schreibst: Ich liebe dich! So will ich dir gern antworten: Ich liebe dich auch.«

Und so beginnt, während Serge oben in der Seildrehergasse Kalziumtabletten im Wasser auflöst, die Gebrauchsanweisung studiert, seine Zunge im Spiegel betrachtet, sanft und fast zufrieden ist, mein Honigmond mit Yves, dem Bankräuber.

»Barbara! Vor fünf Minuten habe ich deinen Brief erhalten. Mein Herz klopft wie rasend. Ich liebe dich. Ich liebe dich. Ich liebe dich. Ich denke an dich, dich, dich, in jedem Augenblick, alle Augenblicke, die es gibt, am Tag, in der Nacht, immerzu.«

Yves, das Instrument meiner Rache? Irrtum. Ich habe jenes Mädchen, das sich mit Künstlernamen Raissa nennt, spurlos aus dem Provinztheater und aus dem Haus unter der Bahnböschung verschwand, schon vergessen. Mitleid mit dem unwissenden Serge erfaßt mich, wenn er das Thema aus uralten Zeiten aufgreift: »Es ist die beste Lösung für uns, daß sie sich aus dem Staube gemacht hat, aber ein bißchen grausam für sie. So was spricht sich rum. Sie wird vielleicht Schwierigkeiten haben, ein Engagement zu bekommen. Das war die Sache nicht wert.«

Die Sache! Sie ist mir viel wert.

Doch manchmal droht die Gefahr, daß Serge wieder Oberhand gewinnt. Eben weil ich ihn bemitleiden muß, heimlich, den ewigen Gewinner, der verloren hat und es nicht weiß. Ich habe leider eine Schwäche für Verlierer. Er trödelt im Bett herum, ist pingelig, schont sich, betrachtet immer wieder mal seine Zunge im Spiegel, ist sie nicht belegt? Was meinst du, Barbara? Schon weniger als gestern, aber doch noch ein bißchen, oder, ja, aber sie sieht schon röter aus. Und meine Ringe unter den Augen? Immer noch ein bißchen, aber weniger blau. Er zündet sich eine Zigarette an und läßt wie immer die Asche achtlos fallen. Schon gewinnt er, in der ihm vertrauten Rolle des Depressiven-der-eine-Krise-hat, seine Sicherheit wieder, oder irre ich mich. Jedenfalls ahnt er nicht, daß er, während ich ihm seine Tropfen abzähle und einen Lindenblütentee aufgieße, im Begriff ist, verlassen zu werden.

Verrat! dampft es aus der Lindenblütentasse. Verrat! Zähle ich eins, zwei, drei, vier, fünf Tropfen in den Löffel. Das hast du davon. Es tut mir gut. Es tut mir leid. Nein, es tut mir nicht leid. Yves ein Werkzeug der Rache, wie man so schön sagt? Daß ich nicht lache. Wenn es nur das wäre, das wäre viel zuwenig. Ich erlebe einen Honigmond, während ich Serge das Thermometer herabklopfe. Yves beugt sich dabei über meine Schulter, seine Hand gleitet meinen Hals hinab. Heiße Wellen durchlaufen mich von oben nach unten, von unten nach oben. Himmel, wie habe ich das vermißt, Himmel, wie tut das gut. Ich möchte singen, aber Serge würde sich fragen, warum.

Und wem verdanke ich das alles? Dir, Serge. Dir, die sich mit Künstlernamen Raissa nennt und bei der Angelegenheit, darin bin ich mir mit Serge einig, zu kurz gekommen ist. Ihr habt mir meine Freiheit wiedergegeben. Ohne eure Ermunterung hätte ich nie gewagt, mit Yves zu schlafen.

Denn ich schlafe jetzt mit ihm. Weil dies ein irreführendes Wort ist: Ich mache Liebe mit ihm.

»Du willst wissen, Barbara, wie ich die Nacht verbracht habe? Du bist früh gekommen und bis zum Morgen geblieben. Wir haben kaum geschlafen, nur kurz, um uns zu erholen, und wieder anzufangen, noch einmal, noch einmal, ohne Ende. Ich kenne dich nun schon ganz und gar. Anfangs habe ich mir Zeit gelassen, dich zu streicheln und zu küssen. Zuerst dein Haar, deine Augen, lange deinen Mund, deine Brüste, deinen Leib und (schadet der Zensur gar nichts, das wird sie lehren, den Voyeur zu spielen) deine Schenkel und das weiche warme Dreieck dazwischen. Wie weich und warm du überall bist! Dann haben wir uns geliebt, geliebt, um fast daran zu sterben.«

Serge sitzt im Bett, liest und raucht. Er merkt nichts, obwohl alles riesengroß vor ihm geschrieben steht. Er hat überhaupt nie etwas gemerkt. Er schnaubt sich die Nase und steckt auch den Finger ins Nasenloch. Diese Nase, die ich so anhimmelte, eine griechische Nase und eine Faunsnase nannte, ist eine Nase wie jede andere.

Yves aber, so lobe ich, merkt alles, errät alles, antwortet auf Fragen, die ich nicht gestellt habe. In seiner Zelle hockt er, und wie ein Mönch sich aufs Gebet konzentriert, konzentriert er sich auf Barbara. Nichts zerstreut ihn dabei, alle seine Ströme lenkt er in eine Richtung, und über Entfernungen hinweg kann ich seinen Atem in meinem Gesicht spüren. Ich weiß, in welcher Minute er mich umarmt, in welcher er einschläft und mich endlich losläßt. Wenn er seinen Leib über meinen legt, denke ich: Er ist schwer! Ich erfahre, ohne daß er es sagt, wie er küßt: anders als Serge. Er öffnet mir den Mund mit seinen Lippen, die schmal sind, drängt seine Zunge zwischen meine Zähne, und seine Zähne klicken gegen die meinen. Ich erwache in der Nacht und sehe auf die Uhr. Es ist viertel vier.

»Meine geliebte Barbara, eigentlich wollte ich dich darum bitten, mich zu besuchen. Doch ich schlage dir etwas Besseres vor. Weil das Glück seit deinem ersten Brief wieder mit mir ist, habe ich heute eine gute Neuigkeit erhalten. Die fünf Tage Urlaub, die man mir hat verweigern wollen, sind mir schließlich doch zugebilligt worden. Willst du übermorgen nach Paris kommen? Falls dieser Brief dich rechtzeitig erreicht? Ich könnte ab fünf Uhr am Bahnhof Austerlitz sein.

Es wird mir nicht schwerfallen, dich zu erkennen. Ich selbst werde einen grauen Anzug und ein schwarzes Hemd tragen. Weil keine Zeit mehr bleibt, mir mit Ja oder Nein zu antworten, sende mir ein kleines Zeichen mit deinen Gedanken zu. Das klappt ja so gut zwischen uns, ich werde es also erhalten und wissen, was ich zu tun habe, mein Liebling.«

»Ich fahre morgen für vier Tage nach Paris«, sage ich

zu Serge, der zum ersten Male aufgestanden ist, im Pyjama am Tisch sitzt und Zeitung liest.

Dieser Satz, nicht wahr, hat nichts Besonderes an sich, er ist logisch, vollständig, sein Bau ist korrekt, und man könnte einige seiner Teile anders hervorheben, indem man etwa beginnen würde: »Morgen fahre ich ...« oder »Nach Paris fahre ich ...«, während das Verb, das handelnde, komme was wolle, auf seiner Position an zweiter Stelle sitzenbleibt, das ist festgemauert in der Erde und geht den Franzosen schlecht ein.

Dieser Satz enthält, um auf seinen Inhalt einzugehen, kein Wort, das einem unfeinen oder allzu familiären Wortschatz oder gar einem Rotwelsch entspränge. Er wirkt, für sich allein betrachtet, weder unverschämt noch provozierend.

Nun steht aber kein Satz auf der Welt, wie kein Gedanke, im leeren Raum. Ein Satz steht vor ihm. Einer wird ihm folgen. Sperre er sich auch noch so sehr nach beiden Seiten ab, hinten durch einen Punkt, vorn durch einen Großbuchstaben, der mitteilt: »Hier beginnt etwas Neues.«

So kommt denn alles auf den Zusammenhang an, in dem ein Satz gesprochen wird, und wenig auf den Satz selbst. Tausende von Gattinnen sagen sicher täglich zu ihren Gatten: »Ich fahre morgen nach Paris« (London, Atlanta, Dillenburg, Hildesheim, Turin). Je nachdem kann dieser Satz bedeuten: »Ich fahre morgen nach Paris«. Oder: »Ich habe genug von dir, Widerling, du siehst mich nicht wieder.« Oder: »Wenn du wüßtest, wo ich hinfahre.« Dieser Satz ist auf jeden Fall mit Sinn gefüllt, den nur die Eingeweihten entziffern können, wenn sie überhaupt wollen, und eventuell falsch. Aus fünf Worten springt eine Geschichte mit ihrer Vorgeschichte und ihrer möglichen Folge: Sie können eindeutig, zweideutig, vieldeutig sein.

In unserem Fall ist »Ich fahre morgen nach Paris« das Ungewöhnlichste, was ich in fünfzehn Jahren Serge gegenüber ausgesprochen habe. Es ist schon vorgekommen, daß ich ihn einen Lumpen, einen Schweinehund oder einen Zuhälter genannt habe, ohne damit die Welt aus den Angeln zu heben. Das war zu offensichtlich. Er fing solche Sätze eher wie Komplimente auf, die ein bißchen übertrieben waren. Fünfzehn Jahre habe ich die einzige Bezeichnung vermieden, die ihn hätte treffen können und die mir manchmal, in roter Wut, auf der Zunge lag: »Du bist ein Versager.« Weil er sich, im tiefsten Herzensgrund, nicht für einen Lumpen, Schweinehund und Zuhälter, wohl aber für einen Versager hält, auf der Bühne wie im Leben.

Auch diesmal spreche ich die einzig mögliche Beleidigung nicht aus. Auch nicht, was die Konsequenz dessen wäre: » ... und deshalb verlasse ich dich.« Ich habe keine Rache im Sinn. Ich beleidige deshalb nicht, speie nicht, höhne nicht, heule nicht. Ich sage nur einen ganz harmlosen Satz, der es in sich hat. Waffenlos verlasse ich das Schlachtfeld und gehe fort.

Er begreift nichts. Es überfordert ihn, mich zu verdächtigen, ich könnte tückisch und heimlich geworden sein. Ich stelle fest: Er ist instinktlos. Ihm fehlen die Antennen. Hier stehe ich, einen halben Meter von ihm entfernt, und er vermag nicht in mir zu lesen. Hätte er mich jemals aus ein paar hundert Kilometer Entfernung (und auf ein paar tausend käme es gar nicht an!) nachts um Viertel vier aufwecken können, um mir zuzuflüstern: ›Komm, Barbara, ich habe Lust! Hast du es gern so?‹?

Nichts. Er merkt nichts. Er hat eine Entschuldigung: Er ist nicht gefangen wie wir. Wir haben, dank unserer Einsamkeit und unserer Konzentration, gelernt, Zellenwände mit der Kraft unserer Gedanken zu durchbrechen. So blickt er nur von der Zeitung auf, fragt: »Was?« und läßt sich meinen Satz wiederholen. Die Falte zwischen seinen Augenbrauen zuckt und gräbt sich tiefer. Einen Herzschlag lang fürchte ich, er habe alles erraten. Ich irre mich. Denn dann öffnet er den Mund, zieht unzufrieden die Mundwinkel hinab, und ich errate, was ihm durch den Kopf geht: ›Bei dir stimmt's wohl nicht? Ich bin krank! Wer wird mich pflegen? Verschieb diese ganz neue und idiotische Laune gefälligst auf später.‹ Doch er schließt den Mund wieder. Nachdem er aus Gewohnheit zuerst an sein eigenes bedrohtes Heil gedacht hat, fällt ihm als nächstes ein (meinerseits ist es ein Kinderspiel, seine Gedanken zu lesen): ›Wie bitte? Was sagst du da? Nach Paris? Was willst du denn da?!‹ Aber er verschluckt auch diese Worte, wie man so schön sagt: Das soll heißen, sie bleiben irgendwo zwischen der Stirn und dem hinteren Teil des Kopfes stecken, der Befehl an die Sprechmuskulatur wird zurückgezogen; sie werden statt dessen in seinem gewaltigen privaten Computer zwischen anderem ungenützten Kram verstaut. Aber sie waren ihm schon bis an den Lippenrand geschlüpft. Er muß deshalb den Mund nicht nur rasch schließen, sondern leicht zusammenkneifen.

Ein dritter Gedanke zum selben Thema kommt ihm dann erst: ›Die will sich doch nicht etwa amüsieren in Paris?‹ Ich lese diesen Gedanken in seinen Wimpern, die zweimal kurz fächern.

Der Latin lover, der sich auf das Wichtigste in seinem Männerdasein besinnt, seine Würde, spricht schließlich aus: »Wenn es dir Spaß macht ... Wann fährst du?«

»Morgen mittag.«

Dann ist den ganzen Tag nicht mehr die Rede davon. Krankenbesucher kommen. Sie klopfen an, stecken den Kopf durch die Tür und lassen sich nicht lange bitten, einzutreten. Bringen sie doch den neuesten Theaterklatsch mit, den sie loswerden wollen. Alle geben sich betont diskret und rücksichtsvoll, die dikken und dünnen, schmallippigen, rosig geduschten Homos und die kleinen Tenöre und Baritöne. Da liegt einer, der nicht gerade liebeskrank ist, wo kämen wir da hin, das überlassen wir den kleinen Choristinnen und Ballettratten, den aber immerhin ein amouröser Skandal aus den Proben gerissen hat, wie eine Welle einen Matrosen vom schon bedrohten Schiff spült – wird er sich festklammern? Man sieht allen an, wieviel Spaß ihnen das macht. Sie wollen es nicht sagen, was der Dirigent (der neue; ein Menschenschinder) gesagt hat, es ist zu gemein, aber sie sagen es dann doch, es ist zu gemein, um es dem Betroffenen *nicht* zu sagen. Sie senken die Stimme, wenn sie vermuten, was mit der Rolle des Morales geschehen wird, die, wie jeder weiß, eine Rolle für eine »junge Hoffnung« ist. Der kleine Bariton aus Avignon ist dabei so verlegen verstummt, daß es kaum nötig ist, seinen Abzug aus der Stube abzuwarten, um es zu erfahren. Sie lassen es sofort los: Natürlich ist der Hund einer der ersten gewesen, der zur Wohnung des Direktors hochgelaufen ist, dieser falsche Fuffz'ger, na ja, Avignon, die Provençalen sind alle falsche Äser, lachhaft, kann doch jeder, der im

Chor neben ihm steht, vernehmen, daß er jeden Ton zu tief ansetzt, sowieso geht seine Stimme nicht über die Rampe hinweg, kurz ... Andere unwürdige Kandidaten werden durchgehechelt, und ich beobachte dabei ein bewußtes Flackern in den zwischen Säckchen eingebetteten Augen Johns – wer weiß, ob er nicht, obwohl Baß und äußerlich nicht an einen jugendlichen spanischen Brigadier, sondern eher an ein Fischweib aus der Rue Lepic erinnernd, auch bereits einen heimlichen Gang zum Direktor hinter sich hat. Erfolglos. Sie diskutieren also schon ein wenig über Serges Bühnenleiche hinweg. Serge hört es sich an, raucht, blickt versonnen und denkt. Ich lese seine Gedanken wieder einmal: ›Wartet mal ab, ihr kleinen Geister, ich bin noch nicht tot. Noch nicht ganz und gar mausetot, nur um euch einen Gefallen zu tun!‹

Die Stimmen der Besucher werden natürlicher, wenn die Rede auf die Ursachen der Affäre kommt, nachdem sie getestet haben, wieweit ich informiert bin und wie ich reagiere. Keine Bange! Ich reagiere wie eine mittelmäßig interessierte Besucherin. Sie können sich also gehen lassen. Klatsch ist ihr Leben. Ich habe den Eindruck, sie unterscheiden nicht mehr recht, wo der Vorhang aufgeht, vor oder hinter den Kulissen und wo das wahre Theater stattfindet. Mit einer Handbewegung haben sie Serges Depression, Überarbeitung, Kalziummangel weggewischt, du kleiner Schelm, Kalziummangel nennt man das, und sie nennen es selbst beim Namen, wir sind ehrlich zueinander, gehören wir doch alle zur großen Familie der Bühnenkünstler: Serge habe sich wie ein Trottel benommen. Wenn jede Affäre solch einen Wind machen würde, nun, dann würde Tag und Nacht ein Orkan durchs Theater fegen!

»Ich habe zwei Jahre lang meine Frau betrogen, ohne daß sie das geringste merkte«, rühmt sich der kleine Bariton aus Avignon. (Die Ahnung, man nutze seine Abwesenheit, um über seine Stimme herzufallen, hat ihn zurückgetrieben). Ich frage ihn höflich, wie er sie, die Heimliche, denn wieder losgeworden sei. Denn bei allen Theateramouren scheint der Schwerpunkt nicht darauf zu liegen, wie man einander kriegt, sondern wie man einander wieder loswird. Er erzählt es mir. Der Klatsch ums Krankenbett mündet jedoch darin, daß jeder auf seine Weise über die herfällt, die unter dem Künstlernamen Raissa bekannt ist, im Zivilleben aber Marie-Claude heißt, soso, das wußte ich noch nicht. Sie wird geschlachtet, zerhackt, zerstückelt, ihre blutigen Teile werden auf den Müllhaufen geworfen; ihre Eingeweide herausgerissen, auf keinem Opferaltar werden ihre Organe verbrannt, keinem Gott geweiht, sondern zertrampelt, bespuckt, der öffentlichen Müllabfuhr und allen Winden preisgegeben. Sie ist besiegt, man ist sie los, schwierig genug war's, sie hat, was sie gewollt hat, sie war eine Verrückte, was hat sie wohl erwartet. Man spricht in der Vergangenheitsform von ihr. Einmal mehr stellte ich fest, daß in der obszönen Atmosphäre der Theaterkulissen sich ein kleinbürgerlicher Geist versteckt, der verlangt, daß nach Orgien aller Art die Dinge wieder ins Lot kommen, der Ehemann zum Beispiel bei seiner Angetrauten bleibt, die allein Respekt verdient, wie das Gesetz es vorschreibt. Kleine Schmutzhäufchen macht man, wischt sich ab, ist sauber und setzt sich wieder an den Familientisch. Man hat verdaut, der Darm ist leer, das ist die Natur. Nun stinkt's noch ein bißchen, auch das will die Natur. Raissa ist nichts als ein Häufchen Scheiße.

Serge hört zu, gemessen und würdig wie immer, raucht seine Zigarette, streut Asche um sich und beherrscht diesen Haufen häßlicher, mittelmäßiger Geister, indem er sich in ihr Palaver nicht einmischt. Es wäre mir ein paar Augenblicke lieber gewesen, er würde Raissa verteidigen. Mein Triumph ist leicht widerlich und gefällt mir nicht. Er ist das Happy End der Operette, für das bürgerliche Publikum aus der Plüschzeit der man im letzten Akt sagt: »Aber Madame, Sie wußten doch – ein Ehemann kehrt *immer* zurück!« Erleichtertes Beifallklatschen der Damen im Parkett.

In der Nacht faßt Serge meine Hand und sagt in ruhigem Tone (Was für eine schöne Stimme er doch hat und was für ein Jammer es wäre, wenn er den Morales nicht singen würde): »Barbara, fahr doch nicht nach Paris.«

Da steht's noch einmal in der Schwebe, bin ich fast dabei zu kippen, schwanke ich noch einmal zwischen dem, was man, je nach Optik, Schwäche, Egoismus, Nachgiebigkeit oder Dickschädeligkeit, Gefühl und Vorsicht vor Gefühl nennen könnte. Und wenn ich mich jetzt zu ihm hinüberrolle, in seine Achselhöhle bette, wie er mir ja nun die Erlaubnis gegeben hat, und flüstere: »Natürlich fahre ich nicht.«? Dann ist es aus. Dann habe ich selbst die Tür von innen zugezogen. Hier ist es gut oder schlecht, wie es draußen sein wird, geht mich nichts an. Bleiben wir, wo wir sind. Was man hat, hat man. Die Taube auf dem Dach. Der Sperling in der Hand.

Ich höre mich antworten: »Ich möchte aber gern fahren.«

Etwas Neues beginnt hier, und ich schrecke noch

zurück, es aufzuschreiben. Wieder einmal wie der Vogel, dessen Käfigtür geöffnet ist und der, statt hinauszuschlüpfen und davonzulaufen, sich in eine Ecke des Käfigs flüchtet. Selbst meine Worte schrecken also zurück, ziehen sich zurück, weigern sich erst einmal, nachzuvollziehen. Was wird? Was ist das? Was willst du da draußen? Ist dein Leben nicht – und deinen Worten es darum so leicht, nachzubilden – die Seildrehergasse mit ihren vier Wänden, das Provinztheater, eine Hoteltapete, an der du die Blumen zählst, eine Terrasse, von der zu springen du niemals wagst? Davon ist leicht zu reden. Das ist deine Welt. Dahin bist du gesetzt, ein für allemal. Das ist gut eingerahmt. Da sind die Grenzen sicher. Da herrscht zwar keine Fröhlichkeit, aber auch keine Unsicherheit und keine Unendlichkeit. Endlich und sicher und begrenzt ist alles. Es könnte wirklich schlimmer sein.

Hier, wo die Worte zögern, nicht recht wollen, schaltet sich flugs auch das Gewissen ein, jener Wächter, der sich gern vor Tore stellt und den man beiseiteschieben muß. Er will aber nicht. Er sagt: Du hast kein besonderes Recht auf Freude. Ich frage ihn trotzig: Was ist mein Recht? Vielmehr: mein Nicht-Recht? Wer hat mein Nicht-Recht eingesetzt?

III

Der Zug fährt ab. Er fährt mit mir und den anderen Reisenden ringsum, die es bestätigen würden, nach Paris, über Chateauroux, Montrouge und Orléans. Er wird durch die flache Landschaft der Bausse sausen und zwischen den Pavillons der Pariser Vorstadt nicht zögern. Keine Phantasie ist seinerseits möglich, er fährt ja auf Gleisen, Ort der Abfahrt und Ankunft stehen fest, Zeit der Abfahrt und Ankunft ebenfalls, es sei denn, außerordentliche Kräfte – eine Entgleisung, ein Attentat, ein Schneesturm – stören vorübergehend die Ordnung dieser Dinge. Sie wird aber, wie Erfahrungen lehren, wieder in Ordnung und ins Gleis gebracht. Ich fahre also nach Paris, rein äußerlich; könnte aber mit derselben Berechtigung als Reiseziel angeben: ich fahre ins Blaue.

Als der Flakschütze Otto im letzten Kriegsjahr die Flaschenpost der kleinen Barbara aufgefischt hatte, hatte diese auch zuvor einige Wochen lang und zweihundert Kilometer weit eine Reise ins Blaue gemacht. Otto war munter, nannte mich »Liebe Flaschenpostfreundin«, und machte sich, trotz meiner kindlichen Schrift, Vorstellungen von mir, die romantisch und erotisch waren und nichts mit der Wirklichkeit zu tun hatten. Er träumte einen Flaksoldatentraum. Das las ich mit schlechtem Gewissen. Ich wäre ihm zuliebe gern jenes blonde zwanzigjährige Heideblümelein (... und das heißt: E-ri-ka, eins-zwei-drei ...) gewesen, das er sich, infolge der romantischen Anfänge unseres Briefwechsels, in den Kopf gesetzt hatte. So täuschte ich ihn einige Wochen lang, antwortete im Stile des Heideblümeleins und ging über Fragen, mein Alter und meine Erfahrungen mit anderen Feldgrauen betreffend, zerstreut hinweg. Ein erneuter Einbruch östlicher Barbaren in den Gefilden meiner Vorfahren (selbst mischblütige Schrumpf- und Beutegermanen) machte diesem Briefwechsel ein Ende, der begann, peinlich und zweideutig zu werden.

Warum ich zwischen Montrouge und Viercçon noch einmal flüchtig an diese Flaschenpost denke? Weil ich Parallelen zwischen meiner damaligen Flaschenpost und der jetzigen entdecke. Wieder denke ich, schlechten Gewissens, daß ich getäuscht habe, trotz allem. Eine Probe steht mir bevor, der ich damals dank Kriegswirren entgangen bin, und auf Ähnliches kann ich diesmal nicht hoffen, es sei denn Entgleisung, Attentat, Schneesturm. Aber ich hoffe das gar nicht so sehr. Ich gehe aufs Ganze, habe nichts zu verlieren, alles zu gewinnen, und fahre darum einstweilen eher ins Nichts als ins Blaue. Das kitzelt und kribbelt und wird stärker hinter Montrouge. Zum Glück fühle ich mich schön. Nicht so schön wie auf dem Photo, das ich ihm geschickt habe, doch ihm immerhin ähnlich. Seit langem habe ich mich nicht schön gefühlt. Eine Frau, die sich schön fühlt, *ist* im allgemeinen schön. Und ich zünde mir eine meiner kleinen Zigarren an und blicke kühn um mich und den Männern im Abteil zur Prüfung ins Gesicht. Sie blicken zurück. Das wollte ich wissen.

Während ich den Rauch vor mich hin kringele, fällt mir zum ersten Mal ein, daß ich gar nicht weiß, wie ich den Mann auf dem Bahnhof erkennen soll, von einem grauen Anzug und einem schwarzen Hemd abgesehen. Ich weiß ja gar nicht, wie er aussieht. Ich kenne ja von ihm nur einen Schatten auf dem Dach. Doch während ich zwischen Orléans und Paris dahinrolle, glaube ich, sein Gesicht gut zu erkennen. Oft sehe ich ihn vor mir, dunkel, groß, schlank, mit schwarzem, verschlossenem Blick, so hält er seine Wächter im Zaum. Jemand, der eine Zielscheibe auf dem Dach eines Zuchthauses abgibt, der in eine Bank eindringt und fünfzig Leute mit einer Spielzeugpistole erzittern läßt, jemand, den die Zeitungen ein gefährliches Raubtier nennen, kann nur dunkel, groß, schlank und schwarzen Blickes sein, nicht aber blond, rotbäckig, fröhlich, mondgesichtig und knollennasig. Würde ich der Sache nachgehen, so würde ich allerdings entdecken, daß genauso auch die Räuber auf den Illustrationen von Grimms Märchen aussehen. Doch während der Zug durch die Felder der Bausse gleitet, erinnere ich mich mit einigem Unbehagen des Traumes der letzten Nacht. Ich hatte ihn fast verdrängt. Er war zu unheimlich. Irgendwo, wo war's auf dem Bahnhof Austerlitz, jedenfalls auf einem Bahnsteig, der meine Endstation war, traf ich Yves. Er tauchte vor mir auf, und ich wußte, daß er es war. Die Frage erhob sich gar nicht. Ob er stand, saß, ging, Arme und Beine und einen Körper hatte, sagte mir der Traum nicht, der sich nur auf sein Gesicht gerichtet hatte. Oder das, was anstelle eines Gesichtes da war. Vielleicht war es eine Maske. Das Gesicht – die Maske – hatte nur ein einziges Auge, mitten auf der Stirn. Vielleicht war ein Mund da, aber ich sah ihn nicht. Es war das Auge, das sprechen konnte, mich ansprach und begrüßte, als wäre es das Natürlichste der Welt für einen Mann, nur aus einem Auge zu bestehen. Das Auge war schön, groß, feucht, langumwimpert und dunkelbraun. Es leuchtete, sprach, lächelte.

Trotzdem blieb mir ein Horror vor diesem Auge. Ich vergaß es deshalb, als der Zug durch die nicht endenden Pavillon-Vororte fuhr, und zog mich in meine alte Barbara-Angst, von Serge genährt, zurück: »Ich bin nichts. Nicht mehr jung. Nicht immer schön. Wenn er mich auf dem Bahnhof sieht, wird er an mir vorbeigehen und tun, als erkenne er mich nicht.«

Aber zum Glück entfernt mich Kilometer um Kilometer mehr von Serge. Meine Angst ist kurz. Bin ich doch wieder einmal, und fühle es erzitternd von Kopf bis Fuß, aus meiner Asche neu geboren. Ich werde schöner und schöner zwischen den Pavillons der Pariser Vorstädte, verliere mein Alter, mein Geburtsdatum, mein Profil ›Lehrerin‹ und einige Dutzend müde Fältchen und Furchen der Entsagung und Verbitterung und zuletzt den sauren Zug um die Mundwinkel. Eine innere Kraft, eine ewige Jugend, die in jeder Frau lebt, die gerne eine Frau ist, erwachen von neuem, geheimnisvoll angetrieben von Impulsen und Säften, deren Sitz und Namen ich nicht kenne. Als die Pavillons den Mietskasernen à la Zola Platz machen, ist der Moment der Wahrheit wiedergekehrt. Ich bin wieder lebendig. Mein Körper ist wieder da. Blut strömt in ihm und kreist. Inmitten dieses lebendigen und warmen Körpers sitze ich wie ein Embryo, warm und glücklich.

» ... die in der ersten Dekade geborenen Löwen werden zwischen dem 8. und 12. des Monats ungewöhnliche Abenteuer erleben. Das Gefühl der Einsamkeit, der Verlassenheit, der Krise, ja, der Tragödie wird sich unter dem Einfluß von Mars im Zeichen von Löwe und Venus verflüchtigen.

Die Wolken werden sich über Ihrem Haupte zerstreuen, die Sonne wird Ihnen erneut scheinen. Sie werden restlos glücklich sein in den Armen Ihres Auserwählten.«

Der Zug hält. Ich steige aus, bleibe stehen und stelle meine Reisetasche neben mich.

Ein Arm legt sich sogleich um meine Schulter. Ein Mund berührt meine Lippen. Eine Stimme sagt: »Guten Tag, mein Liebling.«

Das Gesicht vor mir hat nichts mit meinem erträumten Bilderbuch-Banditen zu tun. Nichts mit dem Gesicht, das seine gleichmäßig nach rechts gebeugte, so regelmäßig und doch so schwer entzifferbare Schrift mir gezeichnet hatte. Nichts mit dem Schatten des Helden auf dem Dach.

Vor mir steht – lächelnd – ein älterer Knastbruder (genauso sieht er aus), der sich für den Ausgang in die Freiheit schön gemacht hat. Er hat sich aufgeputzt mit einem hellgrauen Sommeranzug, dessen Hosenbeine altmodisch zugeschnitten sind, einem schwarzen, zu glänzenden Hemd (sieht aus wie das Galahemd eines Zirkusakrobaten) und einer schwarzen Krawatte mit aufgestickten gelben Blumen.

Das Gesicht eines leidenden Mannes. Ist es nur die Beleuchtung des Bahnhofes? Seine Hautfarbe ist sonderbar. Nicht bleich, nicht gelb, sondern von einer undefinierbaren Farbe wie schmutziges Wachs. Ohne Farbe. Als ob man durchsehen könnte. Vielleicht wie man sich die Farbe eines Gespenstes vorstellt. Ein Geist. Ein Leichnam, der wandelt. Wer behauptet, daß man nach fünfunddreißig das Gesicht hätte, das man verdiene? Oder für das man verantwortlich sei? Dieses Gesicht mit den tiefen Löchern in den Wangen, den Furchen zwischen Nasenflügeln und Mundwinkeln, den Querfalten auf der Stirn, die sie niedrig machen, den erloschenen Augen, die vielleicht eine Farbe haben, aber nur wie ein trüber Flecken im grauen Augapfel erscheinen, dieser schlaffen Haut zwischen Kinnlade und Hals, dieser Narbe über der Nase, die dadurch schief wirkt; das ist nicht das Gesicht eines simplen bösen Menschen, wie ich beim ersten Zurückweichen denke, sondern das eines geschlagenen.

Vor mir steht ein armer, vernichteter Mann, der überglücklich ist, daß ich da bin. Oder überglücklich tut. Er hat meine Reisetasche ergriffen und geht vor mir her, die Schultern gebeugt. Man würde sagen: »Vom Schicksal gebeugt.« Er geht leicht einwärts mit dem rechten Fuß, auch das bemerke ich sofort, bin ich doch bei Serge in die Lehre gegangen. Ein Tänzer achtet auf seinen Gang. Der schöne Gang ist eine Kunst, die man lernt und pflegt. Der Mann vor mir, bei dessen Anblick ich mich frage, was er mit dem Yves meiner Träume zu tun habe, kümmert sich nicht um diese ästethischen Regeln. Er hat davon, das wird mir klar, und ich schäme mich für ihn, noch nie etwas gehört.

›Er schuf den Menschen nach seinem Bilde.‹ Mein Menschenbild schuf Serge. Nach seinem Bilde beurteilte ich Schönheit und Wert. Der Wertmesser ist Serges eigene Schönheit, die, er hat es mir oft nachgewiesen, fast vollkommen ist.

Der Mann, der neben mir im chinesischen Restaurant sitzt, kann das nicht ahnen. Auch nicht, daß seine

Stimme mir wehtut, weil sie nicht dem mir vertrauten Wertmesser standhält: Er hat keinen Verdibariton, er ist kein Edelbaß und kein lyrischer Tenor. Er ist vielleicht auf einer Atlantikinsel geboren, hat aber den Akzent von Paris-Belleville. Nasal, schleppend gewöhnlich.

Der fremde Mann hat nichts für sich. Serge würde ihn mir verbieten. Sein Urteil über ihn wäre vernichtend. Mit einer Fußspitze würde er ihn beiseiteschieben. Er würde nur belustigt darüber den Kopf schütteln, daß er, wie jeder Dummkopf, der fein ausgehen will, mit mir in das erste beste chinesische Restaurant läuft.

Der Unbekannte hat nichts für sich. Zum Teufel, worauf habe ich mich eingelassen? Das ist deine Strafe dafür, Barbara, daß du dich auf deine Hinterbeine hast stellen wollen. Das Schicksal macht sich über dich lustig. Es kichert hinter deiner Schulter. Haha, das hast du davon. Bleibe im Lande und nähre dich redlich. Ehrlich währt am längsten.

Dieser Mann nennt sich Yves, wie der Held meiner Briefe. Er hat angeblich Nacht für Nachr was mit mir gehabt. Ein Mißverständnis.

Nun ja, meine Erziehung gab mir eine Neigung zur Askese, zum Opfer, zur Pflicht. Ich werde nicht kneifen. Das wäre feige und nicht recht dem Mann gegenüber, der nichts dafür kann, daß er so ist, wie er ist. Auch führe ich gern Dinge zu Ende, die ich angefangen habe. Die vier Tage werde ich also durchstehen. Auch die vier Nächte, an die ich lieber nicht denke. Dann aber nichts wie zurück und das Ganze vergessen. Serge, der Weise, hatte recht. Mein Leben ist aus. Ich werde brav zu Serge zurückkehren und ihm von nun immer recht geben. Und nie mehr an so anspruchsvolle Sachen wie Glück und Unglück denken. Das ist alles fauler Zauber. Wie man sieht. Das Leben währet siebzig Jahre und, wenn es hoch kommt, achtzig Jahre, und wenn es kostbar war, dann ist es Mühe und Arbeit gewesen. Das war der Spruch, den sich meine Großmutter für ihr Grab gewünscht hatte, das sie nie bekam, denn sie landete in einem Massengrab.

Während ich dies noch heftig denke, auch mit einer Art Rachsucht: ›Warte, habe ich dir wieder den Rükken gedreht, gebe ich kein Lebenszeichen mehr von mir!‹, bemerke ich, daß wir uns unterhalten. Mit halblauter, fast leiser Stimme spricht er, was sich angenehmer anhört. Mich ihm anpassend, antworte ich auch leise. Das gibt unserer Unterhaltung eine Intimität. Worüber sprechen wir? Von nichts Besonderem. Nicht vom Gefängnis ist die Rede. Nicht von Serge, Unsere erotischen Zwiegespräche werden nicht erwähnt.

Er benimmt sich korrekt. Die Stäbchen, die ich trotz seiner Anleitung nicht handhaben kann und auch keine Lust dazu habe, benutzt er begeistert. Ich gestehe ihm einen Pluspunkt zu: Er ist nicht wie ein tumber Tourist in ein chinesisches Restaurant gelaufen, sondern weil trotz Fremdenlegion Ostasien zu seinen schönen Erinnerungen gehört. Festgehakt sitzt das in ihm, beobachte ich. Er feiert Erinnern, zeigt Treue zu jener Zeit, indem er Stäbchen benutzt und sich etwas Rotbraunes in die Suppe träufelt, das nach Schweißsocken riecht und, wie er mir erklärt, das Gesündeste auf der Welt sei, weil es aus dem Saft trocknender Fische hergestellt werde.

Ich höre mich auch sprechen. Er hat mir das verwüstete Gesicht zugewandt, in dem die Augen, die vielleicht einmal braun waren, wie erloschen sind. Er raucht unbewegt. Plötzlich stelle ich etwas Seltsames fest: Er hört mir zu. Ich bin geschwätzig, wie viele einsame oder alleinstehende Personen, denen niemand zuhört. Sie stürzen sich auf die erste beste Person, die ihnen über den Weg läuft, und legen los. Jahrelang habe ich Serge angeschwatzt, jahrelang hörte er mir nicht zu, ich könnte auch die Tapete ansprechen, in Wahrheit führe ich also Selbstgespräche. Spreche mich selbst an, antworte mir selbst. Spalte mich in Fragende und Antwortende, in Naive und Reflektierende, schmeichle mir viel und kritisiere mich mit Maßen.

Der Mann, der Yves heißt, hört mir zu. Ein Lächeln auf den sehr schmalen Lippen zwischen den Furchen. Er hört einfach zu und ist einverstanden.

Brillant ist er nicht. Ich frage mich, ob er intelligent ist? Auf dem Papier erschien er mir gewandt.

Auf eine andere Art als Serge merkt er wohl nichts.

Plötzlich aber legt er seine Hand auf meine und fragt: »Ist alles in Ordnung, mein Liebling?«

»Was soll nicht in Ordnung sein?«

»Dann bin ich glücklich«, antwortet er.

Ich entdecke, daß er einfach ist.

Im Hotelzimmer pellt er sich mit der gleichen Einfachheit aus seiner gelbbestickten Krawatte, seinem glänzenden Zirkusakrobatenhemd, seinem Anzug und lächelt mich dabei an, die zögert. Ein muskulöser Oberkörper kommt zum Vorschein, Oberarmmuskeln, die wie Tennisbälle herausquellen, eine glatte und breite Brust. Mein Blick fällt auf seine Arme, er lächelt wieder, denn irgendwie empfinde ich, daß mein Verhalten vom ersten Augenblick spießig, das heißt heuchlerisch ist, daß er, viel feiner als ich glaubte, es errät und ganz natürlich findet. Sein Lächeln kritisiert auch meinen Blick nicht. Seine Arme sind tätowiert. Auf dem linken Oberarm ein Doppeladler mit der Unterschrift: »Geboren zu siegen«.

»Zur Erinnerung an einen österreichischen Kameraden, der mir das Leben gerettet hat«, erklärt er mir sanft.

Auf dem rechten Oberarm ein Totenkopf. Auf dem Unterarm ein Dolch, den eine Schlange umwindet. Ein schöner Kitsch. »Der Kopf der Schlange ist oben. Das bedeutet: Die Rache ist noch nicht vollzogen. Wenn sie vollzogen ist, wird sie unten einen zweiten Kopf bekommen.«

Das Meisterwerk ist auf dem Rücken, den er mir bereitwillig zudreht: Ein Adler, der ein Herz in seinen Klauen hält und daraus Blutstropfen quetscht. Zweifarbig, bedarf es keiner Interpretierung, denn darunter steht: Haß
Verachtung
Rache

Er lächelt sanft, läßt die Schlange sich auf seinem Arm wellen und klettert über mich hinweg ins Bett.

Hätte ich sagen sollen, da ich, geschwätzig, einen Hang zu überflüssigen philosophischen Bemerkungen habe: »Ich mag Schlangen nicht!«? Wer mag schon Schlangen? Seit Adam und Eva werden sie gehaßt. Sie sind eklig. Ihr Auge ist Feindschaft. Sie sind der Verlust der Unschuld. Die Sünde. Das Laster. Mann und Frau erkennen einander, genug gespielt und Blümchen gepflückt und in Äpfel gebissen; du hast ein Loch zwischen den Beinen, in das ich hineinkrieche, es ist für mich geschaffen. »Schlangen sind glitschig.«

Ich habe gehört, Schlangen seien schön anzufassen. Ihre Haut sei, allen Verleumdungen zum Trotz, warm und trocken. Schlangentänzerinnen wie Sterna sagen, sie seien zärtlich und ihre Umschlingung liebevoll.

Der Augenblick der Erkenntnis ist an mich herangetreten und gibt sich nicht feierlich, sondern leicht. Ich hätte noch Zeit; während fremde Hände meine Brüste berühren, ein fremder Mund sie küßt und sich an ihnen festsaugt. Mein Kopf an eine fremde Brust gezogen wird, die glatt ist, der die vertraute Wolle von Serges Brust fehlt. Während meine Finger einen Bauchnabel berühren, an der eine fremde Nabelschnur abgeschnitten wurde, und über Haar gleiten, das nicht kraus, sondern weich und fein wie Seide und, seufzend sage ich es mir, angenehm zu berühren ist. Während der mir schon vertraute Mann sein Tun, in das er vertieft ist, mit einem kleinen, kindlichen Geräusch der Lippen unterbricht und flüstert: »Hast du es gern? Ja?« Hätte noch Zeit, über das Wort Treue zu meditieren, weil hier viel über altbekannte Worte mit viel Wert und ohne Sinn meditiert wird wie: Freiheit, Glück, Liebe und so weiter. Warum nicht Treue?

Ich könnte mich rasch fragen, warum ich fünfzehn Jahre nicht einmal den Gedanken gehabt habe, Serge untreu zu sein, wenn man, wie lächerlich, von dem Psychoanalysten absieht. Darauf würde ich mir antworten, daß meine Treue das Gewicht war, das die Waage unserer Beziehungen auf die richtige Art schief hielt: Er durfte alles. Ich erlaubte mir nichts. Das war unser Gleichgewicht.

Eine Schlange verbarg sich im Gebüsch. Ich wollte sie nicht rascheln hören. Daß ich jahrelang gelogen habe, rufe ich in mir aus, als ich den Geruch des fremden, nicht mehr fremden Körpers einziehe und mir sage: Wie gern habe ich diesen Geruch. Als die Hände an mir herabgleiten und ich ihren Wunsch spüre, unendlich zärtlich zu sein; sie gut und weich und warm finde und willig meine Beine öffne, damit der Finger besser in mich hineingleiten kann. Als der Kopf sich mit dem freudigen Seufzer zwischen meine Schenkel legt wie in ein lange entbehrtes Bett, eine Zunge sucht, ein Mund saugt. Als der Körper über mir, der glatt, warm, weich ist, mir so gut riecht, mir schon so lieb ist, mich nun ganz und gar zudeckt. Mund auf Mund, Brust auf Brust, Bauch auf Bauch und die Schlange, riesengroß, hart und feurig, in mich hineinfährt, tief, tief. Da ist der Augenblick der Erkenntnis gekommen, und ich lerne, daß alles vorher Täuschung war. Jahrelang habe ich heimlich auf diesen Augenblick gewartet. Noch einen kurzen Atemzug lang wehre ich mich dagegen, Lust zu empfinden, die fast zu groß ist und nicht den Umständen angemessen. Aber sie überschwemmt mich schon. Ich schlinge beide Arme um den Rücken, den ich schon liebe, dort, wo Haß, Verachtung, Rache tätowiert sind, und grabe mit meinen Nägeln darunter; Liebe! Liebe!

Er nimmt den Mund nicht von meinem, während er einen klagenden Ton ausstößt, der mich rührt.

Wieviel Quadratmeter Oberfläche Haut hat ein menschlicher Körper? Wie viele Stellen, um damit zu spielen? Wie viele Quellen der Lust? Habe ich auch nur geahnt, wie schön es sein kann, einen Körper zu berühren, das Haar, das Ohrläppchen, die Rundungen der Schulter, die kleinen Brustwarzen (was für ein häßliches Wort für diese lieblichen Dinger), den

Bauch, die glatten Rundungen des Hinterteils und schließlich das wunderbare und geheimnisvolle Ziel all dieser Berührungen, dort, wohin die Finger nach all dem Vorspiel streben: das Glied aus Samthaut, lebendig und autonom. Verleumdet, verboten, gehaßt, versteckt. Und alles Glück auf Erden.

Wer ist dieser Yves, der die Nacht nicht von mir läßt, nicht aus mir rausgeht, meinen Leib bewundert, streichelt, anbetet, aufsaugt, verschlingt. Er dringt in mich ein, immer wieder, wie in der Hoffnung, eine verlorene Einheit wiederzufinden. Ab und zu fällt er, den Kopf an meiner Schulter, in einen kurzen Schlaf. Doch wenn ich selbst einschlafe, zupft er mich schon an den Zehen, um mich aufzuwecken: Komm, komm, noch einmal, es ist noch nicht genug, es ist zu schön, um aufzuhören. Mit seiner sanften und eindringlichen Stimme unterbricht er sich ab und zu: »Ist es gut so, mein Liebling? Hast du es gern? Kommst du?«, läßt mich nicht allein, sucht nicht nur das Seine, sondern das Meine, das Unsere, so muß ich sein Lob singen, und ich singe es mit Freuden. Es flutet aus ihm, indem er einen langen, hellen Jammerton ausstößt, überflutet mich, strömt über Schenkel und Bauch, das macht nichts, laß es so, wisch es nicht weg, ich habe es so gern.

Aber gegen Morgen, als er wieder in einen plötzlichen Schlaf gefallen ist, vergißt er mich und wo er ist: draußen. Er weckt mich durch sein Röcheln auf. Er ächzt. Er ringt nach Luft. Zittert. Fährt hoch, macht Licht an, sieht wild um sich. Sein Gesicht ist furchtbar, ich will es nicht sehen, so sieht kein Mensch aus.

Als er mich erblickt, atmet er durch, legt sich wieder hin und preßt sich mit seinem ganzen Körper an mich.

Schon ist sein Glied wieder gewaltig und hat es eilig, schnell, schnell, in mich einzudringen. Mein Liebling, mein Liebling, flüstert er, was ich noch gestern albern fand, weil ich hochmütig war, stößt noch einmal seinen Klagelaut aus, und ich spüre sein Sperma in Zukkungen in mich einfließen und helfe ihm in der Vereinigung, indem ich mich ihm entgegenwölbe. Ich frage mich, woher er seine übernatürlichen Kräfte nimmt, woher all dies Sperma kommt. Das Bett und mein Leib sind davon überflutet. Hat er es sieben Jahre lang gespart? Nein, nein, flüstert er und lacht leise und freundlich. Alle Gefangenen der Welt leben, wie der Papst es nennen würde, in Todsünde. Sie verlieren, Zelle neben Zelle, Nacht für Nacht, einsam ihre Kraft, die über die eigene Hand fließt, während es ringsum schreit, klagt, ächzt, weint und flucht.

Am Morgen beugt sich ein lächelnder und einfacher Yves über mich und stellt das Frühstückstablett auf die Bettdecke. Wieder fragt er: »Alles in Ordnung, mein Liebling?«

Die Nacht ist vorbei, und ich habe sie nicht bereut. Wohin sind meine Schuldgefühle? Noch als ich durch die Eingangshalle des Bahnhofs der Mittelstadt ging, habe ich gefürchtet, daß das Schicksal mich bestrafen müßte, als ob das Schicksal etwas Moralisches oder auch nur Logisches wäre. Ich fürchtete etwa, mir beim Einsteigen in den Zug ein Bein zu brechen. Oder beim Aussteigen in Paris zu stolpern. Alle Arten der Selbstbestrafung lauerten: Ohnmachten, Übelsein, Bauchschmerzen, ein Herzanfall sogar oder ein Verkehrsunfall, den natürlich mein Unbewußtes gesucht und provoziert hätte. Nichts von alledem.

Ich fühle mich frei und wunderbar wohl in meiner

Haut. Ich verliere sogar das schlechte Gewissen und die Scham, mit einem Mann durch Paris zu bummeln, der keine Gnade vor Serges Augen finden würde. Das Gegenteil – der edle, schöne, stolze Bandit – wäre zu einfach gewesen. Es ist schon richtig so. Und vor allem: Niemanden geht es etwas an!

Der Tag vergeht in vielen kleinen Cafés und Bars, in denen wir nun sitzen und friedlich sind, weiter nichts. Der Abend sieht uns in einem anderen chinesischen Restaurant. Er feiert nicht nur Orgien im Bett, sondern auch zu Tische. Ein Riesenappetit kommt zum Vorschein, in vier Tagen und Nächten für sieben Jahre zu essen, zu trinken und zu lieben. Geht es mir anders? Mein Appetit ist kaum geringer. Wir sind zwei Komplizen geworden, die sich zulächeln. Was uns verbindet? Lust.

Lust ist kein abstraktes Wort voller Werte und ohne Sinn. Es lebt vom Konkreten. Je mehr der Abend fortschreitet, um so mehr wächst Lust in mir. Sie wird fast unerträglich schön, wenn Yves seine Hand (er hat gute Hände, und ich sage es ihm, und das freut ihn) unter dem Tisch auf meinen Schenkel legt, sie dort schwerer und schwerer werden läßt und auf seine einfache und feierliche Art sagt: »Ich liebe es, dich dort zu küssen.«

Die zweite Nacht. Er bettet sich neben mich, zieht mich rasch an sich: »Du hast mir noch gar nicht gesagt, daß du mich liebst.«

Erwartet er etwa, daß ich antworte: »Ich liebe dich!«? Was hat das damit zu tun? Er hat keinen Geschmack. Er lebt in einer kitschigen und treuherzigen Welt. Ohne Falsch. Der kleine Legionär. Geboren zu siegen. Liebesschwüre. Ohne Falsch. Ach, er meint es genauso, wie er es mir zuflüstert: »Ich liebe dich, meine kleine Frau. Du bist mein Glück.«

Vielleicht ist ›Liebe‹ wirklich nur der Kontakt mit einer Haut, die einem besonders zusagt? Vielleicht nur der Geruch eines Körpers, der den eigenen Geruch nicht abstößt, sondern sich mit ihm zu einem Parfum vermischt, das Harmonie genannt wird? Darum also streiche ich so gern über diese Schulter und fahre mit der ganzen Handfläche und den gespreizten Fingern, um möglichst viel Kontaktfläche zu haben, über seinen Rücken, seinen Bauch und seine Schenkel. Sogar dieses geschlagene Gesicht (»Die Narbe auf der Nase? Ein Schlag mit dem Knüppel. Bei meiner Verhaftung ging es lebhaft zu«) zieht mich so sehr an, daß ich es mit der Zunge ablecken, mit dem Mund schmecken muß. Hand und Mund sind nicht genug, mit der ganzen Fläche der Körpers suche ich mich mit der Haut zu vereinen, die der meinen so begehrlich erscheint. Eine Haut zum Lieben. »Natürlich liebe ich dich«, antworte ich, und es fällt mir leicht. Er schämt sich nicht, vor Glück laut zu seufzen.

Wir verlassen das Hotelzimmer nur noch, um zu essen und einen Apéritif zu trinken. Paris ist nur das für uns: Essen, Trinken, Liebe. Nur dafür ist die Stadt im übrigen geschaffen. Von einer Bar zur anderen trödeln, müßig sein, andere müßige Leute sehen, ein Hotelzimmer, das immer schäbig und wunderbar ist und in dem niemand schläft.

Auf dem Tisch häufen sich Geschenke für mich. Scheußlichkeiten, die ich nicht verhindern wollte, ein knallbuntes Halstuch, Parfum, ein Ring. In jedem Restaurant kauft er Rosen. Es ist immer dieselbe Blumenverkäuferin, die sie uns unter die Nase hält, das

Stück für zehn Francs; sie muß uns verfolgen. Wir verprassen in einigen Tagen seinen Gefängnislohn von einem Jahr.

Wir lassen das Hotelbett verwüstet hinter uns. An allerlei Theken lehnen wir, rutschen von vielen Barhockern, quetschen uns hinter Caféhaustische, von denen einige noch marmorn sind. Vor uns stehen Gläser mit Flüssigkeiten, die gelb, grün, bernsteinfarben oder durchsichtig sind und alle Wohlsein versprechen. Am letzten Abend essen wir nicht chinesisch, auch nicht vietnamesisch oder chinesisch-hawaiisch, sondern griechisch, vom Zufall getrieben. Wir haben zwei oder drei Apéritifs getrunken und dann ein wenig griechischen Wein. Vielleicht hätte ich daran denken sollen, daß er sieben Jahre nur Wasser getrunken hat? Er wendet mir sein Gesicht zu, das diesmal nicht lächelt, sondern wieder eine wächserne Totenmaske ist, zerfurcht, die Lider über die Augäpfel gewölbt, die Nase vorspringend: »Man hat mich in Algerien des neunundzwanzigfachen Mordes angeklagt.«

Er macht eine Pause. Ein mürrisches Lächeln. »Es waren aber neunundfünfzig.«

Ich möchte ihn fragen, warum er so genau Buch geführt hat. Aber er ist abwesend. Ich bin nicht da. Er hat sich ganz plötzlich von mir zurückgezogen, in seine andere Welt, und spricht zu sich selbst.

»Ich habe nie eine Frau oder ein Kind getötet. Doch, eine Frau. Es war sie oder ich.«

»Man hat mich an die Decke gehängt. Man hat Elektroden an meinen Hoden befestigt. Auf den Rükken hat man mir feuchte Sandsäcke gelegt, damit die Schläge keine Spuren hinterlassen.«

Er öffnet den Mund und deutet mit dem Finger

hinein: »Meine Zähne da vorn? Nicht einer mehr echt. Man hat sie mir ausgeschlagen, einen nach dem anderen.«

»Ich wurde zum Tode verurteilt. Nach vier Jahren Haft hat man mich begnadigt. Ich war ein Dummkopf und werde es nie wieder ändern können, ein Dummkopf gewesen zu sein.«

»Ich denke«, erwidere ich, »der Alkohol macht dich lustig?«

»Ich bin doch lustig«, sagt er.

Er geht aufrecht bis zum Hotelzimmer und setzt sich auf die Bettkante. »Wenn ich frei sein werde, habe ich nur eins zu tun: abzurechnen mit allen, die mich für acht Jahre in einen Sarg eingesperrt und meinen Gedanken die Dimensionen eines Sarges gegeben habe. Es wird der schönste Augenblick meines Lebens sein, wenn die Schlange ihren zweiten Kopf bekommen wird. Dann kann ich endlich sterben.«

Ich setze mich auf seinen Schoß und lehne meine Wangen an die Höhlung, die die seine darstellt. »Warum läufst du quer durch die Welt und schreist: Tötet mich! Tötet mich!? Du kannst mir nichts vormachen. Du liebst das Leben gewaltig.«

»Mein einziger Funke Leben bist du«, sagt er. »Dir werde ich nie etwas Böses tun.«

Tränen strömen aus seinen Augen, nicht in einzelnen Tropfen, sondern als breite Flut, die sein Gesicht badet. Er schiebt mich fort. »Laß mich. Ich will mit niemandem mehr etwas zu tun haben. Ich will allein bleiben.«

Er schläft plötzlich ein, den Kopf an meiner Brust. Wacht auf, als ich gerade glaube, einzuschlafen. Er umschlingt mich und sagt einen seiner einfachen Sätze:

»Du hast mir heute noch nicht gesagt, daß du mich liebst.«

»Ich liebe dich.«

Es wächst an gegen meinen Bauch und sucht sich rasch einen Platz in mir. Wie dieser Mann seufzen kann vor Freude! Er bewegt sich ruhig, niemals hastig, entfernt sich nicht, zappelt nicht nervös hin und her wie andere, bleibt tief in mir und nimmt nicht den Mund von meinem, gräbt sich förmlich in mich, und während meine Hände immer heftiger über Haß, Verachtung, Rache streichen, rufe ich aus: »Du bist wunderbar.«

Wir schweben aus dem Bett, den Laken, dem Hotelzimmer, steigen durch die Decke aufwärts und werden ohne Körper, ohne Zeit, ohne Raum. Er läßt einen Strom Zärtlichkeit in mich fließen, stöhnt und flüstert dann, den Kopf auf meiner Schulter: »Ich möchte dabei sterben.« Und: »Nur dazu sind wir auf der Welt.«

Es waren nicht neunundzwanzig, sondern neunundfünfzig. Mein Leben ist Blut und Tod. Nur dazu sind wir auf der Welt. Ich möchte dabei sterben.

Danke, mein Lehrer. Ich habe viel gelernt von dir. Es war allerhöchste Zeit, aus der Reihe der lebendigen Toten zu desertieren, die herumlaufen und nur eines fürchten: zu lieben. Gern will ich helfen, die Welt zu zerstören, die uns hindert zu lieben. Alles, was lebt, mit seinen Sinnen berühren, Mann, Frau, Kind, Hund, Katze oder Ratte. Unter Schlafenden und Toten einherwaten und schreien: Aufwachen! Liebe machen!

»Ich danke dir.«

»Ich danke dir auch.«

Sogar den Griechen war er schon unheimlich, wenn

er, mit Efeu bekränzt, im Pantherfell durch den Bergwald schweifte, Dionysos, Gott der Ekstase, Raserei, Unordnung, Zerstörung und Zeugung.

An einem nebligen Morgen erwachen wir, und unsere Orgie ist zu Ende.

Wir sitzen im Vorortzug. Wie am ersten Abend ist er aus Gewohnheit vor der Tür stehengeblieben und hat gewartet, daß ein Wächter ihm öffnet. Er stolpert. Die Frau, die uns gegenübersitzt, starrt ihn an. Ich weiß, was sie denkt: Noch nie habe ich solch eine Hautfarbe gesehen. Das machen sieben Jahre Kellerlicht, Madame. Sieben Jahre Mauseloch. Auch eine Maus ist grau. Auch Molche sind farblos.

Das Gefängnis ist in einem Vorort von Paris. Ich sage nicht: Es liegt. Denn es steht, ragt, aufrechter ginge es gar nicht, zwischen zwei Armen der Seine wie eine Wasserburg. Die Mauern spiegeln sich im Wasser und tragen das Moos der Feuchtigkeit. Verglaste Wachttürme an allen vier Ecken. Alle Gefängnisse Frankreichs haben wohl denselben Architekten gehabt. Seine besondere Aufmerksamkeit galt dem Tor; vielleicht weil die Zellenfenster kein Ausschweifen der Phantasie zulassen. Es handelt sich, und das hat er gut verstanden, um ein Tor, das nicht hinausläßt, sondern einschließt. Das Gefängnistor ist der Gipfel eines Kults, in dem der Mensch sich vom Menschen abtrennt, ummauert, sagt: Das ist Mein; hier herrscht mein eigenes Gesetz!

Drei Meter hoch oder noch höher ist das Tor in die Mauer eingelassen, ohne Ritze, ohne Spalt. Dunkelgrün, fast schwarz gestrichen. Wohl die häßlichste Farbe, die ein Pinsel mischen kann, Militärkaki ausgenommen. Der Architekt hat sie trotzdem gewählt, freiwillig, denn wo gibt es ein Gesetz, das verlangt, ein Gefängnistor müsse dunkelgrün gestrichen sein statt orange, gelb oder rotweiß gestreift. Tatsächlich muß ich diesem Architekten, wenn auch widerwillig, Lob spenden, ja, gratulieren. Seine Farbe lügt nicht oder gibt sich betont munter und harmlos. Sie ist die Farbe einer Welt, die Gefängnisse braucht. Könnte nicht schmutziger, finsterer, trübsinniger sein und sagt von vornherein: ›Tritt ein und laß alle Hoffnung fahren.‹

Um die Festigkeit des Tores noch sichtbarer zu machen, hat ihr Schöpfer sie mit ebenfalls dunkelgrün überstrichenen riesigen Ziernägeln bespicken lassen. Borstig wie ein Igel, zackig wie das Bett eines Fakirs, uneinnehmbar. Ein Türklopfer aus Eisen, für eine Riesenfaust. Hebt man ihn, schlägt er schwerfällig gegen das Holz zurück. Darüber die Luke, gerade groß genug für einen Kinderkopf. Sie wird von innen aufgeschoben. Ein Stück Schirmmütze, dunkelblau mit Goldknopf, ein Schnauzbart erscheinen im Rahmen.

Guten Tag, das Raubtier ist wieder da und kehrt freiwillig in seinen Zoo zurück.

Schon ist der Mann, der Yves heißt und den ich ein paarmal ›mein Liebling‹ benannte, von mir weggetreten. Mit einer Art Ungeduld horcht er, wie der Schlüssel sich im Schloß dreht.

Wenn ich ihn jetzt bitten würde: »Sag mir noch etwas!« würde er auf seine einfache Art antworten: »Ich habe alles gesagt.«

Und ich, was sollte ich wohl sagen? »Leb wohl! Auf bald! Ich schreibe dir! Nur Mut! Ich warte auf dich! Wie Lili Marlen werde ich am Tage deiner Freilassung hier vor dem großen Tor stehen!«? Oder was er, wer weiß, vielleicht hören möchte, der müde Odysseus, und was ich bestimmt nicht verspreche: »Ich werde dir schmackhafte kleine Gerichte kochen, dir die Socken waschen und Hand in Hand mit dir in der Kaminecke sitzen.«

So sagen wir also nichts mehr.

Er schenkt mir aber noch einen Blick aus seinen seltsamen braunen Augen, die einen breiten hellblauen Rand haben und die mir in vier Tagen größer und leuchtender geworden zu sein scheinen. Mit seinem ganzen Körper preßt er sich an mich, vom Mund bis zu den Knien kann ich ihn noch einmal durch die Kleidung hindurch fühlen.

Dann dreht er sich um und geht durch das Tor. Ich sehe ihn noch einmal, wie ich ihn auf dem Bahnhof gesehen habe, als er vor mir herging, den rechten Fuß einwärts, die Schultern nach vorn gezogen, das Haar im Nacken ein wenig grau, der Anzug schäbig. Ein armer Hund. Er hat nichts für sich.

Das Tor schlägt hinter ihm zu, hat seine Pflicht getan und spricht kein einziges Wort. Hinter der Pappelreihe hört die Seine nicht auf zu fließen, fließt und fließt, während die Mauer steht und steht und sich nicht einladen läßt, mit fortzuschwimmen.

Zwischen den Vorortpavillons beginnt die Arbeit des Loslösens, Odysseus ist er vielleicht nicht, sage ich mir. Sondern nur einer seiner Gefährten, die mit ihm im Schiff sitzen und sich von Sirenen, den Lotusessern und dem Getränk der Circe verlocken lassen. Wie ich nicht Nausikaa bin, die weißarmige Jungfrau. Und nicht Penelope. Schon gar nicht Athene, wie er wohl hofft, die von nun an, dem grimmigen Poseidon zum Trotze, ihn über alle Gefahren hinweg heimführt. Die Wahrheit läßt sich erblicken und anfassen. Sie fliegt am

Zugfenster an mir vorbei. Sie blickt mich im Spiegel an. Sie steht geschrieben:

Mein Urlaub in die Freiheit ist zu Ende. Nur: Es gibt keinen Urlaub in die Freiheit. Jetzt kommt das Schwerste: Neinsagen können zu allem. ICH! ausrufen. ICH! ICH! ICH! Sich kneifen und fühlen: Das bin ICH! Meine Angst nicht mehr vermissen. Sie wird mir fehlen. Eine Leere.

Nichts hat sich seit meiner Reise auf einen anderen Planeten in der Mittelstadt geändert. Ich merke es sofort, als ich aus dem Bahnhof trete. Die Taxis warten, die Autobusse fahren. Die Algerier gehen herum und suchen eine Frau. Der Turm des Bahnhofes, unter Denkmalschutz, ragt weiterhin als Phallus in den Himmel, der keine Vagina hier findet und den niemand anbetet. Es regnet nicht, die Sonne scheint nicht, es ist überhaupt kein Wetter.

Die Plakate in den Straßen verkünden der verehrten Bevölkerung der Stadt, daß heute abend die Premiere von »Carmen« im hiesigen Stadttheater stattfindet und daß (kleingedruckter als Carmen, Don José, Micaela und Escamillo) Serge den Morales singt. Jedenfalls hat man seinen Namen nicht überklebt. Oder man macht sich einer Zweitrolle wegen nicht die Mühe.

Die Seildrehergasse ist auch noch da. Sie ist so ausgestorben wie immer, und die Tür zum Klo steht offen. Mein kleiner Hund, den ich vergessen hatte, springt mich an. Mein Nachthemd liegt noch so über dem Stuhl, wie ich es hingeworfen hatte, als ich vor tausend Jahren den Raum verließ. Ich sehe auch Spuren von Serge, gefüllte Aschenbecher, eine Socke und eine zerknüllte Zeitung auf der Erde, eine halbgefüllte Rumflasche; fasse das alles an und betrachte es von allen Seiten, wie ein Archäologe Töpferscherben aus der sumerischen Zeit hin- und herdreht und sich fragt, ob er sich auch nicht in der Epoche irrt.

Ich setze mich, zünde mir eine kleine Zigarre an und blicke den Rauchkringeln nach. Zwischen den Beinen brennt es mir noch.

Die Vorstellung beginnt um halb neun.

Wie oft und in so vielen Stadttheatern, Nationaltheatern, Großen Opern habe ich meinen Platz auf dem zweiten Balkon, dem billigsten Platz, den es gibt, oben im Olymp, im Paradies, wie man es hier so schön nennt. Bin die vielen Treppen hochgestiegen und habe mich unter das fröhliche und erwartungsvolle und schadenfreudige Volk gesetzt, das da oben seine Stammplätze hat. Habe mein Lampenfieber neben mich gesetzt. Wenn die drei Schläge hinter dem Vorhang ertönen, wird mir kalt. Das Schicksal klopft an. Sieg oder Untergang. Habe der Ouvertüre gelauscht, wie sie Ton für Ton fortläuft und sich nicht aufhalten läßt, mir mit Geigen und Harfen, Pauken und Trompeten ins Ohr tönt: Es gibt kein Zurück! Kein Fortlaufen hilft mehr. Kein Jammern: Warum haben wir nicht einen anderen Beruf als den, den Löwen vorgeworfen zu werden?

Dann kommt der furchtbare Augenblick, in dem Serges Stichwort ertönt, das ich natürlich auswendig kenne, meine Finger aneinaneinanderpresse und mir befehle: ›Jetzt darfst du dich nicht gehenlassen. Jetzt geht's ums Ganze. Wenn du ihn jetzt fallen läßt, ist er verloren. Laß ihn nicht im Stich. Kneif nicht.‹ Worauf wir beide, Serge und ich, auf die Bühne treten, gemeinsam in der richtigen Sekunde den Taktstockwink des Dirigenten auffangen, sowie die letzte Orchesternote, die, bei ein wenig Glück, den Ton angibt. Gemeinsam den Mund öffnen ... Erst dann darf ich mich zurücklehnen, die Finger entkrampfen und den Bauch entspannen. Ich habe ihn entlassen, er braucht mich nicht mehr. Alles geht glatt über die Bühne. Es passiert aber auch, daß er mir durch innere Hilferufe zu verstehen gibt, daß er weiterhin in Not ist. Irgendwas klappt nicht, auch wenn man es äußerlich nicht merkt. Dann muß ich bei ihm auf der Bühne bleiben und weiter mit ihm im Duett singen, gegen tückische Kräfte ankämpfen, die seinen Untergang wünschen. Wie eine Mutter, die, ohne es zu merken, die Bewegungen des Kauens nachahmt, während sie ihr Kleinkind füttert, spitzt sich mein Mund oder reißt sich weit auseinander, unhörbar singend, Serge zu Hilfe.

Noch nie habe ich Serge so im Stich gelassen wie diesen Abend. Ich lehne mich im Sessel zurück und bin nur Publikum, das sich auf einen angenehmen Abend freut. In mir hocken, wie in jedem Publikum, eine Spur Sadismus und der kindliche Wunsch, ein bißchen auslachen zu dürfen.

Prélude. Vorhang!

»Ein Platz in Sevilla. Rechts die Tür der Tabakmanufaktur. Im Hintergrund eine Brücke. Links die Soldaten der Garde. Bewegung der Spaziergänger auf dem Platze (Tenöre, Bässe; Statisten). Beim Aufgehen des Vorhangs sind der Brigadier Morales und die übrigen Soldaten vor der Garde aufgestellt.«

Tenöre und Bässe öffnen den Mund. Serge ist in Rot und Gold mit Schwarz auf der Brust. Er sieht gut aus und hat sich einen Schnurrbart angeklebt, der ihn noch südländischer aussehen läßt. Seine Stiefel haben doppelte Hacken, er wirkt groß und schlank neben all den kleinen dicken Tenören. Ruhig tritt er vor und setzt sich rittlings auf einen Stuhl, der auf Anregung des Regisseurs zu diesem Zweck am richtigen Platz bereitsteht. Er streckt die Beine aus. Er muß wissen, daß er zum ersten Mal allein auf der Bühne ist. Die Nabelschnur ist durchgeschnitten, das blaue Band der Liebe auch. Keine Zeit mehr zum Davonlaufen, auch wenn du Lust dazu haben solltest. Öffne den Mund. Sing, du bist dran.

Strahlend füllt seine Stimme den Saal. Noch einmal und vielleicht nur noch wenige Male (ich will nicht sagen: zum letzten Mal) verzeihe ich mir, ihm so lange verziehen zu haben. Er ist schön. Er hat eine Stimme wie Samt. Er ist besonders. Eine sinnliche Welle geht von ihm aus durch die Reihen des Publikums. Jene Erotik, die er nicht hat, wenn er aus den Kulissen fortgeht, er hat sie auf der Bühne. Er ist unwiderstehlich. Und er weiß es. Wie glücklich er ist, da oben, während er aufsteht, Micaela um die Schulter greift, mit seinem Tänzergang – Füße nach auswärts – auf die Brücke steigt, sich über das Geländer lehnt:

»L'oiseau s'envole, on s'en console.«

Das Publikum klatscht. Die beiden pensionierten Lehrerinnen neben mir klatschen. Die Familien vor mir. Die Leute auf den feinen Plätzen unten im Parkett. Ich klatsche auch, ehrlichen Herzens und unbetroffen. Dieser unbekannte junge Sänger da vorn hat eine gute Stimme, sieht gut aus und verdient Beifall. Habe ich ihm auch vielleicht nicht verziehen – denn, um endlich ehrlich zu sein, ich habe ihm niemals das geringste verziehen –, keinen Erfolg zu haben? Sollte er, endlich allein gelassen, vielleicht auch endlich Fortschritte machen können, wie ich?

Vor dem Künstlereingang warte ich nach Ende des ersten Aktes. Kein mit Eisennägeln bespicktes Tor, sondern eine kleine graue Eisentür, die blechern klappert, wenn sie zuschlägt.

Serge tritt heraus, bereits abgeschminkt.

Er freut sich, mich zu sehen, und küßt mich auf die Wange. Und stürzt sich auf mich, nach alter Gewohnheit: »Wie war ich?«

»Tadellos.«

»Wirklich?«

»Ehrlich.«

»Und die bewußte scheußliche Stelle, da habe ich ein bißchen gemogelt, hat man das gehört?«

»Welche scheußliche Stelle?«

»Na gut, wenn du's nicht gemerkt hast.«

»Nein.«

»Dieser Dirigent, der Hund, gibt überhaupt keine Zeichen. Auch wieder einer, der keine Sänger leiden mag. – Und mein hohes Fis?«

»Wunderbar! Wie eine Glocke!« sage ich ehrlich.

Er ist zufrieden. Fühlt sich federleicht und glücklich. Nichts merkt er. Er hat gesiegt, einmal mehr. Er merkt nicht einmal, daß er allein gesiegt hat.

»Und mein Kostüm, wie fandest du das?«

»Stand dir blendend.«

»Er hat mir hinterher auf die Schulter geklopft.«

»Wer: er?«

»Na, unser lieber Direktor. Natürlich hat er keinen Ersatz für mich gefunden, obwohl man bei ihm Schlange gestanden hat. Diese Kanaillen.«

Plötzlich scheint er mich zu bemerken und entsinnt sich: »Wie war's in Paris?«

»Langweilig.«

»Das hätte ich dir gleich sagen können. Und was deine Freundin Gisèle da in Paris betrifft ...« Gutgelaunt unterbricht er sich: »Ich will nicht auf dieses Thema zurückkommen.«

»Nein.«

Er wirft mir einen Blick von der Seite zu. Wird er unsicher? Ahnt er was? Ach wo. Großzügig fügt er hinzu: »Du solltest trotzdem öfter mal nach Paris fahren. Das tut dir vielleicht wohl. Du siehst gut aus.«

»Danke«, sage ich und lächle.

›Was uns, die Frauen, betrifft, wir wissen, daß wir bereits woanders sind.

Und fortgegangen, ohne ihnen eine Adresse zurückzulassen.‹

(Leserinnenbrief an eine Zeitung.)

Sigrid Brunk

Der Besiegte

Das Psychogramm eines Mannes, der die Bilanz seines Lebens zieht. Ein Mann, Mitte vierzig, verheiratet, muß sich eingestehen, daß sein Leben stillsteht und langsam in den Prozeß der inneren Auflösung gerät. Die Unsicherheit eines nicht bewältigten Lebens, mit der ihn zu Hause seine von Ängsten verfolgte Frau konfrontiert, holt ihn ein und überwuchert seine Fantasie.

Roman · 214 Seiten · Leinen

Das Nest

»Da ist manches, was man so genau, so »wahr« noch nicht gelesen hat. Die stille Geschichte einer alten Frau wächst über die gründliche Sozialstudie hinaus zur Parabel für menschliches Leben und Sterben.«

Roman · 214 Seiten · Leinen

Der Magier

Zwei Menschen treffen aufeinander: ein alternder Schriftsteller, Jude, Emigrant, und eine junge Frau, verheiratet, mit der Ambition, selber Autorin zu werden. Aus ihrer Begegnung entwickelt sich die ganze Spannung zwischen Mann und Frau, zwischen zwei Menschen, die die Prägung durch die Vergangenheit und die Kluft zwischen den Generationen nicht überwinden können.